索玛花开的地方

喻莉娟 ◎ 著

中国文联出版社

图书在版编目（CIP）数据

索玛花开的地方 / 喻莉娟著. -- 北京：中国文联
出版社，2023.9
ISBN 978-7-5190-5122-8

Ⅰ.①索… Ⅱ.①喻… Ⅲ.①散文集-中国-当代
Ⅳ.①I267

中国国家版本馆 CIP 数据核字（2023）第 167635 号

著　　者　喻莉娟
责任编辑　胡　笋
责任校对　李佳莹
装帧设计　中联华文

出版发行　中国文联出版社有限公司
地　　址　北京市朝阳区农展馆南里 10 号　　　　邮编　100125
电　　话　010－85923025（发行部）　　　　010－85923091（总编室）
经　　销　全国新华书店等
印　　刷　三河市华东印刷有限公司

开　　本　710 毫米×1000 毫米　　1/16
印　　张　12.5
字　　数　218 千字
版　　次　2024 年 1 月第 1 版第 1 次印刷
定　　价　68.00 元

目 录
CONTENTS

华夏大地的保姆

——记中国土壤科学奠基人熊毅院士

　　回顾这段历史，熊毅教授感慨地说："忽视自然界的统一性、多样性和复杂性，就会受到惩罚。自然界的事物和自然现象不是孤立地存在着，而是处于普遍的联系之中。"

——《中国需要横向科学家——访熊毅同志》

（《科学学与科学技术管理》特约记者伍幼威）

一、激战黄淮海

1964 年，黄淮海平原告急！

《人民日报》2014 年 1 月 24 日的文章这样描写当时的情景：

　　1964 年，带着国家紧急任务，熊毅来到兰考。

　　同一年，焦裕禄在兰考逝世。此前，这位"县委书记的好榜样"决心为这座豫东小城治碱、治沙、治内涝。然而，26 万亩的盐碱地问题尚未彻底解决，他就抱憾离去。

　　彼时，包括兰考在内的整个黄淮海平原次生盐渍化农田已发展到 5000 万亩，加上原来的盐碱化耕地 2500 万亩，总面积占到了黄淮海耕地面积的近三成，很多地方粮食甚至颗粒无收，已经直接威胁到社会稳定。

（《追记土壤学家熊毅：相伴泥土一辈子》）

　　正如《人民日报》所描述，20 世纪 50 年代末，一个不知何为科学的"大跃进"时代，为解决北方的干旱问题，华北大平原（也称黄淮海平原），在无视排水条件的情况下，到处大搞引黄自流灌溉、平原蓄水，幻想把天上的雨水和引流的黄河水全部就地蓄起来，就能解决干旱问题。一时各处盲目跟风，跃进上马，大修平原水库引黄灌溉，动员了黄河下游几百万农民，挖渠引黄。真是"群众运动，敢想敢干"，五花八门的水利建设出来了，"满天星""葡萄串""鱼刺带瓜"……大量水利工程建设的结果，就是地下水位迅速上升，华北平原几千万亩农田因此产生次生盐渍化，粮食大面积减产，有的甚至颗粒无收。农民只有逃荒要饭，老百姓痛骂当地干部。但严重后果已经造成，治理灾害，迫在眉睫！

土壤次生盐渍化又称土壤次生盐碱化，主要发生在蒸发作用强烈的干旱和半干旱地区。当渠系渗透和不合理灌溉使地下水位过分升高时，地下水通过毛细作用上升至地表附近而蒸发，使土壤母质和地下水中所含盐分随毛细管水上升而积聚于土壤表层，形成次生盐渍化。土壤"次生盐渍化"是人类不合理经济活动的后果。

农民们形容他们赖以生存的土地盐碱化后的惨状：雨天水汪汪，晴天白花花！

植物根系全在盐渍中，水分倒吸，庄稼怎么可能存活！

治理灾害，亟待科学！

实际上，从1954年起，在美国学成归国的土壤学家熊毅博士就参加了水利部与中国科学院组织的华北平原土壤调查项目，并担任土壤调查总队队长。1956年中国科学院成立土壤队，在随后的两年多时间里，熊毅博士率领500多位科技人员对河北、山东、山西、内蒙古及黄河、长江流域的土壤进行了调查。1957年，他发表了《黄河流域盐渍土的发生及改良途径》；1961年，他又发表论文《怎样克服灌区土壤的盐害》；1962年，他再发表论文《排水在华北平原防治土壤盐渍化中的重要意义》。在这些论文中，他强调："防治土壤盐碱化的关键是搞好排水。"

但，这些意见未能得到重视，终于酿成恶果。

而目前，形势严峻，党中央和国务院指示必须采取切实有效措施，制止灌区土壤盐渍化面积继续扩大，已经盐渍化的土壤要争取在两三年内加以改造。

国家科委成立全国土壤盐碱化防治专业组，由谭震林副总理挂帅，熊毅被推荐为副组长之一，与水利、农业等部门一起投入治理盐碱地的重大任务中去。

当时，国家科委副主任范长江给熊毅交代任务——尽快把大面积的次生盐碱化土地改造过来！这就像代表党和国家下达"军令状"一样，把治理盐碱土的"宝"押在了熊毅身上。

作为全国土壤盐碱化防治专业组科学带头人，熊毅从科学的角度指出，华北平原土壤次生盐碱化和沼泽化的主要原因，是以蓄为主的错误治水方针。大规模兴修只灌不排、重灌轻排的水利设施和平原水库，打乱了自然排水流势，导致浅水层地下水位迅猛上升，从而产生内涝，诱发大面积的土地次生盐碱化。

为此，根本的解决之道，就是要灌排结合、综合治理。

1963年，根据熊先生提出的建议，国务院副总理谭震林主持召开范县工作会议，决定暂停引黄灌溉，灾情得到了控制，土壤次生盐碱化和沼泽化得以减缓发展。

但，盐碱化土地还未得到改造，范长江副主任的"军令状"——大面积改造盐碱地的任务，还在紧锣密鼓地科学试验中。

1964年，熊毅提出修排水沟排水降低地下水位的方法，然而挖沟占地较多，而且遇到流沙容易塌坡，对于一个需要普遍推广的应用技术，这不能不说是一个难题。作为一个重视科学应用的科学家，熊毅十分重视并善于总结群众的经验。这时，他忽然想起一次在山东冠县考察时，看到一眼土井灌溉的田地没有发生次生盐碱化。他又想起1963年3月，他去参加巴基斯坦科学促进会第十五届年会，会后在巴基斯坦考察，不但与巴方科学家在防治土壤盐碱化和沼泽化方面交换了意见，还参观了一个由美国人投资，在巴基斯坦旁遮普省的秋哈克纳为防治盐涝灾害所设置的机井。

综合这些科学考察获取的信息，熊毅提出了用"井灌井排"代替明沟排水的想法，解决了挖明沟塌方和占地多的问题。

"井灌井排"，用熊毅的话来说，就是"既解决排，也解决灌"（熊毅《组织起来，联合攻关，加速黄淮海平原治理的研究》，《土壤》1982年6月）。"井排"就是在抽取井水的同时，降低了地下水位，在井的周围形成一个地下水位下降漏斗，地下水位降低到地面1.5～2米临界深度以下，这样一来地下水位距离地表的距离就增加了，毛管水就不易上升到地面，地下水当中的盐分就没法上升到地表，盐分就不会在地表积累，也就不会产生土壤次生盐渍化；"井灌"则是把地下抽出的灌溉水，加入土壤当中，随着灌溉水的渗入，土壤当中的盐分就被淋洗得溶解了，一直淋洗到地下水。如此一来，下部的盐分不上升，上部的盐分又淋洗到了土壤的下层，这样，盐碱就在这双重作用下，得到了控制和治理。

当时，美国人打一口井需要花费20万美元。考虑到我国当时的经济状况，既缺钱又缺电，熊毅决定土法上马，用柴油机发电，用群众用的打井钻大锥锅打井，买不起钢管就用砖砌和瓦管代替；又提出因地制宜，不打深井，这样更容易推广。实践证明，这一措施非常有效，深受广大干部、农民和科技人员的欢迎。时任省委书记的刘建勋同志亲临现场考察，他见以前老百姓抗旱打井打不出水，好不容易打出一口井，却只能灌几分地，现在看到熊毅先生打的井出水量很大，十分高兴，决定在全省推广。

当时，熊毅指挥中科院南京土壤所的科研人员，在与兰考隔黄河相望的封丘县盛水源村和大马寺村打了五口井，五口井呈梅花状布局，这就是著名的熊毅"梅花井"。梅花井进行井灌井排试验取得巨大成功，当年就达到了减灾增产的显著效果，小麦产量由亩产不足 20 公斤提高到 110 公斤！

"打井之前，每人口粮只有几两，第二年，每人能分七八十斤，不用逃荒了。"盛水源村当年的大队会计刘振德说（《大河报》2012 年 12 月 2 日）。

熊毅带着十几位科研人员住在盛水源村，在当年的经济状况下，他们没有米面吃，更没有油水，电灯电器更是想都不用想。吃的是玉米糊糊，住在村里，身上还长了虱子，生活条件十分艰苦，是年轻的科学家们从来没有遇到过甚至没有想到过的情况。但是当他们看到很多老百姓得了浮肿病，看到饿死了人，看到妇女因为营养不良无法生孩子时，大家都感到自己身上的责任十分重大，只有尽快治理好盐碱土，让土地生产出粮食，老百姓才有饭吃，才能生存，才能过好日子。他们咬咬牙，坚持下来，心甘情愿地跟着熊毅先生全身心投入科学考察和实验中。

在中科院土壤研究所的档案里，至今还保留着一张珍贵的照片，图片记录了一幅改造盐碱地的动人情景：身体微微发胖的熊毅，手挽着肩头上的绳子，亲自拉着装土的小车前行。须知这是中国科学院土壤研究所的所长，全国知名的专家，用《大河报》的说法，这可是国家顶级土壤学家啊！那时，熊毅已经年近半百，因为常年在野外考察奔波，他的身体并不好，但他就是具备这种亲力亲为、懂科学而接地气的品质。直到今天，当地的村民还万分感慨："那么大的一个科学家、一个官啊！"

就是在熊毅和科学家们这种艰苦奋斗、不畏艰难的努力下，井灌井排的试验取得了巨大的成功。

当在盛水源村井灌井排的科学实验取得成功，在封丘推广到 10 万亩试验田时，科学家们几乎住遍了全县的村子，但大家都毫无怨言，只知道没日没夜地拼命工作。

直到今天，当时年轻的科学家们都年过古稀了，有的同志回忆起当年的情景，仍泣不成声，泪流满面。

1965 年，中科院副院长竺可桢听取了熊毅的汇报后，亲自部署，组织南京土壤所、地理所等 10 个院所的百余位科技人员，以熊毅为"指挥官"，在灾害最为严重的河南省封丘县和山东省禹城县，各开设了 10 万亩的试验田。经过运用农学、水利学、生物学手段，开展旱、涝、盐碱、风沙等自然灾害的综合治理，试验田小麦亩产提升到 194 公斤，这在当时是相当好的成绩。之后很快在整个黄淮海平原及我国北方其他具备条件的平原地区得到大规模推广应用，从而促进了当地农业生产持续良性发展。到改革开放初期，华北地区盐碱地面积减少了 5000 万亩，土壤次生盐碱化等问题基本解决，黄淮海平原每年粮食增产上百亿斤，成为国家重要的粮食和农产品生产基地。而当年灾害最严重，也是熊毅率领百名科学家展开 20 万亩盐碱地改造试验的河南省和山东省，也成为中国三大产粮大省的其中两个！

这就是这项广为人知的科技成果的重大意义，当中国科学的春天到来，该项目科技成果于 1978 年分别获得中国科学院和全国科学大会重大成果奖。

而该项广为人知的科技成果，却来之不易。这是始于 1954 年华北平原土壤大调查和试验研究工作的持续，其间经历如此重大的曲折考验，最后产生重大实际成效，熊毅院士踏遍华北平原大地，深入乡间田野，无私奉献，功不可没。在中科院土壤研究所保留的记载熊毅科学活动的 60 张档案照片中，他在野外考察作业的照片就占了 11 张。

当年熊毅搞梅花井试验的盛水源村，现在已经建设为"美丽乡村"。进村最宽阔的道路两旁雪白的墙壁上，画着熊毅院士的头像和当年治理盐碱土的场景，还有一排红色的大字：吃水不忘挖井人，不忘初心懂感恩。整整齐齐的隶书体文字介绍着熊毅老先生当年带领科学家们在盛水源村治理盐碱土的情况，文字这样写道："以井灌渠排为核心的治理盐碱地综合技术在黄淮海平原乃至全国盐碱区得到推广，盐碱得到控制。……从盐碱滩到米粮川——今年是中科院在封丘工作 50 周年，虽然吃粮的问题不再被挂在百姓嘴边，虽然封丘早已翻身成为产粮大县，但科学家们挥洒青春的记忆仍深藏在封丘。"虽文字朴实，却催人泪下！

盛水源村，没有村民不知道熊毅，凡是六七十岁的人，没有人忘记当年的情景。一个 60 多岁的老人说："那时，熊毅，胖胖的"，是啊！年近半百的科学家，身体已不健壮，"走到老百姓家，直接就坐到柴火炕上，也不嫌脏，直接就聊起来啦。哎呀，那么大的科学家、那么大的官啊！"

一个 70 多岁的老人说："后来地治好了，庄稼也长好了，我们在地里种上了香瓜，给他老人家送去，人家不要，我们就硬给他留下了，人家非要给钱。你说，人家怎么那么好呢！"

在盛水源村外一望无垠的麦田里，当年的梅花井依然保存。现在，到处都用上了电动机井，梅花井当然早已废弃，但井还在，井口半掩在茅草中，砖砌的井口还完好，略带些磨光的圆润。

盛水源村一位老人指着井，满含深情地说："那个时候，最好的庄稼地，最多也只能打40多斤，有的就根本不能长庄稼了，没有饭吃啊！熊毅来了后，打井，把地治理好了，第一年就打了200斤，后来300斤……后来500多斤！熊毅，我们大家都没有忘记！"

《河南日报》2018年10月25日文章《封丘：打响"百日会战"确保脱贫"摘帽"》中说："上世纪五六十年代，总理委派中科院熊毅院士带队来封丘，熊毅院士在王村乡盛水源村打下了第一口梅花井，成功探索了井灌渠排综合治理盐碱地的技术体系，拉开了黄淮海扶贫开发的序幕。半个世纪过去了，当年的盐碱地已经变成了吨粮田，封丘老乡们早已经吃饱了肚子。"

现在看来，中科院20世纪六七十年代在封丘的大规模综合治理试验，已经成为永载史册的浓重一笔。但在当时，在国家上下心急如焚的情况下，面对两三年内改良数千万亩风沙盐碱地的压力，能创造性地想出"井灌井排"等办法，提供治理旱涝碱沙的珍贵经验，殊为不易。

"有人说包括中科院在内的中央各部委和各省市对黄淮海平原综合治理的巨大成果，是中国农业战线的'两弹一星'，这一点都不夸张。"当年，跟随熊毅先生一起奋战在封丘的老科学家席荣琅先生说。

二、土壤学家的成长历程

熊毅简历：

1910年4月13日出生于日本东京。

1932年毕业于北京大学农学院农业化学系，获学士学位。

1932—1947年在原中央地质调查所土壤室工作，历任调查员、技士、研究室主任等职。

1947—1949年在美国密苏里大学学习，获硕士学位。

1949—1951年在美国威斯康星大学学习，获博士学位。

1951—1953年任中国科学院地质调查所研究员。

1953—1956年任中国科学院土壤研究所研究员。

1956—1959年任中国科学院土壤队研究员，队长。1956年被国务院授予

"全国先进生产者"称号。

1959—1961 年任中国科学院土壤及水土保持研究所研究员，所长。

1962—1978 年任中国科学院南京土壤研究所研究员，副所长，所长。

1979 年任中国科学院南京分院院长；当选为中国土壤学会副理事长，中国生态学会副理事长。

1980 年当选为中国科学院生物学部委员。

1983 年任中国科学院南京土壤研究所名誉所长。

1985 年 1 月 24 日逝世于南京。

熊毅，字其毅，贵州贵阳人，1910 年 4 月 13 日出生于日本东京。

父亲熊继成早年留学日本农科大学，母亲姚兰同期留学日本学蚕桑。1911 年夫妇携子回国，熊继成曾任贵州农业学校校长、农场场长、贵州省垦殖局长、蚕桑局长、贵州省农会会长等职。

小时候，熊毅生活在一个富裕优越的大家庭中，从小受到良好的家庭教育，大家庭中十几个兄弟姐妹都未进小学，由家里聘请的两个家庭教师在家中施教。从小起，熊毅展示的就不是他的聪明，而是他的努力和踏实。

在熊毅的堂弟熊伟先生的自传里面，从有关于熊毅学习的有趣而生动的叙述中，可以看出熊毅学习的情况。熊伟比熊毅小一岁，在家里，他们是一个学习小组，后来进中学，他们又在一个学校。赴北京学习，也是他们两兄弟一起坐滑竿到重庆，再在重庆坐船北上。

在北京，熊毅直接考农大被录取。而熊伟当时考北大未取，后几经转折，终考入北大哲学系，毕业后去德国做了海格德尔的学生，获博士学位，后被聘为柏林大学外国学院终身讲师。1941 年熊伟回国效力，后来做了北京大学外国哲学研究所的副所长直至逝世。

熊伟在《熊伟自传》中说："我家十几个小孩都不进小学，而是请了两位家庭教师于下午和晚间在家上课。我和胞姐南英堂兄熊毅为一组，主要学习一般小学课程。上午熟读三本《幼学琼林》、四本《龙文鞭影》各一段，然后拿到母亲前背诵一遍。每天第一个去背的总是我或南姐，毅兄总是第三。哪一天毅兄换成第二名了，轮第三的必哭。"文中的南英姐，为与熊毅同年的堂姐妹熊南英，西南联大毕业，曾任遵义蚕桑研究所研究员，新中国成立后在务川县从教四十年，任务川一中副校长、县政协副主席。

从上面这段文字可以看出，小时的熊毅，在弟兄姐妹中并不是特别聪慧，却是一个十分踏实勤奋的孩子，最后终成大器。身为国际知名学者的熊伟在自传中，也对他这位堂兄兼挚友充满了钦佩之意："毅兄报考农业大学录取，从此一步一个脚印，脚踏实地，终成吾辈兄弟姐妹成就最高者。"

因其父亲病故，支撑家庭经济来源的二伯父熊范舆亦因贵州政坛内部争斗被军阀杀害，熊家不复昔日光景。1926年，熊毅和熊伟一起，来到当时北平著名书画家姚茫父（又名姚华）舅舅家，姚华收留了毅、伟二人还有更小的弟弟熊其穆。在舅舅的鼓励下，熊毅继承父亲遗志，顺利考取北京大学农学院预科，两年后进入本科，在土壤学教授刘和的教导及其影响下，熊毅对土壤学产生了很大的兴趣。根据中国的人口和耕地状况，中国最大的问题是吃饭问题，也就是要多生产粮食，而农业化学则正是以土壤为基础，以植物营养为中心，以肥料为手段，综合研究三者之间的关系，最后达到使作物增产目的的学科，所以，他选择了农业化学系。1932年熊毅大学毕业，获学士学位，同年被推荐到中央地质调查所土壤研究室工作。

青年土壤科学家熊毅，一旦进入土壤学的科学天地，即深深地潜入科学研究工作中。1935年，距毕业不到三年，他便发表了他的第一篇学术论文《碱土命名之商榷》，紧接着又发表了《盐渍土之分类》；1936年，他又发表了论文《盐渍土之成因及其性质》；1938年，发表了《中国盐渍土的分类及其概性》。1936—1937年间，他还发表了论文《土壤剖面、颜色、质地之研究》；1938年又进而发表了《中国各主要土类胶体部之组成》；1940年发表了《中国淋余土代换性盐基之含量及其组成》《中国南部土壤发生酸性之原因》等，拓宽了土壤研究范围。中国南方大面积的水稻种植，又让他对研究水稻土产生了很大兴趣，其代表论文有1940年的《水稻土命名之商榷》，1941年的《水稻土之化学性质》。由于中国地域辽阔，土壤类型繁多，他还涉足土壤发生分类的研究，发表了《土壤分层之新建议》（1942）、《江西更新统粘土之性质及其生成》（1944）、《中国土壤分类制之新建议》（1945）等论文。1946年，他发表了《江西红壤之性质及其改良》等论文。可以说，熊毅自从投入研究工作起，便是研究不断、论文不断，其刻苦踏实，可见一斑。

这期间，熊毅与贵阳女子师范学校教师谢佩英结为连理，组成一个幸福温馨的家庭，先住重庆北碚；熊毅学成归国后，住于北京；后熊毅调至南京土壤所，熊毅与夫人及小女自此居于南京，而长女则一直留在北京工作。

作为一个土壤学家，熊毅的研究并不是将自己关在书斋和实验室里，凭别人的资料为论文而论文，而是亲临祖国大地，不辞跋涉辛劳，进行野外考察研究。在中科院土壤所保存的熊毅的档案照片中，第一张照片就是他20世纪30年代在红壤丘陵区考察的照片，穿着长筒皮靴和野外考察服的年轻土壤学家，显得英姿飒爽，精神十足。而第三张他在野外考察时的留影，则意义非凡。在那张野外考察的照片中，留有姓名的另外两人，一位是植物生态学家侯学煜，一位是土壤学家李连捷。熊毅、侯学煜、李连捷，这三位共同进行野外考察的年轻学者，后来均成为中国顶级农业科学家、学部委员、院士。可见前辈大师的学术科研成长根基，很值得后人学习深思。

由于熊毅的科学钻研精神和工作干劲，1945—1947年，他担任了中央地质调查所土壤研究室主任。这期间，除了一如既往地进行考察和研究，他还对中国土壤研究工作进行了总结，撰写了《土壤工作十五年》（1946），全面概述了我国土壤科学研究初创时期的工作概况、学术贡献及研究工作进展，对中国土壤科学的发展具有重要意义。

自熊毅投身于土壤研究工作以来，他的研究工作涉及盐渍土概性、土壤胶体、土壤发生分类、土壤化学性质、水稻土形态等方面，说明他知识面的宽广和土壤科学研究理论的扎实，为他以后进一步研究土壤学奠定了坚实的基础。

1947年，由于在科学研究上的卓越表现，熊毅获得中华文化教育基金的资助赴美深造，在国际土壤学权威密苏里大学马歇尔（C. E. Marshall）教授指导下，从事土壤矿物研究，1949年获硕士学位；后转到威斯康星大学，在杰克逊（M. L. Jackson）教授指导下，从事土壤胶体研究，1951年获博士学位。在当时中美交战的背景下，熊毅毫不犹豫地选择了回国。在《我为什么要研究土壤》一文中，他写道："我十分激动，心想一定要把自己所学贡献给祖国，为祖国的繁荣昌盛努力，这正是可以实现我的科学抱负的时候。"怀着报效祖国的赤子之心，他冲破种种阻挠，绕道日本，于1951年8月回到日夜思念的祖国。

为了能够给科研人员提供可以交流理论、指导实践的学术平台，自美国留学归来后，熊毅一直担任《土壤学报》主编，1958年又创办《土壤》杂志并担任主编，直至晚年还担任《生态学杂志》副主编和《环境科学》主编。熊毅亲自审稿，严把刊物质量关，并对编辑人员严格要求，耐心指导，经常鼓励他们做好本职工作。他常说："学术期刊是整个科研工作理论联系实际的桥梁，编辑人员是建成桥梁的螺丝钉，你们要把这座桥梁架好。"

1952年，党和政府提出了根治黄河的综合开发方案，研究黄河流域的梯级开发问题。为此，中国科学院派熊毅参加水利部组织的西北水土保持考察，之后又参加黄河流域规划。通过这些工作，熊毅撰写了《陕甘黄土高原土壤初步考察与分析》《如何改良西北的土壤》（1953）等论文。这些工作使他了解了水利知识，并结合国民经济建设开展了科研工作。

随着国民经济的恢复和发展，国家决定开发黄河水利资源，发展灌溉农业，提高农业生产，因而需要进行黄河流域土壤调查。1954年，由中国科学院、水利部联合主持，成立了土壤调查总队，熊毅担任总队长。他亲自组建600余人的队伍，进行了历时3年多的野外工作，工作地区包括黄河以北的冀、鲁、豫、京、津平原部分，山西的大同、长治、晋中、忻定四个盆地，宁夏的银川平原，内蒙古的呼萨平原及河套平原，等等，总面积达28万平方公里。

通过黄河中下游冲积平原的土壤调查，熊毅用发生学的观点系统地研究了华北平原土壤形成条件、过程、特性和分类，改变了过去统称"冲积土"的命名，对各种层状沉积物发育的土壤类型，特别是褐土、浅色草甸土（潮土）和盐碱土的形成过程、发展阶段、分布规律及其特性进行了深入的研究；揭示了第四纪河流沉积规律，层状沉积物结构、类型及其对土壤水肥特性、水盐运动和农业生产的影响；开创性地研究了浅层地下水与土壤盐碱化的关系，根据沙、黏相间的沉积层次所形成的岗、坡、洼地形与水盐运动状况，总结出旱、涝、盐碱在发生上的联系，为有效防治土壤盐碱化提供了理论依据；首次明确提出春旱、秋涝和土壤盐碱化是阻碍华北平原农业生产发展的主要限制因素，特别是在无排水条件下发展自流灌溉引起土壤次生盐碱化，是限制平原地区农业生产发展的关键。这些开创性的工作和新的学术观点，集中反映在他和席承藩合著的《华北平原土壤》一书和《华北平原土壤图集》中，至今仍不失其重要的学术价值和现实的参考意义。

土壤盐碱化是世界普遍性的问题，中国的盐渍土主要分布在东部滨海及秦岭—淮河以北的干旱和半干旱地区。熊毅参加工作之初，就进行了盐渍土的研究，在黄河流域的土壤调查中，他十分重视影响农业生产发展的土壤盐碱化问题，在大量研究资料的基础上，撰写了《中国盐渍土分区》（1956），进而又撰写了《黄河流域盐渍土的发生及改良途径》（1957）、《怎样克服灌区土壤的盐害》（1961）、《排水在华北平原防治土壤盐渍化中的重要意义》（1962）等论文。在这些论文中，他强调防治土壤盐碱化的关键是搞好排水。但这个意见未能得到重视。20世纪50年代末期，为解决北方干旱问题，华北大平原在无视排水条件的情况下，到处大搞引黄自流灌溉、平原蓄水。遍地开花的水利建设，打乱了自然排水流势，引起了灌区土壤次生盐碱化和沼泽化灾害的迅速发展，同时也加重了内涝，粮食大幅度减产，情况十分严重。这就是本文第一部分所描述的情况。

1962 年，国家科委成立全国土壤盐碱化防治专业组，熊毅被推荐为副组长。他亲赴冀、鲁、豫、晋等地进行实地考察，阐明土壤次生盐碱化和沼泽化发生的原因，旱、涝与盐碱、沼泽的关系，同时强调了排水的重要性，并提出了以治水改土为中心，水利工程与农业生物措施相结合，因地制宜，综合治理旱涝盐碱的原则、方法和措施（《河南日报》1962 年 8 月 10 日）。1965 年，他在封丘县进行的中国首次"井灌井排"的成功实验，标志着当年取得了综合防治旱涝盐碱的显著效果。"井灌井排"这一新技术，很快在黄淮海平原及中国北方平原地区得到大规模的推广应用，使大面积盐碱化和沼泽化的土地迅速得到了改良，促进了中国北方农业的健康发展。

"文化大革命"中，熊毅被剥夺了从事科学研究的权利，身心受到严重的摧残。"文革"后期，尽管不断有政治运动的冲击，但熊毅十分珍惜宝贵的时光，出于爱国心和科学家的责任感，他和近百名同事一起，集中集体智慧，用了近三年半的时间，和李庆逵共同主编了中国第一部土壤科学专著《中国土壤》，于 1978 年出版。这是一部全面论述中国土壤科学的综合性专著，是半个世纪来中国土壤科学的重大成果，其在理论上的创新和实际中的应用价值，是中国土壤科学工作者对世界土壤科学发展的贡献。

为了进一步研究土壤肥力的实质，探索土壤培肥原理，即使在"文革"期间，他仍在国内开拓了"土壤有机无机复合体"的研究领域，先后撰写了7 篇文章（1974、1975），对"土壤有机无机复合"做了系统阐述与介绍，在其后繁忙的工作中，仍然亲自指导几位科研人员从事专门的研究，取得了一定的成果并在农业生产中得到验证。

1978 年，全国五届人大第一次会议正式提出"兴建把长江水引到黄河以北的南水北调工程"，熊毅根据多年从事黄淮海平原综合治理和农业开发的研究和实践经验，撰写了《南水北调应注意防治黄淮海平原土壤盐碱化》（1979）一文，文中论述了土壤次生盐碱化是南水北调成败的关键，并积极提出《对南水北调的几点意见》（1979）。

1979 年起，熊毅多次邀请美籍华人徐拔和教授来所讲学，传授新的学术思想和国际上的新进展，对中国土壤物理化学的研究起了有益的推动作用。晚年，他终于挤出时间，组织和指导有关人员并亲自撰稿和审稿，编成《土壤胶体》第一册《物质基础》、第二册《研究方法》和第三册《胶体性质》，分别于 1983 年、1985 年和 1990 年由科学出版社出版发行。

1980 年起，熊毅又主编了《中国土壤图集》。它涵盖了中国半个多世纪以来土壤科学的研究成果，是中国第一本大型的综合性和系统性的土壤专业图集，对生产和科学发展都具有重大意义，受到国内外学者的关注、重视和引用。

1985年1月24日，　一代土壤学泰斗熊毅，逝世于南京。

《人民日报》2014年1月24日《土壤学家熊毅：相伴泥土一辈子》写道：

从1932年大学毕业至1985年逝世，熊毅从事土壤科学研究53年。其间，不论社会如何变动，都没有影响他对探究土壤规律的热情。

年逾七旬的熊毅，在《光明日报》刊文论述了加速黄淮海平原地区综合治理和农业开发对于国民经济发展的重大战略意义和有利条件，并结合仍然存在的问题，建议将中低产田改造作为工作重点。

他的这些真知灼见为后来多部门、多学科联合开展农业黄淮海战役提供了重要指导，也为中科院组织25个研究所、400名科技人员投入以大规模中低产田改造为重点的黄淮海战役吹响了号角。

熊毅曾说："如果我等不到（《中国土壤》第二版）而离开人世，请在我墓前焚书一本，以慰我于九泉！"1985年1月，这位与泥土打了一辈子交道的老人回归了"泥土"。

三、中国现代土壤学奠基人

2010年6月25日，南京土壤所隆重举行"熊毅院士诞辰100周年"纪念大会。党委书记林先贵研究员在致辞中指出，熊毅院士毕生致力于我国土壤科学事业，其精深的学术造诣、卓著的科研功绩、优秀的人格品质交相辉映，不愧为我国土壤学界一代学术大师，堪称我们后人学习的楷模。

常务副所长沈仁芳研究员向与会人员介绍了熊毅院士生平及突出贡献。他指出，熊毅院士把一生献给了祖国科学事业和国民经济建设，是我国土壤胶体化学和土壤矿物学的奠基人、黄淮海平原盐碱土改良和农业综合治理的先驱和重大贡献者、水稻土发生和肥力新见解的首创人与倡导者、土壤生态和环境科学研究领域的开拓者、土壤所建立与发展的杰出贡献者，为推动我国土壤科学发展、农业生产和生态环境建设做出了重大贡献。

中科院南京土壤研究所四位著名的研究员杨林章、马毅杰、王遵亲、徐琪合写的纪念文章《学贯中西展大志 探究不止立功勋》一文中，这样介绍熊毅先生：

　　熊毅先生是我国老一辈土壤科学家，是中国土壤科学的奠基者，毕生从事他热爱的科学事业，创建了土壤科学的诸多新领域。他不仅具备扎实的土壤理论基础，也积累了丰富的农业生产知识，在终生不断致力于土壤科学发展的同时，勇于探索农业上的重大科学问题，为我国农业生产发展作出了重大贡献。

中国土壤科学的开拓者和奠基人之一

　　青年时代的熊毅，为我国拥有广阔富饶的土地而自豪，也为我国存在着大片盐碱地和贫瘠地而忧虑。因此，参加工作后他的第一篇学术论文就是《碱土命名之商榷》（1935），紧接着又发表了《盐渍土之分类》（1935）、《盐渍土之成因及其性质》（1936）、《中国盐渍土的分类及其概性》（1938）等论文。为了深刻认识土壤形成过程及其特性，又进行了《土壤剖面、颜色、质地之研究》（1936、1937），进而研究了《中国各主要土类胶体部之组成》（1938）、《中国淋余土代换性盐基之含量及其组成》（1940）、《中国南部土壤发生酸性之原因》（1940）等。

　　我国南方水稻土面积很大，他对水稻土的研究也产生了极大兴趣，其代表作有《水稻土命名之商榷》（1940）、《水稻土之化学性质》（1941）。由于我国地域辽阔，土壤类型繁多，他又涉足于土壤发生分类的研究，提出了《土壤分层之新建议》（1942）、《江西更新统粘土之性质及其生成》（1944）、《中国土壤分类制之新建议》（1945）。20世纪40年代中期，熊毅研究农业生产问题，通过调查研究，发表了《江西红壤之性质及其改良》（1946）等论文。1945—1947年，熊毅担任了中央地质调查所土壤研究室主任，除继续进行研究工作外，还撰写了《土壤工作十五年》（1946），全面概述了我国土壤科学研究初创时期的工作概况、学术贡献及研究工作进展。

　　熊毅回国后，积极致力于中国土壤学科的建设，极大地丰富和发展了土壤学理论。他在土壤胶体化学、土壤矿物学、土壤发生分类、水稻土研究、土壤肥力综合观念的提出等方面都做出了独特的贡献。特别是在20世纪70年代，他以一个战略科学家特有的目光，开创了土壤生态环境科学研究的新领域，对中国土壤科学的发展起了导向性的作用。他一生著书立说，共发表论文132篇，著作7部，是名副其实的中国土壤科学的开拓者。

我国公认的盐渍土研究的先驱和泰斗

在 20 世纪 30 年代，熊毅就已着手研究盐渍土问题，20 世纪 50 年代初先后发表了多篇论文，如《中国盐渍土分区》和《黄河流域盐渍土的发生及改良途径》等。1958 年，华北平原地区采取了"以蓄为主"的错误治水方针，大规模兴修只灌不排或重灌轻排及"平原水库"的水利工程，打乱了自然排水流势，导致平原地区浅水层地下水位迅猛上升并位近地表，甚至产生了内涝，从而诱发该区土壤发生大面积的次生盐碱化和沼泽化危害，使农业生产遭到空前的灾害，粮食骤减，有些地方甚至绝收，人民生活极端困难，政府对此甚为焦虑。1962 年，国家科委成立全国土壤盐碱化防治专业组，熊毅被推荐为副组长。他亲赴鲁、豫、冀等省进行实地考察，指出土壤次生盐碱化和沼泽化的主因是只灌不排和打乱自然排水流势，导致地下水位迅猛上升，同时阐明旱、涝、盐碱三种灾害在发生上的相随关系，强调了农田排水的重要性，并提出"因地制宜、综合治理、水利工程和农业生物措施相结合"的原则。这一观点被水利界专家学者广为认可，熊毅并被尊称为水利界的良师益友。

1964 年，中国科学院组织院属十余个研究所的百余位科技人员在熊毅领导下，在当时灾害极为严重的河南省封丘县，开展了旱、涝、盐碱、风沙自然灾害综合治理试验。在深入调查研究的基础上，结合平原地区自然特点，熊毅首创性地采取具有我国特色的机井型工程，建成了以井灌井排为中心、灌排配套的水利工程系统以及与农业生物措施紧密结合的盐碱地综合治理样板，取得了立竿见影的除灾增产效果。1965 年，河南省、市、县各级领导，中国科学院竺可桢副院长，国家科委副主任范长江在现场听取工作汇报后，决定分别在河南省封丘县和山东省禹城县各建 10 万亩以井灌井排为中心、灌排工程相配套的综合治理旱涝盐碱试区，该项成果很快在整个黄淮海平原及我国北方具备相似条件的平原地区得到推广，从而促进了我国农业生产持续良性发展。该项由熊毅首创的科技成果，于 1978 年获得中国科学院和全国科学大会重大成果奖。

我国土壤胶体化学和黏土矿物研究的奠基人

熊毅是我国土壤胶体化学和黏土矿物研究的奠基人。他在留学美国时，首次应用 X 衍射仪分析中国土壤黏土矿物，在他的《胶体与土壤风化》博士论文中，首次发表我国主要类型土壤黏土矿物组成与土壤风化的关系，并对土壤风化作用做了理论上的深入探讨，至今一些高等学校教科书和有关论文仍在引用。

1951 年熊毅回国之后，在当时极端困难的条件下，他积极推动、建立中国科学院土壤研究所土壤胶体实验室，向中国科学院争取购置当时先进的 X 衍射仪以及差热分析仪，从事并指导科技人员进行土壤胶体化学和黏土矿物研究。他在《中国土壤胶体研究》总题目下发表了涉及我国主要类型土壤胶体的矿物性质、土壤和黏土的颗粒分离法及矿物组成等系列论文。他在我国土壤黏土矿物组成和特性研究的成果基础上，总结出《中国土壤中粘粒矿物的分布规律》，并编制了《中国土壤中粘土矿物分布图》等，对于研究我国土壤发生与分类，科学评价和合理利用土壤资源有极其重要的参考价值。20 世纪 50 年代，在熊毅的指导下，还进行了一系列土壤胶体化学研究，如土壤胶体的膨胀、电位滴定、分离絮凝等电位性质和土壤对铵吸附等。与此同时，他根据土壤胶体矿物组成，探讨了更新世的气候环境与黄土形成关系，撰写了《由更新统沉积物的胶体矿物分析试论第四纪气候》一文，至今不乏其影响，仍为有关论文引用。

我国农业素有施用有机肥料和精耕细作的优良传统和经验，熊毅十分重视对群众经验的总结，并善于将其提高到科学理论的高度认识。他在总结"土肥相融"的群众经验中，体会到从土壤有机无机复合体研究土壤肥力实质的重要性。在他的直接指导和参与下，相关科技人员应用拆分和合成相结合的方法，研究土壤有机无机复合作用、性质及其与肥力的关系等，发表了一系列有影响的论文，推动了我国有关高等学校和研究所深入进行其研究与探讨，并在农业生产中得到验证。

由于熊毅对土壤胶体化学研究的兴趣和专长，从 1979 年起，他多次邀请美籍华人徐拔和教授来土壤研究所讲学，传授新的学术思想和国际上的新进展，对我国土壤物理化学的研究起了有益的推动作用。在熊毅的晚年，他组织和指导有关人员并亲自撰稿和审稿，编著了《土壤胶体》第一册《土壤胶体的物质基础》、第二册《土壤胶体研究方法》和第三册《土壤胶体性质》，分别于 1983 年、1985 年和 1990 年由科学出版社出版发行，并获得中国科学院自然科学二等奖。

这三册专著实现了他的夙愿和遗志。该书根据国内外 20 世纪 60 年代以来的成果和资料，对决定土壤性质，构成土壤物质基础的土壤胶体各组分和特性及其研究方法做了比较全面系统的总结。第一册对层状硅酸盐矿物的概念和混层矿物、氧化物与层状硅酸盐矿物的关系、氧化物的专性吸附、土壤有机质中的碳水化合物以及有机无机复合体类型与特性等方面做了深入系统的论述，反映了土壤黏土矿物与土壤化学的最新发展与水平；第二册分别介绍和讨论了有关土壤无机胶体、有机胶体与有机无机复合胶体的提取、分组，X 衍射与电子显微镜鉴定、土壤胶体的基本特性如表面积、电荷、电动电位、吸附性、亲水性与黏度等的研究方法和具体测试技术；第三册系统介绍和讨论了土壤胶体表面性质、电动特性、导水性、吸附性能以及黏土水分散体系的稳定性和胶体物质的团聚作用，同时也讨论了土壤胶体性质与土壤发生和土壤肥力的关系，反映了土壤胶体表面化学发展到 20 世纪 80 年代的水平。目前，国内外像这样从理论到方法的专著尚未见到，它对我国土壤胶体的研究将起促进作用，同时还为地质矿物学特别是黏土矿物的开发利用、陶瓷工业、土木工程和地球化学探矿以及石油钻井泥浆处理等有关技术提供了重要参考依据。

水稻土和土壤肥力研究的开拓者

水稻土是我国主要的耕种土壤之一，约占耕种总面积的四分之一。熊毅在早年的科研活动中就对水稻土颇有兴趣，在调查研究江西红壤区水稻土时，发现水稻土剖面中有灰白色土层出现，当时他就明确指出这种具有漂白层的水稻土是由铁、锰还原淋溶作用形成的，并不是灰化作用的结果。当国外文献中还把水稻土形成过程和灰化过程混为一谈的时候，熊毅在《水稻土化学性质》（1941）和 "Chemical properties of paddy soils"（1941）中就明确指出，与铁铝同时淋溶的灰化过程不同，水稻土的形成主要是铁锰的还原淋溶。这是世界上最早正确指出水稻土的形成特点的文献之一。这一研究结果纠正了各国土壤学家把灰化作用当作教条的习俗，得到了国内外土壤学家的认可。

熊毅在担任中国科学院南京土壤研究所所长期间，组织不同学科组室的多名科研人员对太湖地区水稻土发生与肥力特征进行了长期的调查与定位试验研究，他明确指出水稻土是渍水环境中形成的人工水成土，但水稻既喜水又怕水，所以调整土壤渗漏性能以加强土壤内排水功能是发挥土壤潜在肥力的重要条件。当时稻麦（油）一年三季耕作制度正在大力推广，三麦渍害与水稻僵苗现象频繁发生，导致了增产不增收的尴尬局面。为此，他组织并指导相关科技人员展开了多方面的调查研究，组织编写了《太湖地区水稻土肥力研究》论文集与《中国太湖地区水稻土》等专著。他指导的研究生进行的不同水分状况对稻麦生长的影响以及不同轮作制条件下营养物质循环研究也取得了积极的研究成果，验证了水分状况是水稻土发生与肥力发挥的制约因素。

熊毅当时身兼中国科学院南京分院院长与中共江苏省委候补委员之职，接受江苏省科委领导的指派对太湖地区双三季制问题进行了广泛的调研，并结合水稻土研究的新成果做出了重要的科学评价。他指出：双三季制增产不增收，经济效益低，使农民种田积极性下降，并且生态效益低下又引起土壤肥力退化，不仅从当前看不利于优质高产稳产，而且从长远看也不利于土壤环境保护。在此背景下，他撰写发表了《耕作制度对土壤肥力的影响》一文，引起了当时政界与学术界的广泛关注。实践证明，熊毅这一论点的推广应用，不仅推动了太湖地区耕作制度的改革，使太湖地区开始步入稻麦优质高产阶段，并对长江两岸稻区的耕作制改革也起到了积极的推动作用。

在熊毅的大力推动下，我国土壤学界对水稻土的研究已形成系统的学术观点，并组织召开了首次在我国举行的"国际水稻土学术讨论会"，与会的国外土壤学家有上百人之多实为空前。这次学术讨论会充分展示了我国水稻土研究各方面的科学成果，有力地证明了水稻土不只是一种土地利用方式，而是一种独立的人为耕种土壤类型，通过淹水脱水，导致土壤性质发生一系列生物、物理与化学过程的变化，并在耕作、施肥、灌溉排水等人为措施影响下形成了有别于起源土壤土体结构、形态特征及理化性质等特点，应该成为一个独立的土壤类型。这些研究成果对他的同事多年前提出的水稻土应该成为人为耕种土壤独立土类的见解提供了有力的证明，受到许多国际知名土壤学家的认同和高度评价。

土壤发生和土壤资源研究的先驱

熊毅不仅是我国土壤胶体化学和土壤黏土矿物的奠基者，也是土壤发生和土壤资源研究的先驱。

早在 20 世纪 40 年代，熊毅以黏土矿物为手段，探讨古气候的变化，如《江西更新统粘土之性质及其生成》（1944），20 世纪 50 年代的《由更新统沉积物的胶体矿物分析试论第四纪气候》（1952）也是这一思想的继续和发展。这是我国最早从土壤的角度研究古气候变化的重要文献之一。

熊毅发表的论文除涉及盐渍土和水稻土外，还涉及华北的褐土和潮土、东北的黑土等。他十分赞赏定量的美国土壤系统分类，其中 vertisols 开始被译为变性土，他既认为这一类型的划分是一个进步，同时又从黏土矿物的角度指出，为了更确切反映这一土纲的特点应译为"膨转土"，目前我国土壤学名词中已正式采用此名。区域土壤是研究土壤资源的一个重要内容，他主持编写的《华北平原土壤》一书和 1∶20 万的《华北平原土壤图集》是区域土壤中比较全面，也是最早的研究成果之一。

　　作为一个有崇高威望的土壤学家和土壤研究所的所长，熊毅高屋建瓴，亲自主持组织了《中国土壤》（1978、1987）的编写，它是全面论述中国土壤科学的综合性专著，是半个世纪来我国土壤科学的重大成果，系统论述了我国土壤类型、发生和分布，深刻阐明了各类土壤的基本性质和肥力特征，科学总结和提高了土壤改良利用及培肥经验。它不仅推动了我国土壤科学的进一步发展，而且在农、林、牧业生产的发展，土地资源的合理开发利用，国土整治和生态环境保护等方面提供了基础论据；它在理论上的创新和实际中的应用价值，是中国土壤科学工作者对世界土壤科学发展的贡献。此前只有美国学者J. 梭颇（Thorp）主编的《中国之土壤》和苏联学者 V. A. 柯夫达（Kovda）所编的《中国之土壤与自然条件概论》。《中国土壤》的发表改写了我国土壤科学发展的历史，是第一部由中国土壤学家在广泛总结新中国成立以后我国土壤学研究成果的基础上写成的，后又被译成英文和日文，在国内外产生了很大的影响，提升了我国土壤科学界的声望，并在国民经济建设中发挥了重大的作用。

　　继《中国土壤》出版之后，为了形象、生动、直观地反映我国主要土壤类型及其分布规律、土壤基本性质的地理特点、土壤分区及利用概貌、土壤资源和土壤肥力概况，熊毅又主持编制了《中国土壤图集》，它总结了我国半个多世纪以来土壤科学的研究成果，是我国第一本大型的综合性和系统性的土壤专业图集，对生产和科学发展都具有重大意义。这两项成果可以说是中国土壤学发展历史上的重要里程碑。

　　由于这些成果的先进性，《中国土壤》和《中国土壤图集》先后获中国科学院一等奖，1991 年两项成果一起获国家自然科学二等奖。可惜在获奖之时，熊毅先生早已离开了我们。

土壤生态学研究新领域的开拓者

　　20 世纪 70 年代，随着我国现代化工业和农业的进一步发展，生态与环境问题日益引起科学家与政府的关注。熊毅以其前瞻性的眼光率先在南京土壤研究所开拓了土壤生态学及土壤环境保护的研究工作，强调要把生态系统研究与环境保护结合起来并作为一个整体加以研究。他带领科研人员针对我国经济相对比较发达的太湖地区展开了土壤生态学研究，取得了一系列重要成果，推动了我国土壤生态学和环境科学研究的起步与发展。他在与著名地理学家周立三院士共同发表的《试论人工生态系统——兼论太湖流域的发展》

一文中，详细论述了人工生态系统与环境的关系，提出了人工生态系统的特点和研究设想。这篇论文对当时乃至今天的相关研究工作都有着极其重要的指导意义。针对推动太湖流域农业发展和保护土壤资源与农业生态环境的实际需要，他提出因土制宜与因地制宜相结合的用地、养地的优化耕作制度建议，同时再次论述了优化黄淮海平原生态系统的意见。他的这一学术观点在以中英文发表的《黄淮海平原生态区划》一文中有着完整的阐述。值得一提的是，熊毅晚年把主要精力集中在新学科的开拓与发展上，对土壤生态系统的研究更是倍加关注，在全国陆地生态学术会议上，他与十多名科学家联名建议国家要认真加强对生态系统的科研工作，并在会议上首次做了"土壤生态系统研究的意义与展望"的报告，明确指出土壤生态系统研究应以土壤肥力为核心，研究影响土壤肥力的环境条件，提出土壤系统与植物系统的关系及其物质循环是一个能流与物流贯穿的开放系统，是多种组织所构成的网络模式，不是各组分的简单综合，而是各组分相互作用的产物，人们想要多索取生物产品就应该给予土壤归还或补足从中取走的营养成分。

在开拓土壤生态研究领域的基础上，熊毅进而又提出了加强农业生态系统研究的观点。在《生态系统在农业生产中的重要作用》一文中，他论述了农业生态系统的含义和特点，提出搞好农业生产必须依据各地的生态系统特点，把保护环境、改造环境与建设环境有机地结合起来，建立起良好的人工生态系统，使其具有和谐的结构、高效的物质传输与能量转化效率，为人类提供优质高产而又稳定的生物产品和洁净、舒适的生存环境。强调要针对具体情况，分别采取保（护）、改（造）、建（设）的对策，这是农业生态系统研究的三大任务。

同时，熊毅建议把生态系统的研究和环境保护结合起来作为一个整体来进行。在研究某一地区的土壤生态系统时，首先要研究该地区土壤生态系统在结构、功能与演变上的地区差异，采取调控措施，建立良好的农业生态系统。他认为，"生态系统研究的目的是建设适于人类生存的最佳环境。根据各地生态系统的特点，必须把保护环境、改造环境、建设环境，有机地结合起来，建立良好的人工生态系统，使其具有和谐的结构、高效的物质传输与能量转换，为人类提供优质、高额而稳定的生物产品和洁净、舒适的生存环境"。

出于对中国日趋严重的生态环境问题的极度重视，熊毅曾多次强调："人们总是离不开环境的，但是人们经常在改变和破坏环境，破坏环境主要是破坏自然资源。因此，开发利用自然资源一定要与保护生态环境相结合。"同时他指出："有些人不懂得生态，做了蠢事自己还不知道，自然界是错综复杂的系统，要用系统方法利用它、保护它。人们从事生产活动，不能没有生态系统的观念。"因此，他积极完成了《试论土壤生态系统》的论文（1983）。

临终前夕，他正以老骥伏枥的精神，案头堆放大量的文献、资料和手稿，撰写《土壤生态学》一书。遗憾的是，书尚未完成，他却与世长辞了。

我国土壤科学发展的推动者

熊毅是一位学术造诣很高的科学家，并具有强烈的事业心和社会责任感。他坚持理论联系实际，在致力于发展学科的同时，积极承担国家重大生产任务，勇于开拓和创新。他严谨治学、率先垂范，为我国培养了一批土壤科学的学术带头人。他的学术思想至今仍深刻地影响着我国土壤科学的发展。

1978 年，为解决中国北方缺水问题，以适应"四个现代化"的需要，全国五届人大第一次会议正式提出"兴建把长江水引到黄河以北的南水北调工程"，这是一项跨流域调水的重大工程，它的实施必将对生态环境产生重大影响。熊毅根据多年从事黄淮海平原综合治理和农业开发的研究和实践经验，撰写了《南水北调应注意防治黄淮海平原土壤盐碱化》（1979）论文，文中论述了土壤次生盐碱化是南水北调成败的关键，并积极提出《对南水北调的几点意见》（1979），认为要搞好南水北调，必须解决排水出路，完善排水工程配套，同时要采取妥善措施进行调水、蓄水和用水，加强灌溉管理，并做好地下水调控、水盐动态监测和盐碱化的预测预报工作。这些意见得到了科技界的支持和国家有关部门的高度重视。

20 世纪 80 年代初，国家决定综合开发治理黄淮海平原，并确定为国家"六五"计划期间的重大科技攻关项目。年逾七旬因病住院的熊毅，以其对社会主义现代化的执着追求和高度的工作责任心，在病榻前撰写了"组织起来，联合攻关，加速黄淮海平原治理的研究"的 8000 字的建议书，为国家献计献策（《光明日报》1982 年 10 月 4 日第一版）。在这份建议书里，他回顾了以往多年从事黄淮海平原治理的研究工作，论述了加速这个地区综合治理和开发的重大战略意义和有利条件，也指出了仍然存在的问题，提出了应抓紧抓好的带有战略意义的工作，并把改造中低产田作为主攻方向，这些建议至今仍有很大的现实指导意义。

在中国科学院 1982 年召开的"黄淮海平原科研工作会议"上，熊毅院士做了题为"组织起来，联合攻关，加速黄淮海平原治理的研究"的发言，积极主张多学科联合攻关，综合治理黄淮海平原。熊先生认为，大气候我们是改变不了的，但是可以植树造林来改变小气候；土壤类型是不易改变的，但是农业结构可以改变，因土种植、因土施肥我们是可以做到的；在严重缺水的地方不仅要引水灌溉，还要推广各种节约用水的方式。在生态不平衡的条件下，要适应它和调节它，又会出现新的生态状况，又要达到新的生态平衡。

1983 年 3 月，中国科学院在封丘县潘店乡建立万亩示范区，开展以合理施肥与培肥土壤为中心的改善农田生态环境的综合研究。参加单位有南京土壤所、武汉植物所、成都生物所、北京遗传所、北京植物所和北京系统所等单位。近百名科技人员云集潘店，开创了黄淮海平原综合治理研究中多层次、多学科协同攻关的新局面。此后科学院建立的以野外台站为基本单元的生态系统研究网络系统，各个野外站也大多称作生态站。1985 年潘店试区接受了国家科委组织的"六五"攻关正式验收。治理了盐碱地，粮食产量一再翻番，解了国家之忧、百姓之难，对此熊先生功不可没。为了铭记熊先生的功绩，封丘县委、县政府分别于 1995 年和 2011 年在南京土壤所封丘农业生态实验站内为熊先生竖立了纪念碑和纪念铜像，当地电视台还拍摄、播放了一部记录 30 年来熊先生带领数百位科技人员改造盐碱地历史的专题片。

《科学学与科学技术管理》杂志记者在 1983 年第一期以《中国需要横向科学家》为题，发表了采访熊毅院士的文章，文章引熊毅院士的话强调指出："我们当前的科研工作过于分散，不够综合。这样，就不能最大限度地借助科学技术的力量，去推动国民经济的发展。"

熊毅院士分析指出："科研工作的高度专业化，是本世纪以来科学加剧分化的趋势所决定的。自然科学的学科不断分化，标志着人类认识自然能力的迅速提高，这无疑是一种历史的进步。但是，长期从事某一领域研究的自然科学家，也容易产生知识面狭窄、思路不够开阔的问题。这就降低了解决综合性、基础性和全局性的课题的能力。这方面的教训难道还少吗？"

熊毅院士回顾土壤学发展和黄淮海平原综合治理的历史，感慨地说："忽视自然界的统一性、多样性和复杂性，就会受到惩罚。自然界的事物和自然现象不是孤立地存在着，而是处于普遍的联系之中。就华北平原的洪、涝、旱、盐、碱、风、沙各种灾害而言，它们之间既各有其特殊性，又存在着互相联系、相互制约的关系。因此，科学家从特殊性出发，可以把自然界的不同侧面作为各自的研究课题，但又必须注意它们之间的普遍联系，以全局观点来权衡治理单项灾害的得失。"

熊毅院士还说："建设农业现代化，从农业科学技术管理的全局来说，必须把农业当作一个整体，综合分析各种因素，采取一系列综合措施。长期以来，我国农业决策对全面系统的综合研究注意不够，科学研究未能在农业生产中发挥应有的作用。农业科学各分支学科各搞各的，各种科学研究单位之间缺乏平衡协调，我们的管理部门只习惯于条条抓，不善于综合管，影响了农业生产的全面发展。"

谈到这里，熊毅强调指出："在国民经济建设的领域中，自然科学和社会科学的关系日趋紧密。不考虑社会经济问题，自然科学的研究是没有生命力的。"

曾任中科院南京土壤研究所所长，江苏省政协副主席，中国科学院南京分院院长、博士生导师的周健民先生在缅怀熊毅先生的文章中说：

熊毅对土壤科学的研究涉及广泛的领域，是一个比较全面的土壤科学家。他认为，土壤学是研究土壤中物质运动规律及其与外界环境条件、植物生长关系的科学。土壤学是一门综合而又复杂的自然科学，涉及的面很广，服务对象也很多，研究难度也大。从地学角度看，土壤与大气、海洋、岩层一样是一个自然体，土壤应是地学的一个分支；从环境科学角度看，土壤是人类生存的重要环境要素之一，工矿企业发展不当，可引起土壤污染，从而影响人类生活与健康，所以土壤学是环境科学的一个分支；生物学是研究生命现象与环境之间相互关系的科学，而土壤又是生态体系的重要组成部分，土壤学也可说是生物学的一个分支；农学则把土壤看作是生产资料和劳动产物，从而他认为土壤学是"农业科学的基础科学"。土壤虽是非生命体，但与生物的生息繁衍息息相关。假如说绿色植物是生产生物能源的工厂，那么土壤则是生产生命的能源，为人类提供衣食之源的基地。熊毅的这些精辟论述，充分说明土壤科学的基础性和重要性。

由于土壤科学的综合性、研究的广泛性和服务的多样性，熊毅认为，土壤学也是一门应用科学。为加速我国的现代化进程，他认为土壤科学面临着需要解决的三大重要问题：一是土壤合理利用；二是低产土壤改良；三是土壤肥力的保持和提高。

他特别强调加强土壤科学理论研究的重要性，认为只有基础理论方面有了重大突破，才能推动整个土壤科学技术向前发展。因此，他非常注意现代物理、化学和生物学的发展，关注这些学科向土壤科学的渗透，大力提倡和支持应用现代科学技术，开展土壤形成过程、属性及分类、土壤有机质的组成和结构、土壤中氧化物的表面性质、土壤电化学性质及其过程、土壤—植物营养机理、土壤水盐运动规律、土壤结构形成、土壤生态系统中物质循环与能量传递等应用基础研究。他十分强调新技术在土壤科学研究中的应用，引进了色谱、质谱、扫描电镜、电子探针、遥感技术、电子计算技术等现代测试技术和手段，从而推动了土壤科学的深入研究和发展，为我国国民经济的发展作出了应有的贡献。

周健民先生在文章中深有感触地说："虽然熊毅去世已多年，但其诚以待人、对后辈谆谆教导、热爱科学事业、鞠躬尽瘁、死而后已、为祖国土壤科学的发展贡献毕生精力所建立的功勋不可磨灭。他在科研工作上勇于攀登、不断创新的精神将代代相传，科学事业的后继者们将永远缅怀他。"

四、为中国土壤学的传承孜孜不倦

2010 年 6 月 25 日

中国科学院南京土壤所

主题："学楷模，爱国奉献、求实创新；成英才，献身科研、开拓进取"

红色的横幅："纪念熊毅院士诞辰一百周年新老交流会"

这是中科院南京土壤所青年一代科技工作者和老科技工作者的心灵碰撞。座谈会上，新老科技工作者在热烈的气氛中，摩擦出思想的璀璨火花。

党委书记林先贵同志亲自主持这次别开生面的座谈会，副书记兼副所长蔡立同志也全程参会。

座谈会中，有徐琪、龚子同、谢建昌、杨苑璋、马毅杰、丁昌璞、高以信、李锦、莫淑勋、陆彦椿、罗家贤等 10 多位曾经与熊毅院士共事过的老科学家代表，这些名字在中国土壤学界赫赫有名，代表着中国土壤学的顶级科学家。

他们的对面，则是土壤所 30 多名青年科技工作者和研究生代表。

新老科学家坐在一起，回忆熊毅院士学术造诣、科研贡献和道德思想，传承土壤学科研精神。

记忆的闸门被打开，往昔的情景如滚滚洪水倾泻而出，每一位老同志的真情回忆，串联起一个个动人的场景和生动的故事，把一个平易近人、风趣幽默、学识渊博、爱国如家的大科学家形象真实地展现在大家面前。

求真务实、开拓创新是熊毅院士科学精神的真实写照；淡泊名利、百年树人是熊毅院士的博大胸怀；爱党爱国、无限忠诚是熊毅院士的赤子之心！

交流会上，老同志们还把他们从熊毅院士身上学到的治学之道传授给青年学子，谆谆教导大家做学问既要掌握坚实的理论基础、博闻强识，又要深入科学实践的第一线，解决国家实际面临的问题。老专家们还引用熊毅院士为人处世品德高尚的生动事例告诫大家一定要克服浮躁情绪，在喧嚣中求得宁静、守住真实、做真人、说真话，刻苦学习、勤于思考、善于总结，全面培养和锻炼自己的专业素质。

在场的青年学子不时以热烈的掌声感谢老同志们真诚、精彩的"传道解惑"，并表示要好好珍惜现在所拥有的良好的科研、生活条件，立志于学，在科学研究中既要仰望星空，更要脚踏实地，为土壤所更加美好的未来而贡献自己的力量。

土壤所四位研究员在回忆熊毅的文章《学贯中西展大志　探究不止立功勋》中写道："熊毅先生治学严谨、诲人不倦，为我国培养了一大批土壤科学的带头人。尽管他晚年体弱多病，仍不时关注我国农业现代化进程与土壤科学国际化的步伐。他的这种老骥伏枥的精神，正不断地激励后辈，惠及学人。"

他们在文章中还以《活跃的学术思想和可敬的师长风范》为题，专章叙述了熊毅院士是怎样以高尚的学术思想去教育影响年轻一代科技工作者：

熊毅是一位学术造诣很高的科学家，并具有强烈的事业心和社会责任感。他坚持理论联系实际，在致力于发展学科的同时，积极承担国家重大生产任务，勇于开拓和创新。他严谨治学、率先垂范，为我国培养了一批土壤科学的学术带头人。他的学术思想至今仍深刻地影响着我国土壤科学的发展。

熊毅十分重视科技人才培养和使用，他在工作中培养了一大批业务骨干，其中许多人陆续成为 20 世纪 60—80 年代我国土壤科学领域的学科带头人。他还亲自指导培养了 10 多位研究生，他对待年轻人总是谆谆教导、诲人不倦。他在总结自己一生科研工作时，特别对年轻人谈了他的一些切身体会，这不仅是他对年轻人提出的要求，而且从中不难看出他一生为人、治学的高尚情操。

他在讲精神文明，谈科学道德时指出：作为一个科学工作者，要全心全意为人民服务，要把实现"四个现代化"，促进国民经济建设当作自己的神圣职责。要讲精神文明、讲科学道德；求真务实、敢讲真话实话；反对弄虚作假，工作中虚心求教，听取不同意见。同时勤奋好学，扎扎实实地打好科学研究的基础；刚开始进行科学研究时，先要读透几本专业书，以后逐步会读杂志、做笔记、做卡片，学写文献综述等；一定要虚心好学、尊敬师长，学会实验技术与实验设计及撰写论文，培养独立进行科研工作的能力。

他也强调要锻炼反复思考能力。前人的工作和文献有好的，也有差的，甚至还有过时和不正确的。没有鉴别能力，难以挑选课题，难以进行正确的实验设计，更难写好论文报告。独立思考也得靠自我锻炼，譬如看一篇文章，有些论点是你同意的，你要进一步地考虑为什么同意，根据什么同意；你不同意的，你也要想想为什么不同意，根据什么不同意。论点正确的文章，可以从中吸取营养；论点不正确的文章，也要分析研究找出其缺点，引以为鉴。

最后他希望青年人在工作中要深度与广度相结合。作为一名科学工作者，应当对本门科学进行深入的研究，探索未知，向深度发展。但是有些理论问题或国民经济建设问题，仅凭你的专业知识是不够的，所以在深入研究之外还要多了解一些相关学科的知识，这样可以开阔思路，发现问题请教其他学科，或进行协作，发挥更大作用。

受过国务院一级表彰的农业科学家王遵亲，是第二代开发黄淮海的老人。作为熊毅院士曾经的助手，他的身上散发出一种不老的朝气，熊毅老师的传承，在他的身上得到发扬光大。他组织编写了《中国盐渍土》专著，该书融理论性、资料性和生产性于一体，得到国内外学者的高度评价。1995年获中国科学院自然科学一等奖，1997年获国家自然科学三等奖。王遵亲先后负责和参加编写8本专著，发表论文、报告120余篇，其中《中国盐渍土》《中国土壤盐渍分区图》《中国盐渍土地资源类型分布图》等权威性著作，获得国内外同行的高度评价和引用。由于这些系统性研究成果，王遵亲在我国土壤科学领域内创立了土壤盐渍地球化学分支学科，成为这方面公认的奠基人，并在国外产生了一定影响。他学风正派、治学严谨，培养硕士研究生6名；获国家和院级特、一、二等科技进步奖，自然科学奖和其他荣誉奖16项，其中居第一名次的就有6项。

20世纪40年代，王遵亲毕业于原南京中央大学土壤学专业。他与土壤有着割舍不下的情缘。眼不看，就能用手捏出土壤的色泽，就能用鼻子嗅出植物的种类。作为熊毅的助手，他学着老师当年的样子，带着傅积平、俞仁培等100名提前毕业的大学生，组成了土壤队开赴黄淮海平原，进行大规模土壤调查，一年有200多天蹲在封丘，和乡亲们一起扛百十来斤的大包和麦捆。

历经艰难，土壤队取得有关农业生产及社会经济的科学数据 100 多万个。由他主持撰写的专著和论文集达 80 多万字。

而傅积平曾是中科院封丘农业生态试验站站长，是黄淮海第三代成员之一。1956 年秋，第一代黄淮海的百名农业院校毕业的大学生，受命于周恩来总理的指示，组成一批土壤调查队，参加熊毅和席成藩领导的黄河长江流域土壤野外调查，开始了在黄淮海平原漫长的人生旅程。

那是 1956 年的国庆，熊毅被评为"全国先进生产者"，参加了天安门城楼国庆观礼（见中科院土壤研究所档案），熊毅的二女儿熊丽萱回忆说，国庆宴会上，周总理问："熊毅来没有？"熊毅赶紧站起来回答："我来了！"周总理与熊毅交谈，非常担忧黄淮海平原的土质问题，要求熊毅去治理改造黄淮海平原的土壤，他问熊毅有什么要求，熊毅说，他需要 100 位专业大学生，周总理批准了他的要求，给了他 100 个大学生的名额。这样，他带着 100 位大学生，投入紧张的调查研究工作之中。

傅积平对熊老的严谨作风尤有感受，他回忆说，当时熊毅等人指导培训100 位大学生，要求把几本书的规范都完完整整地背下来，训练几个月，考试合格才能承担任务。"在野外，我们不可能带着书本，就靠记忆，两个手指把土捏起来，就能判断它的质地，马上报出来是细沙、中沙还是粗沙，是轻黏土、中黏土还是重黏土。到盐碱区，地表的盐，只要亲口尝，用舌头舔，基本能确定土壤属于什么类型。"傅积平在回忆文章中说。

时至今日，席荣珖、傅积平、赵其国这些中国土壤学的大师都对熊毅先生在封丘的工作生活留有深刻印象。他们回忆说：

"熊院士比较胖，行动不太利索，睡觉打呼噜，人非常和蔼，很少批评人，1965 年几乎全年都在封丘。"

作为国家顶级土壤学家，熊毅都在小村蹲点亲力亲为，其他的科技工作者更是不畏艰难，全心全意地投入盐碱土治理工作中。

到封丘的科学工作者们，在熊毅先生的要求下，对水土的熟稔程度也别无二致。因为找对了方向，又凭着这样的干劲，到 1965 年 11 月，即使只用肉眼观测，"井灌井排"改良盐碱地的效果也已十分明显：麦苗生长苗壮，井灌浇水与不浇水的地块相比，春高粱和夏玉米增产明显。

其后，随着这种改良盐碱地办法在更大范围的推广，熊毅和梅花井都出名了，吃饱了肚子的农民真心感激这些从大城市来的科学家。

席荣珖回忆了一段小故事。那时的"洗剪吹"远没现在这么讲究，但熊老却有点害怕理发。为啥？剃头匠知道他是大科学家，把他当恩人一般看待，理发时活儿干得格外细致，千方百计多跟熊老说话，别人半小时剪完，熊老得在那儿耽误一小时。他知道，他一定要给河南农民的恩人好好理发，但他不知道，时间，对于熊老来说，才是最宝贵的东西。因此，《大河报》用幽默的文字做了他们的新闻标题《剃头匠"偷"了科学家的时间》，回忆熊毅与当地老百姓水乳交融的感情。

1958年，考取了中科院研究生的莫淑勋十分高兴。来自河南郑州农校的她，为了迎接即将到来的新生活，特地为自己准备了稍微像样的衣服。可是，报到的第三天，导师熊毅送给她的"见面礼"，竟是一套野外工作服和齐整的野外装备。第四天，这位来自湖南的年轻人被导师送回了自己的家乡——不是回去探亲，而是到湘乡东风人民公社参加长江流域规划土壤考察。

这就是科研？开始，莫淑勋有些疑惑。一年之后，熊毅还亲自带她前往河南省长葛县坡胡公社孟排村调研，她慢慢地懂了。熊毅常常现身说法告诉学生们，要理论联系实际，与生产者零距离，将生产中的表观现象提炼到科学水平，进而推广到连普通农民都用得上的新技术，这才是好的科研。莫淑勋后来发表的一系列重要论文，比如《土壤中有机酸的产生、转化及对土壤肥力的某些影响》《有机肥料中磷及其土壤磷素肥力的关系》等，都具有明显的应用性特色。

熊毅先生十分重视办好学术刊物，自美国留学归来后，他一直担任《土壤学报》主编，1958年又创办《土壤》杂志，并且担任主编，晚年还担任《生态学杂志》副主编和《环境科学》主编。他亲自审稿，严格把好刊物质量关，并对编辑人员严格要求、耐心指导，经常鼓励他们做好本职工作。他常说："学术期刊是整个科研工作理论联系实际的桥梁，编辑人员是建成桥梁的螺丝钉，你们要把这座桥梁架好。"

从1979年起，他多次邀请美籍华人徐拔和教授来所讲学，传授新的学术思想和国际上的新进展，对我国土壤物理化学的研究起了有益的推动作用。

他对年轻人总是谆谆教导，诲人不倦，要求他们在学术上"一要立志，二要勤奋好学，三要独立思考，四要集思广益"。熊毅主张："因才施用，对科技干部的考核，不仅考核单学科的成绩，而且要注重于研究的深度，还要考察研究的广度和广泛的适用性。"（见中科院土壤研究所档案）面对国家建设中有许多大量的综合性任务需要解决，他认为："需要培养一些横向科学人才，既需要懂得一些社会科学的自然科学家，也需要懂得一些自然科学的社会科学家，并加强各学科之间的横向联系与渗透，培养大批基础扎实、知识面广，能向边缘科学和综合科学进军的人才，这是一个迫切任务。"（《科学学与科学技术管理》1983 年 1 月）熊毅说："我算了一笔账，是我写几本书对国家贡献大，还是培养几十个人，解决几十个问题贡献大呢？从祖国和人民的需要，我选择了后者。"（《人民日报》2014 年 1 月 24 日 第 20 版）在这一思想指导下，几十年来，熊毅为祖国培养了大批土壤学专门人才。

五、封丘有座铜像纪念碑

中科院封丘农业生态实验站（封丘农田生态系统国家野外科学观测研究站）后大门外，一望无际的原野，百亩综合科学试验田。田中，插着一排排密密的探测管，连接着一条条传输导线；田埂上，隔一段不远的距离，竖立着半人高的观测仪器电脑显示屏。

野外台站是一个非常重要的科学观察和研究实验的基地，也是高新技术，尤其是农业生态方面高新技术的集成、转化、发展的重要基地。当然，野外台站也是一个优秀科技人员，尤其是从事生态、资源、环境、农业、示范优秀科技人员成长的培养地基。野外台站既是我国资源生态环境基础工作的重要基础，也是我国科技人员对全球变化、对全球资源生态环境或数字地球系统的不可替代的贡献。

在这里，各种与土壤、农业、生态、气象、环境等有关的科研数据，都可以通过土壤的各种反应变化，直接将数据传输到田边的电脑仪器中记录存储下来，各学科、各专业、各方面的科研工作者，都可以在这里收集到第一手的科研观测数据。

20 世纪 80 年代初，开发黄淮海提上国家议事日程，中科院封丘农业生态实验站以长期研究积累为依据，以"井灌井排"技术为核心，集成配套农艺、生态等技术，完成农业区域综合治理"封丘模式"开发，并在河南等地区大面积推广，粮食产量大幅提高。该成果作为"黄淮海区域综合治理"的一部分，于 20 世纪 90 年代初获国家科技进步特等奖。

1983 年，中科院封丘农业生态实验站在该院封丘盐碱土改良试验基地基础上正式建立，1992 年成为"中国生态系统研究网络"重点站，2000 年成为联合国"全球陆地观测系统"联网站，2006 年成为科技部"河南封丘国家野外科学观测研究站"。

实验站后大门内，紧贴着科学试验田，两株高大挺拔的云杉下，是封丘和河南人民为纪念熊毅院士为这片土地所做出的巨大贡献而竖立的纪念碑和铜像。熊毅铜像栩栩如生，微胖的脸，慈祥而深邃的眼神，近前瞻仰，中国土壤科学奠基人宛在目前……

1995 年 10 月，纪念碑落成。

2011 年，熊毅诞辰 101 周年。熊毅院士铜像在封丘农田生态系统国家野外科学观测研究站（中科院封丘农业生态实验站）隆重落成。

9 月 29 日，中国科学院副院长丁仲礼，河南省委农村领导小组副组长何东成，中国科学院南京土壤所所长沈仁芳、党委书记林先贵，封丘县委书记薛国文、常务副县长李恒林、封丘农业生态实验站站长张佳宝，熊毅院士家属及有关人员共计 50 余人出席了铜像落成仪式。

这是首次由地方政府为中国科学院的科学家竖立铜像。

巨幅彩带迎风飘扬，现场庄严肃穆。

南京土壤所党委书记林先贵介绍了熊毅院士的生平与功绩。他指出，熊毅院士创建了以"井灌井排"为核心、灌排配套的水利工程系统以及与农业生物措施紧密结合的盐碱地综合治理模式，创造了农业综合开发的封丘模式，为黄淮海平原农业发展做出了重大贡献，彻底改变了黄淮海地区的农业生产面貌，同时开创并发展了我国土壤科学多个领域的研究，为我国土壤科学人才的培养和研究所的建设与发展做出了杰出贡献，是党的优秀儿女，是先进科技工作者的代表，是"科学、吃苦、奉献、合作"的黄淮海精神的永久丰碑。

中共封丘县委书记薛国文代表封丘县人民，向熊毅院士亲属、一直以来大力支持封丘县农业发展的中科院及南京土壤所和封丘实验站表示衷心的感谢，宣读了"中共封丘县委、县人民政府关于缅怀中国科学院熊毅院士为封丘所作贡献的决定"。

薛国文书记指出，熊毅院士是封丘人民的恩人和朋友，他为封丘农业综合开发事业做出的巨大功绩，封丘人民将永久铭记在心。

长期工作在封丘站的青年代表黄平博士代表全所青年科技人员发言。他表示，作为后继者要时刻牢记熊毅院士在学术上提出的立志、勤奋好学、独立思考、集思广益的谆谆教导，为把我国土壤科学事业不断推向前进，为祖国农业发展再做新的贡献。

南京土壤所所长沈仁芳在致辞中，号召大家认真学习、充分继承与发扬熊毅院士身上凝聚的科学与创新、服务国家与人民的精神，以封丘与华北平原为着力点，继续为国家的农业生产、粮食安全做贡献。同时代表南京土壤所对河南省、中科院、封丘县等各级领导长期以来关心支持封丘站的发展，对封丘县委县政府为熊毅院士竖立铜像表示了衷心的感谢。

受河南省副省长刘满仓委托，河南省委农村领导小组副组长何东成代表河南省政府致辞。他指出："熊毅院士为黄淮海平原农业丰收奉献了毕生精力，做出了不可磨灭的贡献，是全国科技工作者学习的光辉榜样。铜像的落成不仅是对一位土壤科学家的缅怀，更是对他精神的继承和弘扬。广大科技人员要学习熊毅院士热爱祖国无私奉献的精神、不畏艰苦努力奋斗的精神，厚积薄发、去伪存真、严谨治学的精神，努力推进科学事业新的发展，通过省院合作再次把河南现代农业示范工程做成国家级的样板，为我国农业发展再做新的贡献，为老百姓再立新功。"

最后，丁仲礼副院长发表了重要讲话。他说："科学家必须把科研工作和国家的切实需要结合起来，才能真正体现研究的价值。熊毅院士这种为国家为人民服务的精神，连同他深入学科前沿、重视新学科研究的探索精神，以及培养年轻科技人员的科学方法，是广大科技工作者的榜样，更是土壤所的宝贵财富。熊毅院士在学术上的精深造诣、科研上的卓著功绩与为民服务的优秀品格交相辉映，堪称我们后人学习的楷模。土壤所要永远传承熊毅院士的精神。"

铜像基座的黑色大理石上刻着金色的文字：

熊毅（1910—1985），贵州省贵阳市人，著名土壤学家。1932年毕业于北京大学，1951年在美国威斯康星大学获得博士学位后回国工作，曾先后担任中国科学院南京土壤研究所所长、中国科学院南京分院院长等职，1980年当选为中国科学院学部委员。

20世纪50年代起，熊毅先生带领百余名科技人员开展了黄淮海平原中低产土壤的调查与治理工作，在封丘县开创了以"井灌井排"为核心的盐碱地综合防治技术，为提高黄淮海平原的粮食生产能力作出了重大贡献。

熊毅先生的功绩封丘人民将永远铭记在心。

熊毅铜像安详地注视着封丘大地，注视着河南大地，注视着华北大地，注视着华夏大地。

他曾对家人说:"我要做中国土壤的保姆。"

的确,熊毅就如华夏大地的保姆,几十年如一日,把一切都献给了中国的土壤科学事业,他的心血,肥沃了祖国广袤的土地,结出了丰收硕果。

土壤就是他生命的图画,融汇了他毕生的心血和灿烂年华。

(感谢中科院南京土壤研究所、南京土壤所办公室、档案室、老干处、中科院封丘农业生态实验站、熊毅院士家人提供的文字和采访资料。特别感谢秦江涛主任、熊丽萱女士、周凌云站长。)

2019 年 2 月

原载于《贵州科学家传记·第二卷》
贵州人民出版社,2019 年 12 月版

让生活更醇美

——记国家科技进步奖获得者陈圣龙

2019 年 10 月，中华人民共和国成立 70 周年之际，91 岁高龄的陈圣龙老人，获得了一枚特殊的勋章——"庆祝中华人民共和国成立 70 周年纪念章"。

这是国家为感念对祖国做出过重要贡献的英雄模范，特为他们颁发的荣誉勋章。

获得一枚"庆祝中华人民共和国成立 70 周年纪念章"，说明了国家对陈圣龙老人重要贡献的认可。我们来看看"庆祝中华人民共和国成立 70 周年纪念章"颁发的对象要求，就知道这枚勋章的分量。

"庆祝中华人民共和国成立 70 周年纪念章"颁发的对象，必须具备以下几项条件：

一、中华人民共和国成立前参加革命工作的、还健在的老战士、老同志；

二、中华人民共和国成立后获得国家级表彰奖励及以上荣誉并健在的人员；

三、中华人民共和国成立后因参战荣立一等功以上奖励并健在的军队人员（含退役军人）；

四、为中华人民共和国成立做出杰出贡献的国际友人。

尽管采访时陈圣龙老人反复强调，"我没有什么了不起的成就，不值得一提"，但是，这枚勋章说明，国家没有忽视他对国家所做出的重要贡献。

陈圣龙老人是一位杰出的营养菌种培养专家，他带领的团队培养出的"Q303 根霉糖化菌种"，是贵州省轻工业科学研究所自有知识产权产品，曾获得全国科学大会奖、贵州省科学大会奖、国家科技进步三等奖、贵州省科技进步一等奖等荣誉。他出席了 1989 年 12 月在北京举行的国家科学技术奖励大会，受到党和国家领导人接见。许多年以后，当陈圣龙说到这里，仍然掩不住他满脸的神往之色。

1991 年 7 月，他获得国务院政府特殊津贴。

《酿酒科技》1989 年第 4 期对"Q303 根霉糖化菌种"的成功进行了报道。报道指出：

"Q303 根霉菌种是贵州省轻工业研究所于 1977 年分离的一株酿酒用糖化菌，该菌种在全国经十一年的推广、实践，被公认为性能优良。主要表现为：①糖化力强，可提高出酒率；②适应性强，可用于不同原料酿酒和小曲酒、甜酒酿、黄酒的生产；③性能稳定；④制成的甜酒酿风味好。轻工业部食品发酵研究所王薇青所长认为：'Q303 根霉菌种是一株适用于甜酒、小曲酒的理想菌种。'该菌种已在我国除西藏和台湾之外的 28 个省区市推广，是我国应用最广的根霉糖化菌。该菌种推广后，取得了重大的经济效益。"

陈圣龙科研团队还成功地研究出刺梨"冰冻压缩法"，在当时属于世界领先技术，在陈圣龙研究成功之前，只有美国和日本拥有这项技术，这个成果的应用，为刺梨饮料的制作提供了重要的技术支持。

1989 年，陈圣龙主持的"贵州省七·五攻关项目：刺梨复合饮料的研制"获得成功，贵州轻工业科学研究所试制生产的橘味刺梨饮料和刺梨可乐"风味佳、色泽好、酸甜适口，受消费者的欢迎，销路很好"，"味道可口、价格公道，有大量生产行销之必要"（贵阳市市政公用事业局评语）。

陈圣龙高级工程师所做的工作，就是让我们的生活更加醇美！

一唱雄鸡天下白

1928 年，陈圣龙出生在浙江温州的一个自由职业家庭，父亲是一名店员，他的一个哥哥和嫂嫂都是普通教师。兄弟姐妹较多，家庭经济并不宽裕，却温馨和睦。

六七岁的小圣龙，大大的眼睛、薄薄的嘴唇，小小孩童，却透出一股聪明和自信的神情，身子虽有些单薄，却很精神。从小看到老，可以看得出，从六七岁的小圣龙到今天 92 岁的陈圣龙老人，在照片上就显现出，无论是孩童时代，还是耄耋时期，其灵魂深处，那种坚忍不拔的精神，一以贯之。岁月只是带来了小圣龙和陈圣龙老人的体态变化，但那种文质彬彬而坚毅自信的神色顶住了岁月的磨损，未曾消失。

小圣龙即将入小学读书。这时，父亲已经年老退休，家庭兄弟姐妹较多，靠当教师的哥嫂微薄的工资支撑整个家庭的费用，家庭经济可以用"入不敷出"来形容。

值得感叹的是，小圣龙年纪虽小，却勤奋好学，从小学到初中，成绩一直都保持在优秀，因此，小圣龙小学到初中的学费都获得全免费的奖励。父亲常常慈爱地摸着小圣龙的头，欣慰地说："圣龙啊，你读书的费用，都是你自己挣的，你也算给家里做贡献了！"

陈圣龙从小就不是夸夸其谈的人，听了父亲的话，他没有沾沾自喜，而是乖巧地拿起书，又温习功课去了。他对于学习，有一种天生的喜爱。

日子在小圣龙的勤奋学习中很快流逝，这一年，陈圣龙即将跨进高中的门槛，读书的费用比前面增加了不少。这时，父亲已经去世。堂姐对全家人说："圣龙是大家都喜爱的好弟弟，我也很喜欢他，他读高中的费用，就由我这个当姐的来承担了。圣龙呢，你只管好好念书，就对得起当姐的了！"看着哥嫂姐姐们怜爱的神色，陈圣龙感到了家人的爱心和温暖。日子虽然艰苦，但家庭的友爱，培养了他一颗感恩的心和吃苦耐劳的精神。

那时，家人都不知道，圣龙的四哥，其实是一名地下工作者。身为教师的四哥充满自信和睿智的言谈举止，对家风产生着一种不同寻常的潜移默化的影响。后来，陈圣龙毕业于上海华东化工学院，当大家都欣喜于分配在大城市和富庶的地区时，他却主动要求去到当时边远落后的贵州工作。当问他"为什么"时，他却自己也说不出原因，只憨厚地说："我没有觉得贵州有多艰苦。"但如果我们深究其内在原因，其实，就是良好家风的熏陶，使他具有了一种感恩和渴望奉献的高尚情怀。"贵州需要科技人才，那我就去呗！"这简单的想法里面，其实包含了许多不简单的深刻内涵！此虽为后话，但在说到陈圣龙的家风时，我们不得不联想到他后来这"惊世骇俗"的举动。

就这样，在堂姐的资助下，陈圣龙顺利进了高中。到了高二的时候，国民党统治已经到了风雨飘摇的时期，食物短缺、物价飞涨，学生们都投入反内战反饥饿的抗议运动中。回忆这段日子，陈圣龙略有些幽默地说："就连我这个'两耳不闻窗外事'的人，都投入到了学生运动中去。"

在这样的局势下，学校最终停了课。作为一名高中生的陈圣龙，其实还处在从少年到青年的过渡期。面临这种局势，一方面他不放弃刻苦自学，却又难免彷徨苦闷；另一方面在物资匮乏的社会条件下，正是长身体的时候，遭遇了营养不良。终于，年轻的陈圣龙病了，他染上了结核病，病情发展很快，粟粒性肺结核、肠结核、肾结核一齐袭来。陈圣龙说："到了新中国成立前夕，我已经是奄奄一息了。"

身体羸弱，但精神不败，酷爱化学实验的高中生陈圣龙，为了活命，从一些植物里面提炼出一些安定镇痛的物质元素，悄悄拿到一些地下药物市场上卖了钱，买了五针链霉素去注射，控制住了病情发展，总算免于青春的夭折。

尽管为重病所苦，但陈圣龙仍然坚持自学，在养病期间，他学完了相当于大学的化学课程。陈圣龙结缘生物化学，绝非偶然，他从中学时代起，就已经迈上了一条既定的目标之路。

历史终于到了一个转折点，人民解放军的胜利降临家乡。

"解放"，对于陈圣龙来说，有着非常特殊的重要意义。陈圣龙感慨地说："一唱雄鸡天下白，靠着链霉素，我奄奄一息的生命终于熬到了解放。"因为四哥是地下工作者，新中国成立后，组织上给予了在他们看来很高的政治待遇。陈家也进入了新生时期，物资充足、营养改善、精神愉快、青春焕发。随着家乡的解放，陈圣龙奇迹般地恢复了健康。陈圣龙发自内心地感叹："如果不是解放，我的病真不知道能不能熬下去。解放给了我第二次生命，对于我来说，这话真得不能再真了。"

三角化工厂的技术员

1950 年年底，对于青年陈圣龙有着特殊的意义。新中国不但使他恢复了健康，给了他第二次生命，而且，他的化学才能，得到了一次展示和发挥。

那时，国民党被赶出了大陆，美帝也被赶出了中国。毛泽东在《别了，司徒雷登》这篇文章里说："人民解放军横渡长江，南京的美国殖民政府如鸟兽散。司徒雷登大使老爷却坐着不动，睁起眼睛看着，希望开设新店，捞一把。司徒雷登看见了什么呢？除了看见人民解放军一队一队地走过，工人、农民、学生一群一群地起来之外，他还看见了一种现象，就是中国的自由主义者或民主个人主义者也大群地和工农兵学生等人一道喊口号、讲革命。总之是没有人去理他，使得他'茕茕孑立、形影相吊'，没有什么事做了，只好挟起皮包走路。"

国民党和美帝就这样在中国大陆"如鸟兽散"了，当然他们不会死心，正如《别了，司徒雷登》文章中所说："留给我们多少一点困难，封锁、失业、灾荒、通货膨胀、物价上升之类，确实是困难。"但也如文章中所说："比起过去三年来已经松了一口气了。过去三年的一关也闯过了，难道不能克服现在这点困难吗？没有美国就不能活命吗？"

新中国这架新生的国家机器运行起来了，这时，抗美援朝战争爆发，但新生的人民共和国顶住美帝和国民党的封锁和麻烦制造，仍高效地运行起来。

国家要运行，工厂的机器就要运转，但美帝和国民党的封锁，确实也制造了一些麻烦，带来了一些困难。其中一个说小也小，后果却很大的麻烦，就是机器要运转，就必须要润滑油，否则，机器就要烧坏瘫痪。而在封锁之下，润滑油缺乏。

要生产，急需润滑油！

好多天了，家里人都看见陈圣龙窝在他的小屋里，捣鼓着什么。陈圣龙的小屋，没有什么家具，也没有什么装饰，只有一架书，一张近似于案板的桌子，桌子上放着一个双层架子，摆满着瓶瓶罐罐，烧杯、试管、酒精灯之类的东西。

姐姐终于忍不住问他："圣龙啊，整天都不见你出门，窝在屋里捣鼓什么呢？"年轻的天才弟弟对走到门边的姐姐微微笑了一下，神秘地说："姐，我在突围呢！"姐姐有点丈二和尚摸不着头脑："突……围？什么意思？没发烧，说什么胡话呢！"

陈圣龙说："人家封锁我们，造成了我们很多物资缺乏，生产难以运行。那天，我去城外办事，就看见一辆货车停在了路边，司机沮丧地对我说，没有润滑油脂，轮轴这些地方都卡住了，转不动了，硬开呢，这些地方都冒烟了。"

姐姐"哦"了一声说："是啊！那天，我们在大操场看电影，看到一半，没影了。放映师傅说，马达坏了，转不动。说机器没有润滑油，马达发热，都快冒烟了。"

陈圣龙说："所以，我一定要试验成功润滑剂的配方，突出美国和国民党的封锁'包围'！"

捣鼓来捣鼓去，竟然被他捣鼓成功了，陈圣龙终于摸索出了"钙基润滑脂"的化学配方。他将他的实验成果交给了温州三角化工厂。根据他的实验成果，三角化工厂制作出了"钙基润滑脂"。"钙基润滑脂"是用天然脂肪酸钙皂稠化中等黏度的矿物油制成的润滑剂，俗称"黄油"，广泛运用于汽车、拖拉机、中小型电动机等各种工农业机械。有了钙基润滑脂，机器就可以运转起来了。

这不是一个高深技术，但刚从千疮百孔的旧中国基础上诞生的新中国，在美帝和国民党封锁下，确实百废待兴，缺乏各种科学技术和科技人才。

于是，年轻的陈圣龙被温州三角化工厂聘为工人技师。

在全厂职工的眼中，这是一个文文静静、谦逊和蔼的年轻技术人员。肯干、爱泡车间、喜欢和工人们一起动手、不怕脏不怕累；聪明、爱动脑筋、善于解决生产当中很多技术问题。

刚刚摆脱了国内战争的混乱，过上了和平安定的日子，又爆发了抗美援朝战争，老百姓的生活没有受到太大的影响，但生活物资难免出现一些紧缺情况。

生活在工厂中的陈圣龙，每天上班、住宿舍、吃食堂，在新中国成立前经受过生活磨难的年轻人，对于生活享受没有太高的要求，觉得生活平定安稳幸福。

一天，他回家探望哥姐母亲，在路上，碰见几个大娘阿姨在唉声叹气："你看，这伙食怎么弄嘛！一会儿缺油，一会儿少盐，现在，一滴酱油都买不到了。娃娃们只知道说，我做的菜，味道寡淡，你想，一滴酱油都没有，怎么调味？"

陈圣龙觉得酱油这个东西，从他专业的角度来看，没什么技术难度，为什么会出现短缺的现象？

想来想去，陈圣龙意识到一个问题，既然不存在技术问题，很显然，那就是原料问题。做酱油，原料是粮食，尤其是黄豆。新中国刚成立，还没有来得及开展建设，我们就与美国在朝鲜开战，抗美援朝，阻止侵略者将战火燃烧到祖国的疆土上。这时，粮食除了必须优先保障百姓的生存，另外就是必须保障前方几十万大军的军粮。

至于调味品这些，不影响生活的生存基础，有原料，就多做一点；没有原料，就少做一点，产量下降了，当然优先保障国营饭点、机关食堂、政府招待所等，市面供应当然就不能保证了。

陈圣龙也不忙回家了，他在温州的街道胡同逛了起来。忽然，在一个巷子里，陈圣龙看到一家粉丝作坊，他脑子里忽然灵光一闪。温州粉丝是温州的特产，声名在外，所用原料是番薯，原料充足。陈圣龙立马想到，粉丝废料中有大量的蛋白质，我们可不可以用粉丝废液来做酱油呢？

答案是显然的！他立马跟作坊要了一桶粉丝废料，也来不及回家，转身回了工厂，钻到实验室。其实，对于酷爱化学实验的陈圣龙来说，将粉丝废液变为酱油，并不是十分困难的事。很快，一项简单却具有重大意义的科研成果——"粉丝废液制酱油法"就创造出来了。厂长高兴地拍着陈圣龙的肩膀说："小陈啊，你不要小瞧你这个研究成果啊，在我们国家这个特殊时期，既保障了市场酱油的供应，又节约了大量的粮食，可以说，一个小发明，国家大贡献呢！"陈圣龙不好意思地说："哪有那么吓人！"

但这个小成果，却是陈圣龙走上生物食品化学的惊喜起步！

发明"粉丝废液制酱油法"，虽说不上有多高大上，但先前他还琢磨出了"钙基润滑脂"的配方，作为技师，还解决了生产当中很多技术小问题。成果多了，年轻的技术员陈圣龙多少有了一些名气。

这天，陈圣龙刚上班，就被厂长派人叫到了办公室。有点摸不着头脑的陈圣龙走到办公室门口，喊了一声"报告"，就听厂长热情地招呼："啊！小陈来了，来，进来，到这里来。"

陈圣龙进到办公室，只见厂长并没有坐在办公桌后，而是在沙发那里坐着。旁边沙发上，坐着一个穿着军装，却显得文质彬彬的中年人。

厂长说："过来，小陈。我给你介绍一下，这是温州军分区卫生院办公室的王主任。王主任，这就是那个研究出了'钙基润滑脂'、发明了'粉丝废液制酱油法'的小陈技师。"

原来，温州军分区医院为了提高医院工作人员的文化水平，尤其是药学专业的化学专业知识，慕名而来聘请陈圣龙给他们做兼职教员，给医院讲授高中化学知识。

于是，温州军分区医院的会议室里，周末夜校的课堂上，就多了一个文质彬彬、略有些腼腆，一双大眼睛却炯炯有神的年轻讲师。

给温州军分区医院的讲课，陈圣龙不但感到有一个能够让他展示自己才华的平台，更重要的是，自己还感受到了学员身上许多宝贵的精神，提高了他自己的思想境界。医院工作人员虽然不是冲锋陷阵的一线武装军人，但陈圣龙却深切感受到了他们身上那种潜藏于骨子里的军人精神。听课时，他们身板挺直、秩序井然、专心听讲、认真做笔记，勇于回答老师的问题，也踊跃向老师提出学习中的疑问。

在军分区医院讲课的日子里，陈圣龙倒觉得自己有些脱胎换骨的感受！

1953 年，埋头苦干、勇于奉献而谦虚谨慎的年轻技术员陈圣龙出席了温州市劳模代表大会，受到了政府的表彰。

故乡温州，留下了陈圣龙许多美好的回忆，也奠定了他人生之路的坚实基础。

大学学生科协主席

青年陈圣龙在工作岗位上的突出表现，引起了组织上的关注。有关组织了解到他只是高中文化水平，为他惋惜。新中国成立不久，迫切需要精英人才。工会领导建议他去大学进行深造，提高自己的学术水平，为国家发挥更大的作用。

工会领导对陈圣龙说："三角化工厂舍不得放弃一个青年人才，但我们国家需要更多的高级人才。组织上认为，虽然你为工厂解决了很多技术问题，也有一些发明创造，但显然没有发挥出你真正的潜力，由于文化知识所限，一些更高层次的技术问题，你还进入不去那种层面。新中国需要更多的年轻精英人才，因此，建议你去大学深造。虽然这是我们三角化工厂的人才损失，但这是国家的需要。大学生是国家的宝贵人才，毕业了，由国家进行统一分配，组织上对你的希望就是，今后无论你分配到哪里，你都一定要努力工作，发光发热，发挥更大的聪明才智，做出更大的贡献！"

凭借组织的推荐加上陈圣龙优异的成绩，陈圣龙顺利考上了上海华东化工学院。这是他喜爱的专业天地，他将在这里接受高层次的知识教育。

那时，大学的生活，充满了理想和追求的光华。能考上大学的，堪称社会的精英，个个是天之骄子。陈圣龙来到上海华东化工学院，融入火热的学习中，他再一次焕发了智慧的青春。

就读于化工学院的陈圣龙，感觉如鱼得水。因为他在养病的时候，已经差不多把大学的化学知识自学了一遍，再加上他在三角化工厂的工作实践中，解决过很多有关的技术问题，对于学习，他轻松自如。知识更充实了，基础更牢实了，他更喜欢琢磨问题了。

老师很快就发现了陈圣龙的才华，发现这个文弱而稳重的学生，在学术和思维上都更成熟一些，喜欢泡图书馆，喜欢提问题，尤其一进实验室，闭馆的时候，差不多要"撵"，他才依依不舍地走出实验室。

讲授专业课的教授对陈圣龙说："陈圣龙，你就跟我一起做实验课题吧！"

陈圣龙喜出望外地赶忙回答："谢谢老师！谢谢老师！"激动的陈圣龙，一时变得很傻，只会说这两句话。

教授说："跟我做实验不是目的，而是通过实验，你要善于发现问题，善于在发现中学会创造！"

后来，陈圣龙回忆他的大学生活，说："在华东化工学院的学习生活，不是简单地读书，教授们对我的科研指导，使我学到了更多的知识。尤其是我的实验指导教授对我说的那句话，'在发现中学会创造'，对我今后的工作起到了重要的指导作用！"

陈圣龙的学习天赋，不是落实在读书考试上，而是落实在科研上。对于化工专业的陈圣龙，这无疑使他的专业基础越来越扎实，科研思维越来越成熟。

在老师的指导下，陈圣龙在校学习期间，更重要的学习是在课外的科研活动，在这方面的投入，比"读书"和考试更多一些。

功夫不负有心人，他的两项科研活动取得成功。在学校论文宣读大会上，他的两篇论文，因针对性强、实践性强、应用性强，体现了解决问题的科研能力，获得了较高的评价，他被学校推为学生科协主席，作为一名在校学生，他还被破格吸收为化工学会会员。陈圣龙的科研能力，在大学学生时代，便已经"初见端倪"。

虽然后来陈圣龙已经记不住这两项科研成果的具体内容，但他却十分肯定地说："大学的学习，不是死读书，而是在科研中发现与创造，我的指导老师对我的教导，在我的人生中发挥了非常关键的作用。我非常感谢华东化工学院，它教给了我的专业人生之路，应该如何去走；教给了我如何去为社会贡献自己的知识与智慧。"

1958年是陈圣龙毕业的日子，那个时代的大学生有两个口号：一是"坚决服从组织安排"，二是"到祖国最需要的地方去"。

陈圣龙毫不犹豫地选择了第二条。

坚决要求到贵州

陈圣龙静静地站在教室的走廊上，走廊已空无一人。他望着都市的远方，大上海，繁华而温馨，四年的大学生活，当然让陈圣龙爱上了黄浦江畔的这座美丽的大都市。他更是情不自禁想起了他的故乡——温州，那里是生养他的桑梓之地，有他的家人、有他成长的足迹、有他初露头角的记忆……

江浙，天堂之地，人文历史久远、经济发达、名人众多，是中国最富饶美丽的地方之一。

上海华东化工学院决定让学生科协主席陈圣龙留校发展，就跟当初三角化工厂招收陈圣龙做技师一样，是人才，谁都愿意挽留。

但陈圣龙总是不能忘记到学校来做宣传的贵州领导，不能忘记那位省委组织部长发自肺腑的话语："我们贵州是个偏远落后的山区，条件艰苦，不像上海，上个厕所，还有马桶这些，但正是这样，我们一定要建设好社会主义的新贵州，让它变成繁荣昌盛祖国大家庭里，能够和大家平等相处、共同繁荣的一员。因此，我们贵州最需要建设社会主义的人才。希望有志有识的青年大学生们能够支持贵州。贵州欢迎你们的到来！"

他的耳边，仿佛又响起了那首优美而动人的歌曲，那首歌叫《贵州好》，是 20 世纪 50 年代贵州的本土音乐家创作的歌曲，歌中深情地唱道：

"清清的流水肥美的田，密密的树林遮盖着山……

"从前说贵州呀天无三日晴，我们说这里充满了阳光；六月的夏天这里不热，寒冷的冬天这里不冷，真是个好地方。

"在从前有人说贵州路不平，我们说山下埋藏着宝藏；河水在山间像条银带，矿石像星星闪着金光，真是个好地方。

"从前说贵州呀人无三分银，如今呀黄土要它变成金，农业生产大发展，幸福的生活万年长……"

准备留校的学生科协主席陈圣龙，经过反复的思想斗争，最后，他要求到最艰苦的贵州去！

这是一个惊世骇俗的举动，而陈圣龙却觉得很平常："贵州需要科技人才，那我就去呗！"

一直到现在，已经在西南云贵高原的贵州生活了 62 年的陈圣龙依然十分平静地说："我没有觉得贵州有多艰苦！"看得出来，陈圣龙老人说这话时，没有半分的矫情，这是一种深入骨子里的大气！这是一个把全部感情都投入科研、投入奉献的优秀的科学家，他的思想全投入科学事业，生活的享受于他而言，真的只是无所谓的东西。

上海华东化工学院的青年大学生陈圣龙，就这样来到了贵州。他被分配到化工所生化室，隶属于中国科学院贵州分院。陈圣龙心向贵州，贵州显然也十分善待这位从上海分配来的青年科技人才，把他安排到了十分适合他专业的地方。

陈圣龙的事业，确实也在这里扬帆启程。

1959 年，陈圣龙参与了由原轻工部发酵所、中科院微生物所负责组成的茅台酒传统工艺总结工作组，从省城贵阳来到了贵州最边远的地方之一，茅台镇。

不要用改革开放之后的情况去想象之前的贵州，也不要用改革开放之后的情况去想象之前的茅台镇。20 世纪 60 年代的茅台，地处西南深山，当地交通不便、经济落后、发展困难，而且当时的茅台酒厂基本上还是传统的手工作坊式企业，许多外地人才都不愿意到茅台工作。

从仁怀县城（现为仁怀市）去茅台赤水河畔的两岸大山本来都有近千米

的高度，到了茅台镇，突然低矮下去，海拔只有 400 米。而茅台酒厂最古老的一车间和二车间，也就是当年成义、荣和两大酒坊所在地，还在整个镇的最低处。此地一年四季都没有季风，对于酿酒来说，茅台弥漫着几百年积攒下来的粮食发酵厚味，而在这酒坊所在地，味道积攒得更加浓郁，这里隐藏着茅台酒的奥秘。但也因为道路险峻崎岖，远离省城贵阳，也远离专署所在地遵义，就连当时的县城仁怀，都离茅台相当远。那时候，茅台除了生产著名的茅台酒以外，其各方面条件，实在不是城市中人愿意去的地方。而那时，所谓"茅台酒"，以当时普遍的经济状况，在普通百姓那里，基本是不挨边的东西，与百姓生活基本没有关系。那时的茅台，不是一个引人注目的地方，也不是一个能够吸引人才的地方。

但从上海来的青年科学工作者陈圣龙，刚一来到贵州，不久便去了茅台。为了科研，他毫不犹豫地参加了工作组，到茅台进行为期两年的科研工作。茅台酒总结工作组的任务，就是受国家轻工部和中科院的委托，对茅台酒传统工艺进行查定、总结，分离鉴定微生物菌株，初步分析茅台酒的香味成分和酒体构成等。总之一句话，国家对茅台酒很重视，希望通过茅台酒传统工艺的查定，能够进一步推进茅台酒酿造制作工艺，使茅台酒的品质得到最大的提升。

这是一个默默无闻的工作，这样的工作注定只有奉献，没有回报。因为工艺查定总结，只是为茅台酒的制造提供经过科学分析的数据参考，而不是找出替代茅台酒酿造工艺的方法。茅台酒的酿造，具有一种"神秘性"，说它具有神秘性，是因为茅台酒的酿造，主要是靠百年工艺传承，一代代酿酒师实践经验、心得体会的积累传承，实际上，茅台酒的酿造是一种厚重的酿酒文化传承。另外，茅台镇与赤水河得天独厚的土壤气候、水质，都决定了茅台酒的酿造是不可复制的，故而，异地茅台制作最后只能以"珍酒"面世。

因此，工艺总结工作组的工作，就是提供科学数据，另外从科学分析上，了解茅台酒制作的内涵实况，从科学上认识神奇的茅台酒酿造工艺。因此，工作组的艰辛劳动，主要是一种付出和奉献，不会有什么创造性的成果。

但是，年轻的陈圣龙，在茅台干得很欢！

两年的工作时间，他完全融入了茅台酒厂的劳动生活。他不像我们想象的，一个科学家，做着神秘的"科学实验"工作，在普通人面前，显得高高在上，只能仰视。青年陈圣龙，把自己当成了茅台酒厂的普通一员，他下车间、进窖池，和工人们一起，挥舞着钢铲，翻动着酵沙（高粱酒酿称为"沙"），和工人们一起推起装满酒酿的小车小跑。工人们早已忘记了陈圣龙是什么省城下来的科学家，亲切地叫他"小陈"。

为了鼓励和褒奖"小陈"的这种工作积极性，共青团贵州茅台酒厂委员会，还给陈圣龙颁发了"六好青年"证书。

证书上写着：

奖给"六好青年"陈圣龙同志

干劲能伏虎

志气比天高

河山大变样

英雄看今朝

省城来的青年科学家，荣获茅台酒厂这样一张奖状，显得很有意义、很有意思、很有内涵意蕴。这个奖状，不是给科学家陈圣龙的奖励，而是给青年模范陈圣龙的奖励。这说明陈圣龙的人品，得到了茅台酒厂全体职工和领导的高度认可。

而在实验室的科学家陈圣龙，又变成了一个一丝不苟的科学工作者。

茅台，是一个酿酒圣地，这里处于河谷地带，气候炎热。在那个年代，房屋简陋，没有空调，实验室又不能用电扇，因为电扇吹出来的风，会吹走试剂、滴液，还会影响实验需要的绝对稳定性。

在茅台，水边容易滋生一种如小米一样大小的"蠓虫"，当地叫"麦蚊"，因其小，"麦蚊"咬人通常都是"集团轰炸"，凡是裸露在外的地方，尤其是手脚、脸耳，只要你稍微不动，立刻就是黑压压的一片，叮在你的皮肤上。

后来陈圣龙回忆起这种"麦蚊"，还心有余悸地说："天气热，穿的是短袖，当你在向试管滴试剂的时候，或者在天平上称试剂剂量的时候，或者在观察实验器皿里试剂化学反应的时候，都是不能动的，这时，只见手臂小腿上，黑麻麻的一片，差不多手脚都会被叮肿。但为了实验，你就是不能动，所以在夏秋时节，做实验是一个很可怕的事情！"

16万字的《贵州茅台酒整理总结报告》，就是在这样的工作环境和条件下分析总结整理出来的。该成果获1978年省科学大会奖。

刚进贵州的青年科学家陈圣龙，他的贵州化学科研之旅，竟然从茅台开始，这也让他和酒结下了不解之缘。

好花开在刺梨蓬

贵州是著名的刺梨之乡。那首著名的布依族民歌成为贵州的经典民歌，唱遍了全国，一直流传到现在，也仍然是所有贵州人最喜爱的歌曲之一。这首歌歌名叫作《好花红》，花是什么花，正是刺梨花！

歌中唱道：

> 好花红来好花红
> 好花生在刺梨蓬
> 好花生在刺梨树
> 哪朵向阳哪朵红

历史上最早出现刺梨文字记载的文献当推康熙二十九年（1690）由田雯所撰的《黔书》及康熙三十六年（1697）由卫既齐等主修的康熙《贵州通志》与康熙年间由陈鼎所著的《滇黔纪游》。

《黔书》详细而生动地记载和描述了贵州刺梨的特色："刺梨野生，夏葩秋实，干如蒺藜多芒刺，葩如荼䕷，实如安石榴而较小，味甘而微酸。食之可以已闷，亦可消滞，渍其汁煎之以蜜，可作膏，正不减于梨楂也。然亦有贵贱，瓣之单者，土人以之插篱而代槿，胎之重者，名为送春归，春深吐艳，大如菊，密萼緜英，红紫相间而成色，实尤美。黔之四封悉产，移之他境，则不生。岂亦画疆之雉，过淮之桔耶？又普定乌撒梨不下建阳，宣城亦有梨膏佳者不下河间。"

20 世纪 40 年代，我国著名的生化营养学家王成发、万昕、罗登义及李琼华、张宽厚等人对刺梨做了大量的科学研究与分析测定工作。

对刺梨进行全面分析的最早科学文献是王成发、马孝骥的《刺梨之化学成分与丙种维生素含量之研究》，文中报道："知成熟刺梨中维生素 C 含量之高，较诸陈氏等报告之昆明青果中维生素 C 含量之二倍有奇；较王氏以往分析之广西沙田柚之结果高二十余倍；较闽黔等省之柑汁中含量，高约四十倍；较桔汁中者高约九十倍；较绿苋菜等亦高二十余倍。故刺梨堪称我国已知含维生素 C 食物中之最佳者。若按每人每日需要维生素 C50 公丝，则每人日食刺梨半个，则对维生素 C 之需要，既无不足之虞。"王成发教授对刺梨研究的科学成果，曾分别在 1942 年中国化学会第十届年会及 1943 年中华医学会第六届年会上宣读。

　　之后我国著名营养学家也是我们贵州本土的营养学家罗登义教授分别在《新中华》月刊及《中国化学会志》等刊物上，发表《再谈国人营养中之维生素》《野菜和野果的营养》《刺梨的营养化学》《各项因子对于刺梨中丙乙两种维生素含量之影响》《刺梨中丙种维生素之利用率》《战时我国营养科学之动向》等文献，以及其所著《营养论丛》第二集中，均突出地报告和引用了王成发教授及他自己对刺梨进行科学研究所取得的出色研究成果。

　　新中国成立以后，我国主要是贵州对刺梨的科学研究工作进入了一个全面深入发展的新时期。贵州农学院在罗登义教授的主持指导下，继续了对刺梨的研究工作，并在资源品种调查、引种驯化、人工栽培、贮藏加工等方面进行了新的研究和探索。20世纪50年代后期，中国科学院南京中山植物园就对刺梨进行了引种驯化和人工栽培的研究工作。

　　叶镛在《贵州社会科学》1983年第4期发表的文章《贵州刺梨与刺梨研究史》一文，对刺梨研究的历史进行了全面而详尽的论述。

　　他在文章中专门论述到20世纪80年代贵州对刺梨的应用研究，其最先提出的就是陈圣龙科研团队的刺梨饮料的研究与制作："近年来，贵州省轻工科研所陈圣龙等完成了《刺梨饮料的试制及其生产工艺和稳定性的研究》课题……"

　　当然，自愿选择了从大上海来到贵州的陈圣龙，早已把贵州当成自己的第二故乡，关注贵州的特产刺梨，是很自然的了。

　　陈圣龙的科学研究最大的特点，就是注重应用。他的科研，决不停留在所谓理论的空谈上；他的科研成果，基本上都是研究成果的社会应用。这也表现在他对刺梨的研究上。

　　他联合了贵州轻工科研所和贵州农学院的科学家，承担起了"贵州七·五攻关项目"的有关课题。

　　从陈圣龙在茅台酒厂的科研行为就可以看出，他是一个非常接地气的科学家，他深入生活，用普通人的眼光去体验生活。他发现，被一代一代科学家推崇备至的刺梨产品，虽然营养价值很高，"但风味清淡，且带苦涩味""难于为许多外地消费者所接受""影响了刺梨饮料的进一步发展"（陈圣龙"七·五攻关项目"报告）。

　　食品科研，听起来不是那么高深，但过程却并不简单。在轻工科研所的小会议室里，陈圣龙科研团队的科学家们，正在汇集各位科学家调研整理的资料，资料也不复杂，就是市场上各种常见饮料的口味和成分分析。陈圣龙对大家说："资料已经很详细，现在我们需要确定的，是根据营养成分和口味搭配，选出与刺梨汁营养和口味最接近最协调的试验材料，与刺梨汁进行科学融合，最后确定最协调的新刺梨汁配方。"

经过反复的分析对比讨论，科研团队最后选取了"猕猴桃汁、橘子汁、橘子香精、杨梅汁、山楂汁、胡萝卜汁、菠萝汁、可乐香精、甜酒汁、橄榄汁、姜汁"11种营养汁，与刺梨汁进行复合调配。

调配成分比例，确定"糖控制在9%左右；酸控制在0.25%左右；VC控制在50%以上"。

而11种调配辅料汁与刺梨汁的复合调配过程，都严格按照科学要求进行。每一种调配，都必须通过"配材、复合工序、澄清试验、贮存试验"等过程的观察品尝分析数据建档。经过严格的生产和品鉴过程，最后确定了两种刺梨复合饮料，"橘味刺梨汽水""可乐型刺梨复合饮料"。两种饮料的配方按100公斤为试剂量，"橘味刺梨汽水"配方为："刺梨汁（刺梨可乐）：45 kg；猕猴桃汁：15 kg；蔗糖：40 kg；乳化橘子香精（上海孔雀牌）：340 ml；酸：适量"。"可乐型刺梨复合饮料"配方为："刺梨汁：45 kg；猕猴桃汁：15 kg；蔗糖：40 kg；甘草汁（5%）：800 ml；可乐香糖（孔雀牌）：30 ml；酸：适量"。以上两种配方，各加5倍二氧化碳水，制成500公斤饮料。

整个工艺流程如下：

【刺梨汁】—【猕猴桃汁】→复合→【糖、酸】→调配→加热→过滤→冷却→【香精】→调香→【底料】→装瓶→【CO_2水】→灌汽水→压盖→贴标→检查→【成品】

然后分别以4℃、25℃、37℃三种温度贮存三个月试验，确认低温贮存最佳，但各种温度贮存均未发现污染现象。

陈圣龙说："这样的制作程序，看上去就是那么一些环节，实际上，整个工序是一个漫长的过程，而每一个过程，都必须按照科学的要求进行，除了严格按配方投入配料，每一个制作程序，包括贮存的控温控时、消毒防菌，都来不得半点马虎。"

在这个制作过程中，陈圣龙和他的科研团队神经高度紧张，既要监控整个过程的规范操作，又期待着实验的成效结果。采访陈圣龙的时候，他笑着说："那一段时间，就连做梦也是'刺梨汁'梦！"

1989年10月，省轻工所食品车间出具产销证明：

"今年我们食品车间批量生产刺梨饮料11700瓶（每瓶250 ml），其中橘味刺梨饮料5400瓶、刺梨可乐6300瓶。该产品风味佳、色泽好、酸甜适口，受消费者欢迎，销路很好。"

产品经过四道食品卫生检查，均为通过。

至此，经过三年的科研实验试生产，"贵州省七·五攻关项目：刺梨复合饮料的研制"获得圆满成功。

为保障刺梨饮料的科学生产，陈圣龙团队还先一步于 1984 年制定了"贵州省企业标准·刺梨汽水"，刺梨汽水企业标准由贵州省标准计量管理局正式颁布，文件名为《黔 Q114-20-84 刺梨饮料标准》。该标准 1985 年被评为贵州省优秀标准。

在这个科研过程中，陈圣龙主持的"提高猕猴桃汁质量的研究"同时获得 1986 年贵州省科技进步四等奖。

多项食品科研成果的获得，陈圣龙并没有沾沾自喜，因为，一个更大的科研项目早已在紧张地进行中。

Q303 根霉糖化菌

在贵州崎岖的山区公路上，颠簸的大客车内，或者是在山区爬行的绿皮火车车厢里，经常可以看到一个高瘦而斯文的男人，他坐在座位上一动不动、眼睛欲闭不闭，仿佛周围的喧闹和他没有半点关系。这个人就是陈圣龙，坐车的过程就是他自由思考的时间。那时——20 世纪七八十年代，贵州的汽车还在盘山公路和之字拐上慢慢地爬行，下坡时踩得刹车冒烟，即使是绿皮内燃机车也只能在高原大山里沉重地爬行。

陈圣龙做梦也没有想到，现在的贵州，村村通公路、县县通高速，高铁贯穿所有地州市，很多市县建起了飞机场。

对于那时的陈圣龙来说，他只能奔波于那种颠簸或者漫长的爬行中。

他正在进行根霉曲的科研项目，奔波于省内外有关的各个大小酒厂之间，他亲自深入有关的制曲车间，观察他们的制作规程，提取他们的产品进行深入研究。这是陈圣龙的老习惯，他不依赖于第二手资料，也不依赖于假手旁人取得的资料。他坚信，化学和生物科研，必须实地提取第一手样材，才会得到真实的感受，得到可靠的信息。

陈圣龙一直保持着这个习惯，即使后来他作为省政协委员，下到各地的酒厂进行视察和技术指导时，他也不喜欢座谈会的形式，而是直接下到车间，和工人们一起干活，在劳动中了解工厂运行的情况和遇到的问题。

一直到他 70 岁退休，他还保持着这个一以贯之的良好习惯。他不喜欢开会，而是喜欢直接到车间参与劳动，和工人谈心。到后来，耄耋之年的陈圣龙参加省里组织的专家扶贫团，参与到平塘、罗甸、玉屏、赫章等县的技术扶贫，他也仍然坚持下到车间，与工人面对面交流。陈圣龙说："技术扶贫就是去帮助基层企业解决技术问题的，而不是去参观，你只有参与到生产过程中去，看工人操作，和工人沟通，你才会真正发现问题、解决问题，技术扶贫才不是一句空话。"

陈圣龙研究根霉菌，就是这种良好科研习惯的精神体现，"Q303 根霉糖化菌"的发现和创造过程，就是这种"深入实践，从细微之处，不断发现问题、研究问题，从而不断创新"的过程。

为了观察、检验"Q303 根霉糖化菌"的推广应用效果，陈圣龙一个工厂一个工厂进行技术指导，一个工厂一个工厂为他们开讲座。陈圣龙不无自豪地回忆说："当时，我跑遍了贵州，贵州起码一半以上的酒厂我都去过，进行过指导，开过讲座！"

陈圣龙开讲座有一个很了不起的特点，就是他的讲座，技术员们很喜欢听，工人们也很喜欢听！

的确，开讲座的人，能够做到这一点是很不容易的。这里面有着很具启发性的原因：首先，陈圣龙在大学里就掌握了较透彻的化学理论而且具有科研应用能力。其次，陈圣龙的讲课内容，是他科研的深切体会，不是空洞或者空泛的一般性理论知识；尤其重要的是，他的讲座，其具体依据是他在车间与工人们一起劳动，在发现问题、解决问题的过程中所积累起来的实践案例。因此，他的学术积累，既有技术员层次关注的内容，也有工人们关心的内容。为什么"Q303 根霉糖化菌"技术能够在全国推广，取得良好的效果？这是陈圣龙可贵的科研态度和科研实践所带来的，也对所有的科研工作者和教学工作者都具有启发意义。

"根霉菌"是制作小曲酒曲和甜酒曲的菌种。陈圣龙最早应用的优秀根霉菌种，就是在深入各地酒厂的颠簸奔波和深入车间参与劳动的过程中、在修文县酒厂的小曲中发现并分离出来的。也是在这样的颠簸奔波和深入车间参与劳动的过程中，他经过反复的应用比对，发现了科学院微生物所乐华爱先生等人分离出来的菌种更为优良，最后选定了 5 株优良根霉菌作为制曲菌种，再在此基础上，广泛选取全国小曲和甜酒曲，经过反复筛选、试验和应用，最终成功分离出"Q303 根霉糖化菌"，并因其良好的效果，在全国推广应用。这为国家节约了大量的粮食，同时提高了小曲酒和甜酒酿造的出酒率和品质。

利用根霉菌制作出来的小曲酒曲和甜酒曲，就是根霉酒曲，也称小曲。

陈圣龙解释说："根霉曲起源于小曲，实质上是纯种根霉培养的小曲。"

相传我国 4 世纪已经有小曲。当时的小曲可能是粮食加一些药材经自然发酵而成，质量比较差。经过 1000 多年的演变，逐渐发展成当今的小曲，即以米糠或研细的大米为主要原料，添加许多中药材，用较好的小曲为种培养而成。

陈圣龙团队研究成功的根霉曲，不但在菌种上性能优异，而且制作原料也由大米和米糠转为来源丰富与价廉的麦麸。产量和性能提高了，成本却降下来了，为国家节约了大量的粮食。

而陈圣龙在他的论文中则谦虚地指出："1959 年，贵州省几个单位先后开始研制根霉麸曲。根霉麸曲现在简称根霉曲。当时笔者开始用的根霉菌种是从修文小曲中分离的，后来采用了科学院微生物研究所乐华爱先生等分离的 5 株优良根霉，由于各方面的努力，制成了有实用价值的根霉曲并向酒厂推广。"

而"Q303 根霉糖化菌"的成功，正是在前所叙述的研究基础上，于 1977 年从我国小曲及甜酒曲中分离出的一批根霉菌种，性能较优者有 4 株，进而分离应用成功。陈圣龙说："当今根霉曲的生产工艺趋向比较完善，使用面非常广。在我国小曲酒酿制上根霉曲占了使用面的大部分，有些酿酒大省如四川、贵州、湖南、广西等省区除了酿制特种酒外，已基本上淘汰了原来的小曲。有些地方酿制黄酒，也采用了根霉曲。"

"Q303 根霉糖化菌"发酵率高、酸度低，有蜂蜜香味，是最优良的糖化菌种。除上述优点外，"Q303"的性能稳定，厂家使用了 10 多年，未发现性能退化，1978 年开始在全国推广。目前，已成为我国使用面最广的根霉糖化菌种。故而，1988 年，"Q303"获省科技进步一等奖；1989 年，获国家科技进步三等奖。

至今，贵州省轻工科学研究所和贵州省酿酒工程技术开发中心仍然是中国优秀的酒曲种供应基地。

小曲酒，多产于南方，其有名的品种有广西桂林三花酒、湖北劲酒、重庆江小白、江津高粱酒、云南玉林泉酒、广西湘山酒、广东长乐烧等。另外闻名遐迩的绍兴黄酒，也属于小曲酒。而产于遵义的中国八大名酒之一的董酒和湖南的酒鬼酒则是大曲小曲混用而生产的名酒。

我们不知道从茅台酒厂科研起步的陈圣龙，为什么钟情于小曲酒曲的研究并开花结果。但我们看到陈圣龙回忆起他的故乡，尤其是回忆起他的母亲，眼里那一种亲情闪动。是否家乡的黄酒，勾起了他的报答情怀？

不管怎样，南方多小曲酒，而甜酒的酿造，则著名于川渝而遍及于全国。因此，"Q303根霉糖化菌"的应用，推广到全国除西藏和台湾以外的所有省区市。可以说，陈圣龙的科研成果，既是对桑梓之情的回报，也是对第二故乡贵州和全国人民的报答。

根霉曲的制作，是一个很复杂、有严格的科学规程要求的过程，涉及很多程序和数据，还有很多化学方程式。

陈圣龙的家离科研所不是很远，所以他都是徒步上班。早上的这个时间段，空气清新，适宜于思考问题。陈圣龙一边走，一边思考着"Q303根霉糖化菌"科研当中的很多具体而复杂的问题，想着想着，他完全沉迷进了思考中。有一天，他正沉迷在思考状态中，在巷道的转弯处，他完全没有注意到一辆公共汽车正开了过来，陈圣龙差点就直直地对着汽车撞去！汽车吱的一声在陈圣龙面前刹住了！司机师傅气得摇下车窗，大声地斥责："你搞些哪样搞，走路嘛看到点嘛，你不怕死，我还怕出车祸呢！"陈圣龙下意识地说："对不起、对不起……"然后眼神迷茫地从汽车旁绕过去往前继续走，司机莫名其妙地咕哝了一声："兹个哈子（贵阳话：这个傻子）！"

对"Q303根霉糖化菌"制曲有兴趣的朋友，可以阅读《酿酒科技》（1993年第4、5、6期和1994年第1期）陈圣龙的论文连载。

陈圣龙在论文中介绍了他创造的试管固体麦麸培养基保存产孢子菌种法，认为"效果良好"。采访陈圣龙的时候，他给我们展示了他至今已保存了25年的试管固体根霉菌菌种。已经保存了25年的根霉菌菌种，仍然存活，且性能不减。在我们看来，这已不是"效果良好"，而是"效果惊人"了！

根霉菌菌种的培养和保存，是根霉曲制作的基础。用葡萄糖豆芽汁与琼脂经严格过滤配比并凝固后，制成培养基，用分离出来的"Q303"菌种在培养基上进行接种，置于30℃的培养箱中进行培养，待长满孢子并形成大量的孢子囊就可以保存。

有了根霉菌菌种的培养保存，陈圣龙就在三角瓶中进行根霉曲种曲的制作。用麦麸为原料制作根霉曲，是陈圣龙在制曲原料上的重要改革，以前的制曲，是用谷物大米麦子为原料，辅以药材，不但浪费粮食而且制作复杂。用麸皮制曲，不但节约了大量的粮食，而且有利于菌种的培养和酒曲的制作，用陈圣龙的论述来说："根霉曲采用单一的麦麸为原料具有许多优点：以麦麸为原料，价格低廉，几乎是谷类中价格最低的原料；来源丰富，是有小麦的地方都有麦麸，麦麸是小麦加工厂的副产品。100公斤小麦加工后可得10多公斤麦麸，随便哪里都可就地取材；营养丰富，100 g麦麸含碳水化合物54

g、蛋白质 14 g；此外，还含微生物生存必需的矿物质、微量元素及维生素，是一种很好的培养基，质地疏松有利于好气微生物生长繁殖，也有利于蒸料及烘干。"

陈圣龙介绍，三角瓶制曲为二级种，浅盘制曲为三级种，三级种与酵母按比例混合直接用于酿酒时，称为四级种。用于酿酒的四级种曲，在制作时，如果酿酒规模较大，需要浅盘（曲盒）制曲，如果酿酒规模不大，直接用三角瓶种曲即可。

无论哪一级种的培养，都要进行严格的消毒，然后烘干保存。

四级种曲（根霉曲）制作，是根霉曲与酵母的混合。酵母制作与根霉曲种的制作行为大同小异。

在制曲工艺上，陈圣龙的另一项改革，就是根霉与酵母的分开培养。一般制小曲是根霉及酵母在原料上混合培养，故难控制根霉和酵母按预定比例生长，往往导致酵母过量繁殖。为了避免上述缺点，陈圣龙的制曲方式则是将根霉和酵母分开培养，最后按一定比例配制成酿酒用的根霉曲。

甜酒曲的制作直接用根霉曲，不加酵母。

陈圣龙对于制作和贮存过程中的防止污染，以及酒曲质检等方面都有严格要求，可见"根霉酒曲"的成功，是在严格的科学保障之下达到的。

陈圣龙说："为什么我到各个酒厂进行调查、取样、指导、视察都喜欢直接到车间，直接参与生产劳动？只有在生产一线亲自参与劳动过程，你才能发现许多细小的问题，这些细小问题如果不重视，就会带来大的问题。"

陈圣龙能够发现"Q303"，并成功制曲推广，经 10 年的运用考察，取得省科技进步一等奖、全国科技进步三等奖，没有严格的科学态度是做不到的。

12 月的北京

1989 年 12 月的北京，枝头积雪未消，冷意侵人。

陈圣龙来到了首都，来到了天安门广场，来到了人民大会堂。

一向淡定的他，也难免心情激荡、心灵火热。

天气是寒冷的，但生长在炎热的南方，工作在气候宜人的贵州，陈圣龙却并没有在这里感到寒意。因为首都是热情的，热情的接待人员、热情的宾馆服务员、热情的会议负责人和工作人员……每一个人脸上洋溢着温暖的笑意，都让陈圣龙体会到作为一名科学工作者在首都受到的尊重和关心。

他穿着一件灰色的夹克，显得十分朴素，但掩不住他文质彬彬的气质。这是他衣服中最好的一件了，潜心于科研的陈圣龙，对吃穿打扮不大关心。他关心的是哪一株菌种最好，从来不关心哪一件衣服好不好。

他随着有序的队伍缓缓走进大会堂，在引导员的引导下，缓缓走进接见大厅。所有的获奖科技工作者都安静地等待着。

他的心绪早已飞到遥远的故乡温州和遥远的第二故乡贵州……

他想起了亲人：想起摸着他头的父亲；想起地下工作者的四哥和贤淑的四嫂；想起供他上高中的堂姐……尤其，他想起了母亲。想起他在三角化工厂周末回到家，母亲总是想办法做最好的菜，不停地劝他多吃；想起母亲劝他读医学院，因为新中国成立前夕，他差点病死，但他喜欢化工，喜欢那些五颜六色的试剂和高高矮矮、长长短短的烧瓶和试管，于是他报考了化工学院的化学制药专业，这个专业既满足了自己的愿望，也让母亲觉得与医学有关。想到这里，陈圣龙脸上露出了微笑。其实，母亲还是迁就他的，现在想想，母亲哪里会不了解他的想法！

他想起，他每月从工资里拿出 20 元寄给母亲。母亲的来信中，总是说她不缺钱，但缺不缺钱是母亲的事，寄不寄钱是他心意的事！后来，母亲的来信中又总是劝他要照顾好自己……

他的心里漾起温暖的浪花。

当然，还有伤感。当母亲去世后，家里人才告诉他，他每月寄来的钱，母亲全收得好好的，一分也没有花。母亲曾对家人说，钱虽然没有花，但她十分欣慰，知道"小圣龙"有出息了，她就放心了。

他想起母亲说的话："身边有儿子媳妇女儿的照顾，其实我不需要远在千里之外的小儿子给我寄钱。但圣龙的钱，是他的一片心意，我得收起来，我高兴的是，他能为国家做事，是个国家需要的人！"

母亲文化不高，母亲告诉过他，她的知识，是在过去的"书院"窗外偷听来的。但似乎家国情怀，她懂得比很多人都多！

他想起茅台酒厂给他的"六好青年"的奖状，想起大家都知道，他肯定只在茅台工作两年就会走的，但厂里仍然给他奖状，把他当成茅台酒厂的一个好青年，这是对一个年轻人最好的激励，让他对未来充满了希望和信心。严格说起来，茅台酒厂才是他大学毕业后第一个工作的单位，那在他心中萦绕不去的芳香馥郁的厚味，奠定了他科研的基础，与他后来制作酒曲"Q303"，就像冥冥之中的一种缘分。

他尤其想起，他埋头科研，"两耳不闻窗外事"（这是陈圣龙最爱说的一句话），他的爱人与他做了夫妻，他们的脾气是相投的。这一年，物资匮乏，临近春节，陈圣龙还在酒厂工作，他们还什么都没有准备，作为一个外省来的高级知识分子，在那个年代，他也不知道该怎么办。这时，一个有心的工人跑上门，拉着他来到一个偏僻的民间市场，直接把他拉到一个农民的摊子前，递过一支烟，说："你的冻菌，卖给他，他给的价钱，肯定最公道！"野生冻菌，那是本地最香的菌子，陈圣龙从来不知道有这个好东西，现在他买到了。那个工人又拉着他到了另一个摊子前，问："那只老母鸡，你给我留着没？"农民笑吟吟地说："你老弟交代的事，还有哪样问题！"工人又递过一支烟，说："卖给他，价钱不要再谈了哈！"

一直懵懵懂懂的陈圣龙，就这样拎着一只大母鸡、一大包冻菌。工人拍拍他的肩，说："陈工，新年快乐！"他稀里糊涂地回答了一句："新年快乐！"工人早离开了。

这一年的春节，他们家就靠这只鸡和这包冻菌，吃了一顿香喷喷的年夜饭。陈圣龙说："这是我一生中最幸福的一顿年夜饭，至今难忘！"

的确如此，他来到贵州，不但得到组织和领导的关心爱护，更是和各地的工人建立起了纯洁的友谊，即使1988年他任了轻工科研所食品发酵室的主任，他到了车间，没有工人喊他一声"主任"。而在官方召开的座谈会上，这总是比他高工的头衔先一步介绍的——工人们永远叫他"陈工"。这个细节，也是他最欣慰的事情之一。

北方的蓝天，阳光明亮，纯净通透但寒气逼人。人民大会堂内，却温暖如春！不！在陈圣龙的感觉中，这里气氛火热，他的心激动跳荡！他知道，他选择了心爱的化工专业，没有错！他选择来到贵州，没有错！他从来没有想到报答、回馈这些字眼，但组织和群众，就这样给了他最好的回馈！

他的心忽然平静下来，但眼里情不自禁有些湿润，因为，一大群中国最高的领航人，正迈着稳健而有力的步子，向他们走来……

2020 年 10 月

原载于《贵州科学家传记·第三卷》

贵州人民出版社，2021 年 6 月版

农民　作家　村支书

　　谁说您水浅地皮薄/谁说您落后又偏远/座座奇峰异岭/是您坚强的脊梁/片片广湾阔坝/是您博大的胸怀/甘泉是您不竭的乳汁/青山是您不衰的容颜/御笔下/有您儿女的美名/军旗上/有您儿女的鲜血/这里是将军的故乡/这里是英雄的家园/这里是富翁的摇篮/您一步一个脚印/您一笑一个辉煌/请揭下神秘的面纱吧/伟大的母亲/让世人一睹您新世纪的风采……

——农民肖春良献给家乡的诗

一、"另类农民"肖春良

　　肖春良，地道的农民，优秀的作家；镇远县江古乡蚂塘村党支部书记；镇远县和黔东南州优秀共产党员；贵州省写作学会会员。

　　1950年1月，肖春良出生于蚂塘村肖家寨，1966年初中毕业，遇上那个"史无前例"的年代，失去了继续学习的机会。

　　1970年他应征入伍，服役14年，辗转于成都、北京、新疆、南京、福州、武汉等部队。唐山大地震抢险救灾，留下过他的足迹；西北边疆自卫反击战，洒下过他的鲜血；众多的国防工程建设，挥洒过他的汗水。他立过功、挂过彩，为二等伤残军人。

　　1984年以二级伤残复退，回家乡务农。

　　高适诗云："即今江海一归客，他日云霄万里人。"（《送桂阳孝廉》）

　　回乡的肖春良，躯体虽然是一个农民，但他的灵魂却是一个文人。他的四肢在忙碌着驱牛担粪的农活；而他的精神，却游弋在文学的天空。在沉重的劳动、繁忙的家务中，文学创作，就是他的休息和调节。在田间地头，他会掏出笔来，记录下他思想活动中的灵光碎片；做完家务、照顾了病妻，他铺开纸张，文笔游走，让自己精神世界的言语，变成起承转合的篇章文字。

肖春良笑着说："农忙写些短的，农闲就作长的。"他的话，令人想起那句著名的"忙时吃干，闲时吃稀"的名言，好像他在享用一次次的精神大餐。回乡 20 多年来，他陆续发表了长篇小说《女人万岁》，中短篇小说集《清明》，诗歌集《在希望的田野上》，散文集《江古·母亲》《往事悠悠》等。和其他一些所谓的"农民作家"不一样，那些写作过农村题材或在农村生活过的作家，他们因"农村写作"而得益，后来离开了农村土地。而肖春良无论在创作上走了多远，与甘肃农民作家索新存一样，他的人和思想依然深深地依附在他的乡村土地上。他说"生活是创作的口粮"，这是他对"农民作家"的真知灼见，他是真正意义上的农民"作家"，地地道道的"农民"作家。

甘肃作家剑云在《农民作家索新存——挑一担带露珠的菜》中赞叹索新存的诗意，也提出一个普遍的问题："中国农民看了几千年的乡野上空的月亮啊，老子看过、庄子看过、索新存看过、我也看过，这农耕沃土之上的皎皎明月啊。农业进步的方向究竟在哪里？农民精神的出路究竟在哪里？"而肖春良作为村支书，在他的带领下，他的家乡实实在在发生了翻天覆地的变化，由一个无电缺水的穷村僻壤，变成一个机动车水泥路直通各家各户的富裕村庄。村民收入从改革前的不足 1000 元，到 2010 年的 3000 多元，2011 年可望达到 4000 元。他关于农村土地流转改革的理念与实践，走在贵州全省最先，其经验报道不但上了省内报刊，甚至上达中央党校刊物。2005 年度、2010 年度，蚂塘村党支部被贵州省委授予"五好基层"称号；被镇远县委授予"五好党支部"称号。肖春良也成为州、县"优秀共产党员"。

就这样，卖掉心爱的大水牯赴鲁迅文学院学习，出版了多部长篇小说、中短篇小说集、诗歌集、散文集的肖春良，至今仍是一位地道的农民，仍在乡间以耕种为生，仍在乡间带领村民们共谋生产大计——他是农民中的另类，作家中的另类，村支书中的另类，堪称中国农民第一人！

肖春良的事迹，从中央到地方，大小媒体均有报道。贵州省电视台为他做了专题播报；《贵州日报》以整版篇幅刊登了他的文学业绩；中央电视台央视网以"肖春良：快乐的农民作家"为题，在《华人面对面》节目中对他的人生与作品进行了长篇专题报道；他的肖像还上了"时代先锋·中国优秀共产党人"系列邮票。2011 年 5 月 14 日，中国《农民日报》社"村庄家国——纪念中国共产党成立 90 周年"特别报道组一行 8 人驱车前往江古乡蚂塘村，对肖春良进行了实地采访。

农民、作家、村支书，肖春良已然成为一个现象，这三种身份的同时确立，是不是可以对"人""人生"这样的话题，有一种新的启示呢？

二、士兵与农民

肖春良出生在贵州省黔东南州镇远县江古乡蚂塘村的肖家寨。从童年的懵懂时光起，他就在乡野奔跑，在山间放牛，在泥里玩耍。他热爱这片土地，无论是农村物质生活的困苦，还是乡村蓝天白云的诗境，在他的脑海中都留下了无法忘却的深刻记忆。

1966年肖春良初中毕业，生活就开始了对他的无穷考验。因家庭困难，父亲和哥哥生病，家里没有劳力，无法供他继续上学。回到家，这个初中毕业生，就变成家里唯一的劳动力。16岁，在别人还是稚嫩的年龄，他却已经接受了父母给他的包办婚姻，娶了媳妇，妻子已经21岁。1970年，肖春良走上了当时很多农村有志青年唯一的可行之路——当兵吃官粮，这时，他的大女儿已呱呱出世。

年方20岁的肖春良怀着一腔热血和迷茫的梦想走出肖家寨，去山外，见大世面，开始了他完全不同于乡村生活的另一个人生旅途。14年军旅生涯，他开过汽车，也修过汽车，还做过文书。他幽默地说："在部队这些年，我做过的最大的官就是代理连长。从新兵连到运输连，我是最土的老百姓，一个连324人，只有9个初中生——其余全是高中生。我，就是初中生里的一个，但我这个初中生却成了文书。"

他靠一种特有的精神，学成了技术也学成了文化。在部队，他这个只有初中文凭的文书，爱上了书法。一个穷得叮当响的农村兵，哪有钱买纸呢？而他当兵之时，正是"文革"期间，更不敢用废旧报纸来练习，稍不小心，就会背上"反革命破坏"的罪名。结果他想到了一个令人匪夷所思的办法，把包装纸箱拆开成纸板，用毛笔蘸水在纸板上练习写字，当纸板写满了字，已经无法看清时，换一块，再把纸板晒干，又可以继续练习。不知他每个纸箱可以书写多少次，又用了多少个纸箱，总之，天长日久，他练得一手好字。王羲之的洗墨池，哪里比得上肖春良的废纸箱呢？刻苦精神同在，而条件甘苦不同。

在部队，只有初中文凭的农村青年肖春良成了个宝，修车、开车、干文书、写文稿，还写得一手好字，办墙报、写标语，都是他的拿手好戏。

亚里士多德说过："当一个人镇定地承受着一个又一个重大不幸时，他灵魂的美就闪耀出来。"也许生活就是这样，注定要给肖春良这个不平凡的平凡人以磨难。在新疆，农村兵肖春良参加自卫反击战，眼睛严重受伤，恶化时，一只眼睛完全失明，而另一只也只剩下 0.2 的视力，肖春良行动没有以前那么方便，眼睛也难以承受长时间的书法练习，但行动不方便的肖春良却不甘心放弃人生的追求和奋斗，这个从前迷恋书法的农村兵又迷恋上了文学。

那是在福州的难忘时光。1980 年，部队上的干部都转业了，他没有获准离开，而是受命代管驻守部队的一个连队。那段时间，部队事情不多，每天安排好工作，他就到附近的旧书摊上去翻书看，他的周末几乎都是在书摊上度过的。距离部队驻地很近的一片巷子里，有很多旧书摊，三年，他几乎看遍了书摊上的书。这是肖春良最欢乐的文学时光，三年的读书，他感到了时空的无垠和生命的奥秘，他感到了内心有了一种表达的冲动。

福州的夏天很热，蚊子奇多，部队精简，大家各自去忙自己的事情去了。营房里安静得很，肖春良就在这里看啊、写啊，受伤的眼睛吃力地寻找着那文学的春光。肖春良全身精光，只穿个短裤，脚上却蹬一双长筒水靴，然后坐到床前，把蚊帐拉下来盖住上半身，他用这样的"全副武装"来抵挡福建的蚊子和热浪，进行他的写作实验。受伤的眼睛，差不多要凑到纸页上。他痴迷地写啊写啊，汗水从光溜溜的前胸后背往下淌，一天下来，水靴里浸透了汗水。白天写成黑夜，黑夜写成白天，这时候的肖春良如痴如醉。

福州的台风说到就到。一天，肖春良正写得入迷，台风袭来，他放下手中的纸笔，跑出去招呼部队去救老百姓。经过一夜的奋战，台风过去了，一切安定下来，他拖着疲惫的身躯归来。回到营地，眼前的一切让他惊呆了：营房不了，只留下空空的坝子，泛起阵阵的风。20 多万字的书稿连同营房，不知风吹何处，这是他两年的心血，他的精神寄托，一夜，全没有了。入夜，肖春良躺在临时帐篷里悄悄地擦着眼泪。但肖春良对文学追逐的心灵历程，已经把他带上一条神圣之路，他知道自己，今生再也离不开文学。

1984 年，伤残的肖春良退伍了，带着满腔的文学梦和建设家乡的愿望，他回到了镇远。

现实并不像梦那么美好。这个一只眼睛失明，另一只眼睛只剩下 0.2 的视力的伤残退伍军人被安置在镇远一中做"保卫工作"，这是一个在文化单位却不需要文化的工作，但你可以安安生生也默默无闻地过一辈子。没多久，对人生自有独特想法的肖春良，做出了一个让所有人都目瞪口呆的决定：他放弃了国家工作，回老家种地去了！

肖春良的家乡江古，位于镇远县东北部约30公里处，属高山台地，是镇远最高的地方，人称"镇远的青藏高原"。

江古，原叫"干古"，高山台地，缺少水资源。人们为表达望水盼水之情，也带有一点唯心色彩，就"干古"谐音，改名"江古"。江古坝平水少，所以自古流传"江古田大丘，三年两不收"的民谣，是有名的干旱乡镇之一。这里的人们要想吃饱饭，全靠老天爷的恩赐。"几亩望天田，一头老水牛，入冬围着火炕头，春来无水莫盼头"，就是这里的写照。

肖春良回到家，孩子们尚未成人，妻子独撑天下，过度操劳，落下一身的病。看着这个大字不识、比他大5岁的农村妇女——王银洲，一个有着男人名字的女人，未过40岁，已经苍老憔悴，他除了感激之情，心中还有些哽咽。20年，她担当起这个家庭，老老小小是她照顾，田里土里的活路是她劳作，她默默地担着这副看不见说不出的千斤重担。最不能忘的是1974年，老二出生，公公婆婆企盼她生个男娃，为家族传宗接代，结果呱呱坠地的又是一个女孩。被家里人冷待，她只有自己带着两个孩子独自求生。二女儿出生刚三天，王银洲就下地干活，还要到棒劳力一上午都只能挑一挑水的遥远地方担水。还在月子里，她就要打田挖土，做男人的活，还要洗衣做饭，做女人的事。两个小娃三张口，田里土里赶季节，妻子就这样落下一身可想而知的病，特别严重的是风湿性关节炎，发作时，走路都艰难。

现在，人们只知道男人在外面发了财，很多人不是休妻另娶就是"包二奶"养情人。其实，在那些年代，农村青年当了几年的兵，就瞧不上乡下的女人，想离婚另找城里姑娘的现象，也是相当普遍的。

从不与大自己5岁的妻子闹矛盾的青年士兵肖春良，其实并不是没有"桃花运"，当年负伤在南京某部队医院住院，这个乐于助人、开朗乐观、有几分文人气质的年轻战士，走到哪里都惹人喜欢。一个同样年轻的护士长悄悄地爱上了肖春良，言语间经常暗示他，开始，肖春良以为这只是在开玩笑，逗大家一乐，嘻嘻哈哈就过去了。谁知道后来，护士长还真的请人来说媒了。那个介绍人说："我们知道你农村老家乡下有个妻子，比你大5岁，不识一个字，完全是父母包办的，你完全可以和她离婚，人家护士长不嫌弃这个事。你一个农村兵，哪里去找这么好的事？"

这真是天上掉馅饼，人人求之不得的好事！

谁知第二天一大早，肖春良出院手续也没办，就匆匆地出院，一溜烟跑了……

在肖春良的心里，那个大他5岁的女人，并不只是和他同床共枕、生儿育女的"女人"，而是任劳任怨、独撑肖家天下的"妻子"。农民出身、正在当兵，但骨子里已经浸染了文化灵魂的肖春良，已经超越了身体和物质层面的快乐。

肖春良回到家，妻子是再也做不动了，近40岁的女人，看上去差不多可以称为"老妻"了。一家六口的生计，很现实地落在肖春良身上，娃娃们正当读书上学的时光。早已超越了普通农民智慧的肖春良知道，对于孩子来说，"读书"意味着什么。"农民"肖春良攥着双拳对妻子说："我就是累死，也要把他们带出来，让他们读书、上学、成才！"

肖春良回到家乡，去拜望父老乡亲，大家有好多话想说……

当年20岁的帅小伙，14年后一个老成干练的中年人，那张饱经风霜的脸，那双已然浑浊的眼，积淀着岁月的磨炼，也积淀着岁月磨炼出来的意志和智慧。而肖春良看着自己的家乡，除了增加了些不熟悉的稚嫩面孔和那些熟悉却变得沧桑了的脸庞，其他一切没变，继续着14年前的老时光，仿佛他还在14年前，未曾离开……

他带着点鸡蛋、黄豆去老朋友家。听说肖春良复员回乡，四邻乡亲们都赶了过来，大家兴奋了一阵子，老朋友相会，说不完的话头，他们摆着谈着，过了吃晚饭的时间，大家的谈兴有几分降低，肚子咕咕叫着，似乎在提醒着主人。老朋友这才不好意思地说，家里实在没有什么吃的能够抬得上桌，让大家受饿了，饭菜立马就上，大家将就点了。肖春良一看，原来自己刚刚提来的黄豆和鸡蛋，已经变成了饭桌上最好的佳肴——炒黄豆、炒鸡蛋。天渐渐黑下来，桌子上点着了小油灯。外面已经现代化的今天，家乡还没有通上电。肖春良手中举着筷子，脸上挂着相知的微笑，但他那浑浊的眼中，已经泛起拼命压下的泪水。看到家乡父老仍在温饱线上挣扎，他的心里实在说不出是什么滋味。

打田栽秧时节，肖春良和乡亲们一样，一大早就出去挑水到秧田里洗秧子。在有水的农村，稻秧从秧田里拔起来，就着秧田的水，轻轻摇动，"唰唰唰"，秧根洗得干干净净，挑到稻田边，手一扬，"嗖嗖嗖"，秧把便均匀地飞到田中，插秧人就近捡起就插。但江古这个地方，往往秧田里只有稀泥没有水，秧子扯起来，要挑水来慢慢地把泥洗掉，才好挑去栽。肖春良干了几天这样的活，并不比他修车筑路累人，但他心里却充满了悲哀：这样下去，家乡何时才能改变命运？乡亲们一代传一代、一年复一年，心灵已经麻木，他们认为这是上天给予江古的命，他们从来没有想到，"命"，是可以改变的！

这个在部队干了14年的军人，看到家乡守着大丘大丘的田，却常常没有饱饭吃。他第一次爬遍了家乡的山野，站在高山往下眺望，他明白一个道理，在江古，要改变命运，就只有先改变"水"的命运。怎样"改变水的命运"？那就是修水库。江古没有河，没有长流水。要有长流水，就只有把天上掉的水蓄积起来，雨天积水晴天用，何愁江古没有水。

带着这个激动了自己的想法，退伍战士肖春良——蚂塘村的普通农民肖春良，来到了族长家，族长当然很赞同他的想法。要修水库，就要动员全村的乡亲，这个好办，落后守旧的地方，家族的号召正是管用的力量。劳力，村里可以组织起来。但对于一穷二白的江古人来说，修水库，是需要大量的水泥的。买？蚂塘村有钱买水泥吗？并没有多想也不想去多想的肖春良一拍大腿说："动员乡亲你们牵头，我们一起办。水泥的事，我来落实！"族长说："你有这个决心，我当然愿意，只要能整起来，不过干两个冬，水库就出来了。"

肖春良说动了族长，就开始动员村里的人。乡里人这时对20岁就离开了家乡的肖春良并不了解，也有人认为肖春良是多管闲事：自己家病的病、小的小，一大堆事情还没有解决好呢，瞎着个眼还管村里的事，人家村支书都没有说话，国家又没有叫修水库，他以为当十几年兵了不得，还不是回来当农民。更多的乡民，对他也说不上信任不信任，他们看的是你能不能解决现实的问题。你明天就能把水管架到我的屋，再不用去那几里地外挑那长年累月烦人的水，那当然好。修水库？也可以，就怕白做咯，最后搞不成。

肖春良说："做不做是大家的事，白不白做，是我肖春良的事！"村民们说："那好，我们就看你肖春良办的事！"

好，你们就看我肖春良办的事！

肖春良，这个有着普通农民身份却更有着退伍战士精神的农民，想得胆子更大。水泥的问题是小问题，要解决水，首先是要解决电。没有电，村民永远翻不了身不说，要做什么事情就只有靠人工慢慢地磨，那就猴年马月也完不成任务。

我就先跑电！

不知天高地厚的肖春良，迈开了他的脚板。

他去县里，去水利部门，去电力部门，向他们反映，反映江古乡蚂塘村的贫穷现状，反映乡亲们的期盼心情。开始，人家见他是一个复退伤残军人，倒还热情接待，回答似乎也很好：只要有条件，我们马上解决你们的困难。但这个"马上"，在大事面前，却是没有具体时间限制的，谁也不知道"马上"是多久。

但无论"马上"是多久，肖春良打起了持久战，他坚持着，有时候三五天跑一次，有时候十天半月去一次。从江古到县城，30里山路，他全靠两只脚，每次去了，无论天晚与否，都得当天赶回家来，妻儿老小，一摊子一时也离不开他。他就这样坚持，一遍遍地去反映，一次次地去磨。

去多了，人家的热情也不可能永远持续，最后，就变成了一句话："你们的困难我们知道了，困难的地方多了，只有等到有钱的时候才能解决，你今后不用老是来，也耽误你的活路。"肖春良不管，他永远是个笑脸，说："我不耽误，我来就是看看你们，提醒下你们，这是我这次的报告。"肖春良一次次将报告送上。别人忙工作去了，他坐一会儿，也走了。走时留下一袋新糯米，或刚收的板栗。

见过世面的他，知道求人总需给一点礼物，乡下贫穷之地，没有什么值钱的东西，但礼物是一种感情的表达，是一种谢意的表示。肖春良没有钱，他就把六口人的水田，基本上全种糯米。走到哪里提一袋糯米，也有个"遮手"的。他就这样一次次地跑啊、要啊，30多里的路，在他那里，已经是跑成了成百上千公里了。但他，还是坚持不懈地跑着、跑着。

终于，成功的那一天来了！

1987年，电线杆架进了蚂塘村。7月5日，蚂塘村正式通电的日子来了！

这个日子，肖春良一辈子都不会忘记！通电那天，肖春良守候在电灯下，看着电灯在自己家乡亮起，一家家的窗口放出了光明！乡亲们高兴啊，孩子们跳着、喊着！这个二级伤残的退伍战士，浑浊的眼中，却慢慢地流下几滴清澈的泪水。

他借着这个好日子，对乡亲们说："水库的事大家看怎么办？"

"你说怎么办，就怎么办！我们听你的！跟着干！"心悦诚服的乡亲们口气完全变了！

三、永不消停的另类村支书

1989年，全体村民选举村支书，肖春良当选。

他拖着残疾的身躯，再跑州县，与各级水利部门磨牙，落实了蚂塘村肖家溪水库的项目，要来了 20 吨水泥。

肖春良组织村委会研究今后的工作打算，商量修水库的具体意见。

对于修水库，现在村里大多数人是拥护的，但人上一百，形形色色，真正要落实下来，也难免有不明事理的人。还有只愿享福不愿干事的懒惰人，他们过惯了"几亩地、一头牛，入冬围着火炕头"的穷日子，他们不是不知道他们这样一个干旱的地方，需要水库，但他们想的是水库从天而降，到时候别人家田里有水，他家的自然也不会干。

肖春良三番五次地展开动员工作。肖春良的动员，叫作"两手抓，一手软、一手硬"。

软的一手——肖春良用农民式的道理告诉这些人："水库修好后，水又不可能多到我家，家家受益。为了修水库，我找了 20 吨水泥，大家一个钱没有费，我跑路的差旅费、人情费，你们有哪个给过我一个钱？耽误的活路，又有哪个去帮我做过？我为个哪样？你们不去，人家为哪样又要去？大家都不去，水库真的从天上掉下来？你们说，是我肖春良疯啦，还是你们疯啦，还是寨上的人都疯啦？大家都参加劳动，你们几个要想不去，你们自己说大家会不会答应！"

硬的一手——那时，农村还实行的是集体计划经济，肖春良告诉他们：就要动工的水库，每天需要 60 个劳力，全村每一户都要出劳力，村委会有规定，不按时参加的，扣除工分，年终上完公余粮分红的时候扣除分红，就发给参加修水库的人。对这个决议，大多数村民当然很拥护，少数几个想坐享其成的，不同意也无可奈何。

按当地农村的规矩，哪家有大事要做，要请村里人来帮忙，就先请吃饭，吃饭就算是一种仪式。可蚂塘村是出了名的穷村，村委会拿不出一分钱，哪里能请大家吃饭？水库开工第一天，肖春良就在自己家里准备了好几桌酒席，请修水库的人到他家吃饭。肖春良举起酒杯告诉大家："我们蚂塘村家"的水库工程今天开工了，今天请大家来，吃点便饭，只希望大家多多出力，修好我们这个"大家"的水库。几十个人在院坝里，树荫下吃得热闹，热情也就调动起来了。几个一直不愿意参加修水库的人也来了，看着热闹的大家，他们显得有些不自然。但在这样的气氛下他们也没有什么好说的，只有躲在一边吃饭。

秋收结束，蚂塘村的水库工程开始动工了。附近的村子没有这个意识，走村串寨的人看见了，有的羡慕，更多的是说风凉话："蚂塘村的人是没有事了找虱子蹧啊！""蚂塘村的人憨了，有这个力，不如出去打工，苦一个冬下来可以挣多少钱？那可是现过现的哟！"

风凉话听多了，本来就不愿意干的那些人，更是不安了。水库工地上，风凉话也来了，几个无赖说："干了他妈两三个月了，钱没见到一块，米没见到一颗。我们凭哪样要给他和尚干？"肖春良秃顶，不喜欢的人背地里叫他"和尚"，喜欢他的人背地里也叫他"和尚"。那帮领头的说："我给你们说，和尚不在的时候你们就歇着，又没有人看得出你挖了好多，和尚来了，你们就动一动，哄哄他眼睛，不要看他眼睛瞎，他看得到的哟！""哈哈，现在大家歇着，一会儿，他来了你们加紧干，格老子看我的……"

一会儿，肖春良来了，后面跟着他只有十来岁的大儿子肖言。肖春良每天除了要处理村里的大小事情外，还要到工地来参加修水库。他还要求未成年但活路能够做一点的肖言，只要是不读书的时间，都到工地参加劳动。父子俩刚走到这里，就有人对肖春良喊道："支书来了，为哪样走到我们这块来啦，是来监工的吧？"肖春良说："监工？老子是来做工，哪里不可以？自己做得好，用得着哪个监工？"正说着，不知从哪里飞来一块石头，直冲肖春良的头砸来。当过兵的肖春良眼快，身体一躬，石头飞过去，砸在一个村民头上，鲜血汩汩从脸上流到身上。

在场的人都慌了神，有人义愤填膺地喊："这是搞那样，哪个兴这样做的？"

肖春良想都不想就知道这是谁干的，他不咸不淡地说："大家都去劳动，把受伤的人送下去包扎。这是哪个混账王八蛋，不要以为老子不晓得！这点花花肠子算哪样，老子部队14年，真枪实弹的战场都干过，不晓得老子的眼睛是嘟个瞎的？就凭这点本事，要想把我弄下去，只怕这个崽儿还没生出来。我们大家这样做为哪样，不就是要改变祖祖辈辈没水的命运吗？老子一不升官二不发财，我肖春良怕哪样？"

大儿子肖言愤怒的眼里含着泪，他操起石头想去找那个人，被爸爸那有力的大手拦住。他幼小的心灵里永远留下这难忘的场面，他不知道爸爸一天这样干是为了什么。

爸爸这个人！

爸爸不让他们有一点自由的时间，村子里其他孩子比他们自由多了。最恼火的是，爸爸晚上常常突然检查作业。他检查他们的作业是那样的严厉，吼一声，大姐、二姐、幺弟，他们四姐弟都要吓几抖。

爸爸房间每天的灯要亮到很晚，有时候他简直怀疑爸爸根本就没有睡觉，他们知道爸爸在写书。但第二天天还没亮，就听到爸爸在堂屋里吼："起来干活路啰！快点，不要紧睡！"说完走了。一趟活路做完回家，有时候几姐弟还没有起来。听到他进屋的声音，大家胆战心惊，心想今天完了，要被老爸剋了。战战兢兢出了屋，却见他已经为一家人做好早饭，见大家只是说："快吃了去上学的些。"说着又把饭菜给生病在床的妈妈抬过去。在他们家，大家吃的有饭有菜，有时候还有一点肉或者鸡蛋，而老爸吃的却是一碗饭两个辣椒沾点盐。儿女们把菜夹给爸爸，他躲开说："我喜欢吃辣椒，妈妈是有病，她需要吃，你们是读书长身体的时候，你们也需要。"

肖言想到这些，看到爸爸还拦住自己不能去找那个砸石头的人，委屈得一下泪如泉涌，放声大哭起来。

没有人注意到一个娃儿的哭声。因为肖春良还在大声教育那些人："我是不会害怕哪个的，有胆子就站出来，有理说理嘛，这样做算哪样男子汉大丈夫。大家放心，我肖春良不会放弃的！我们加紧干，今冬明春我们就见成效，水利部门的同志来看过了，干得快，我们明年开春就有望蓄水了。在江古这个地方，我还不信哪个和水有仇喽！"

到年关了。上完公余粮，到计算工分和分红决算的时间了。按村委会的规定，修水库旷工的按工分从公余粮钱中扣除分红钱。

那几个吊儿郎当的人，还以为蚂塘村的天还是过去的天，他们不相信肖春良敢对他们动真格的。

老子蚂塘村的人是什么人？那些乡里来的干部、县里来的干部、省里来的干部又怎样，老子们还不是可以让这些干部在这里来找不到一顿饭吃、一口水喝！

这里的人从来就有胆子大、爱闹事的名声，厉害得很。据说蚂塘村当门水塘里的蚂蟥，有扁担那么长，所以取名蚂塘村。这个村的人脾气横起来比塘里的蚂蟥还要长。因此，下乡干部只要听到去蚂塘村，没一个愿意来。这些人以为肖春良也跟以前那些支书一样，拿他们没有办法，最后不了了之。

但他们的分红钱硬是被扣了！这就如晴空一个炸雷，这还了得！几个人在村委会里就闹开了，他们拉住管理人员，要他把钱拿出来。管理人员说：

"我执行的是村委会的决定，支书的安排。大家乡里乡亲的，你们对我这样有哪样用，有胆量你们去找肖支书呀！"

这伙人更来劲了，带头的人说："你以为我们会怕他和尚不成，走，找那个和尚去！"一大伙人气势汹汹地朝肖春良家奔去。

正是大年二十九，众人都在准备过年。肖春良家没有过年的样子，娃娃们在读书，肖春良正在为生病在床的妻子熬药。

妻子王银洲这段时间的病更严重了，瘫痪在床起不来，肖春良很是着急。村里的事情刚刚上路，每天都有好多问题在等着他解决，前几天请来个中医看看，说是他妻子这病耽误不得，抓紧治疗还有希望能够下床。医生开了几服中药，千叮咛万嘱咐，要认真吃药，坚持吃个一年半载的，每天搞搞推拿，用草药外敷，坚持一年，还是有希望站起来的。医生教了几招推拿技术给肖春良，要他每天用草药给她热敷后，再做推拿。肖春良一一记住了，大女儿肖成兰去城里把药抓回来，中药草药一大包。肖春良把药煨在火上，去给妻子做热敷推拿，见妻子半躺在床上，正补衣服，肖春良走过去说："破了我会补的，部队这么多年，我的针线不比你差，你放在那里吧。"妻子努力挪了挪身子说："哪样事都落在你一个人身上，我能帮你做点算点，回来这么些年了，从来没做过一件衣服，这些部队的衣服都穿得看不见本色了。"肖春良笑着说："哪有那样严重，部队的衣服破点烂点穿着心里踏实。娃娃些要读书，用钱的地方多，那才是大事。"说完，肖春良出去端药。

肖春良一碗药刚倒好，听到门外有吵闹声，一伙人冲进了院坝，大叫："肖春良你出来，你有哪样权力扣我们的工分？有哪样权力扣我们的钱？站出来说清楚，今天不把这个事情搞清楚，我们是不回去的！就在你家过年了。我们今天不会怕你的！"肖春良神态自若地走了出来，看到他那样子，有几个人已经开始慢慢往后退了。蚂塘村这一群"刁民"，是出了名的胆子大、爱闹事，但他们就是怕肖春良，斗智斗力，他们都斗不过肖春良，好多人听到他的声音就要倒退几步。不过仗着人多势众，他们的胆子暂时也会大一点。

肖春良慢条斯理地说："这有哪样需要说清楚的，这是村委会研究决定的，全体村民通过的。修水库，就是要大家出力，每家一个劳动力，谁耍滑头扣谁工分，秋后从公余粮钱中扣，又不是我肖春良一个人定的！今天见效了是不是？来这里闹，以为我们村委会是可欺的是不是？我们也要取信于民啦，如果放了你们几个，那些天天都出工的人家又会怎么说呢？我们怎样对大家交代，你给我说个法子啰！"

肖春良说得那伙人一时找不到话说，愣了一会儿，有人说："你这样搞是把我们害苦了，一年到头见不到一分钱，过年还要出工，修那样水库，老祖宗以来就没有修那样水库，我们也没干死！现在也没见人家别的村修，又不是国家叫修的，蚂塘村就你肖春良一个人说了算？你说修，就让我们年都过不好！"几个带头的越说越凶，摩拳擦掌地就冲着肖春良来了。

肖春良往高处一站说："你们不是平时都充好汉吗？是好汉就一个个上，不要和我'打瓮堆'，伤着哪个不好！"

肖春良拿准了他们，他们那点胆子，还不是惯出来的，哪个敢和他肖春良一对一？磨了半天，没有人敢出来应战。他们只好耍无赖阵势："你肖春良不给我们把这个问题解决了，我们就在你家过年了，你家倒是有好吃的。我们钱被扣了，没钱过年找支书呀！"

肖春良笑了，说："要说解决扣钱的事，那就是按规定办，谁也不能少一分。要说没钱来我家过年，这个没有问题呀，来，到我家过年，我们吃哪样大家吃哪样，饭还是可以吃饱的。"

这时候族长和村民们来了——是孩子们悄悄跑去放的信。

族长大声说："不就是要来支书家吃饭，过年吗？走，我们进去，想来他们的饭是熟了，跟我进去吃。"

说着，族长带大家走到厨房，灶上冒着热气，族长走到锅边，对大家说："我们今天就在他家吃晚饭了，各自拿好自己的碗筷。"

族长揭开锅盖：大家看见一锅酸菜饭，灶台边有一碗辣椒水！

"这就是我们村支书过年的饭菜，大家是不是就在这里吃点？"

所有的人都哑巴了。

族长接着说："我看我们这里的人，好像没有哪家没有杀过年猪吧？肖支书家大家是看到的，连过年猪都杀不起。大家还记得水库动工那天他请我们几十个人吃饭，那是自己花钱买酒买肉请的，我看当时你们都是来吃了的吧？大家也是说得好好的，按村里规定办，怎么今天你们就忘了？"

有的人见这情况不对，就想偷偷溜走了，族长说："我看大家来都来了，就不要忙着走，也不妨到你们的村支书，你们的老辈子家看看。"

大家跟着族长走进屋，只见几个娃娃在做作业。

"你们看看，回去也好教育你们家崽些，好好读书。还有这里，我今天作为一个族长，还要请你们看看，这里还有你们的另一个老辈子，这些时间人家一直是病在床上，你们支书哪个时候对你们说过，向你们诉过苦？都去看看。"

一行人还没到门口，就闻到里面的中药味，大家都站在那里不动了。"人家一天为村里的事跑县里跑州里，跑得了修水库的项目，我们的这几个水库他为我们跑来了多少钱，说出来吓死你们，三四千万！你们哪个几辈人见过这么多钱？你们为修水库做了哪样？出点劳力都不好好出，还有脸到这里来闹，还有哪样话说？"

还没等到族长说完，闹事的人已经低着头悄悄地走了。

蚂塘村，修了肖家溪、大溪沟、深屯三座小型水库。全村家家户户用上了祖辈人从没有见过的自来水。他们终于从靠天吃饭的茧壳里跳了出来。2011年，百年不遇的大旱，半年无雨，好多地方是颗粒无收，而蚂塘村保住了过六成的收成！

但肖春良遗憾地说："本来，2011年我们是要突破人均4000元的收入，这一旱，白想咯。"

农村常常说这句话：要想富，先修路。这个时候，县里已经实现了乡乡通。

肖春良又不消停了。他突发奇想——其实，也不是突发奇想，而是一个整天做着文学梦的退伍兵在心底的深处对家乡的梦想：他要让公路通到蚂塘村，硬化水泥路通到蚂塘村每一家的大门口！

在贫穷的贵州山区农村，这个梦想也真够大胆的。

但这是一个比修水库还复杂得多的工程，只要一动，可能步步都要牵涉到"三家房子、五家田"的事情。想一想，以前这里只有一尺宽的路，一个人顺着担，可以挑一担水桶走路，现在要把它变成三米宽能够通车的水泥路，路要通到每家每户。这路要动到多少家的田土，碰到多少人家的屋棚。

蚂塘村的人，修水库苦了这些年，现在刚刚有了甜头，田里有水，收成有保障，粮食够吃了，还要整哪样？安于现状、只怕吃苦的农民，哪里会有肖春良这个实在特殊的农民那么多梦想的追求？

那些偷闲惯了的人，不可能看到未来，他们只看到眼前。又有人开始在下面放出风凉话了："哎呀，修哪样路，也就是一个路嘛，宽点窄点又有哪样？我看他肖春良就是想出风头，一个好好的村子，被他搞成个哪样！"

现在，蚂塘村的人家，个个都顺顺当当地把摩托和拖拉机开到自家的院坝，不知这些人还记不记得当初的话。

也有人说："他肖春良修路可以，就是不要占了我家的田地，随便他咋个修。"这样的话，仔细想起来，等于是个笑话。

肖春良又开始用他那具有农民特色的文学智慧，去一家家、一户户展开游说了。

肖春良根本不提修路的事，只是坐下和人家"说白"，就是闲谈。肖春良说："这个天，连到下了好几天了，这个路烂得下不了脚。今天雨小点，我去把我的那点洋芋挖了，今年我家洋芋就是那个好啊！一个是一个的，大的硬有饭碗大！挖好一挑，挑出土来，嘿，这一路烂得！走着走着，像是遇到鬼了，一个脚踩下去，另一个脚就是拔不出来，泥巴陷到小腿，那不是路，倒是丘烂田！我一扑爬摔倒在地，一挑洋芋倒在泥里，捡起来只有半挑咯，还有好些洋芋陷到烂泥巴里，哪里还刨得到！你说闯鬼不闯鬼嘛！看着就要挑进屋的东西，平白无故就少了那样多！你说我今天……"那人没等肖春良说完，就说："肖支书，你不要说了，我晓得，我赞成修路，路修好了我们今后上个肥料、收个庄稼也可以走车，免得我们肩挑背驮的。只是我要先说好，修路占地怎么算，是村里补贴还是咋个弄？"

肖春良哈哈地笑了："大家晓得，村里哪里来钱补助？不过我们要想一想，现在占我们的一点田土，今后路修好了，比起那些好处来，那点田土算哪样？有好多好处，我也不说多了，莫非大家心头还没得数？我只有说，到时候，路从我家先修起，你们看我咋个办，就咋个办！你们看怎么样？"

话平理直，话说到这里，村民们不信服也不行："那好！肖支书咋个办，我们就咋个办，这个不含糊！"

肖春良游走在蚂塘村三寨四庄之间，天渐渐暗了下来，他沿着窄窄的烂泥田埂往他的住地肖家寨走去。他望着乌云层层的天空，思维却已经切换到了文学的彩云间。他在想怎样把今天的事情变成故事、变成小说。摔洋芋的故事，不是虚构，但是小说的情节色彩很浓。下了几天的雨，牛过马踩，蚂塘村的黄泥路烂得不成样子，村里的人天天都在这样的路上艰难跋涉，但就是没有人想到要改变它。"这就是我的乡民们啊，我肖春良不去改变他们的生活命运，那就枉自在江湖闯荡了14年！"

肖春良边走边想，突然看到前面一丘大田里满满一丘黑乎乎的东西在蠕动！它们都往一个方向慢慢地旋转而升高，升高又旋转下来，现出中间的红色。肖春良吃了一惊，那是满满一丘田的蛇！蛇相会，千年难遇的蛇相会！传说看见蛇相会，你从身上随便丢一个东西过去，两年之后必发大财。肖春良想："发哪样大财哦，我只求蚂塘村的修路工程能够顺利开工吧。"他从路上捡起一块小石子丢了过去。他想："千年难遇的蛇相会都被我肖春良遇上了，说明上天是要保佑蚂塘村的公路工程的啰。"这个站在烂泥路中间的汉子，一个人在田坝里笑了起来。

肖春良在那里站了一会儿，回过神来，天已经黑尽。他本来就只有一只0.2的眼睛，摸着黑在山上走。走呀走呀，肖春良觉得今天的路怎么这样长，在山上总是走不下来。这是经常走的一条熟路，今天好像到处是从来没有走过的路，到处是荆棘。

东方开始放白，天慢慢地亮了，肖春良看清了眼前的路，知道自己就在这山顶上绕圈，已经绕了一夜！其实回家的路就在下面，他就是走来走去走不下去。他知道，这也许就是老人们说的"鬼打墙"。他又想，天总要亮，天亮了，鬼打墙不是就跑了，格老子蚂塘村"家家通"的"鬼打墙"还不是遭老子甩脱了！他慢慢地走回家，这时候才看到自己的一双鞋不知道哪个时候已经走掉了，一双血糊糊的赤脚，脚上扎满了大大小小的刺！他一拐一瘸地进到家里，妻子王银洲这一夜也没有睡，听到他回来的声音，咬牙爬起来，看着他的这一双脚，心疼地说："这是走到哪里去了，会成这个样子。"说着去给他拿药来，给他拔刺。肖春良说："这有哪样，比起那几年当兵打仗，我负伤的时候，这点算个哪样。"

修路工程开始了，修路的水泥肖春良也跑来了。肖春良给设计人员递点子："你们让3米的路，全占了我家的地，开工就从我家开始。"设计人员笑了笑说："你这样的支书，我们没有见过，的确就像村里人说的，不晓得你图个哪样？"肖春良也笑了："我图个哪样？怕没有人相信，我图的就是让蚂塘村完全变它一个样！那又是为哪样？嘿嘿，哪个会相信？这个你们就不管了，你只管按我的想法把路线走好就行了！"设计人员笑着摇摇头，不说话了。

肖春良站在他家门前对大家说："3米宽的路，不能减少，按图纸的路线，我们就要开始动工了。"肖春良家最好的田土，被破土挖了3米宽的路面。有人说："肖支书，这可是你家最好的水田，一年要打几挑谷子，你看其实是不是可以挪一挪？"肖春良看也不看地说："我挪一挪，到了人家好田好土，又挪不挪？大家都要挪，这个路还修得成？"

肖支书家最好的田，被破了3米宽的路，村民们无话可说，路眼看就顺利地延伸开来。

但那一伙人内心深处是不服气的。在肖春良回到蚂塘村之前，这里是他们随便行事的天下，政府干部都奈何他们不得。这些人聚在一起喝酒，一个二流子说：肖春良当村支书以来，他太吃亏了，修水库扣他的钱，现在修路，占他的地。说着说着，那人酒性往上冲，越说越气，提了一把柴刀，冲到肖春良家大声喊："肖春良出来，老子今天活不好，你也不想有好日子过，有种你就站出来。"肖春良正准备去修路的工地上查看，一出门见这个满身酒气脸红脖子粗的年轻人拿着刀就上来，赶快往侧面一让，就躲开了他的这一刀。凭他在部队的功夫，对付这样的小青年，用不了三下两下，但是作为村支书，不能和他硬来，不像样子，打到了他也不好说话。肖春良铁塔似的站在那里，对他说："你有问题说问题，拿着刀来，有哪样意思？你也知道我以前是干哪样的，不要说你拿刀来，你就是端把枪来我也没有怕你。"这个酒鬼把刀乱舞，大声吼道："我们这个村被你搞得乱七八糟，不成样子，他们怕你我不怕！"舞到最后，派出所来人把他抓了去。这个人，放出来后去了外地打工，蚂塘村发展致富后，肖春良又把他接纳回到村里共同致富，那是后话了。

可惜，公路硬化到各家各户的工程尚未完成，肖春良旧伤发作，无法工作，他辞去了村支书的工作。但这个梦想，肖春良10年以后终于再次实现。

四、偏远山村的现代梦

1993年入夏，肖春良因操劳过度，旧伤复发，视力下降，仅有的那一只视力0.2的眼睛，现在也几乎什么都看不见，生活都难以料理。他不得不辞去村支书的职务。

医生告诉肖春良，要想恢复那点视力，必须住院治疗。肖春良犯难了，哪里有钱来住院呢？他说："不住院，开一点药吃，行不行？"医生告诉他，如果不住院治疗，那你的眼睛会完全失明；现在抓紧住院治疗，还有可能恢复一点视力。肖春良只得到处借钱住院治疗。经过半年的治疗，肖春良的视力又恢复到0.2。

视力恢复了，他必须筹款还债，他想，我肖春良绝不能欠债不还。

这时候，没有了村支书的担子，他贷款承包了一个工程，工程还在进行，为了还贷款，他又卖了自己家的牛和猪。正是1994年春节，家家户户杀猪宰羊，热热闹闹过新年。肖春良家却是空空如也！"但我现在又不是村支书了，总不能让一家人又吃酸菜饭过年呀！"

无法可想的肖春良，忽然想到了自己的绝活之一："格老子好像我的字还可以吧，为哪样我就不可以赶场卖字呢？老子又不是支书了，自由了嘛！"

赶场天，肖春良一大早带着两个大娃娃就来到了江古乡场，借个书桌，裁好红纸，就等赶场的乡民。

赶场的乡民很快就发现，这个写春联的，不光字写得好，关键是春联对路。他问买对联的人，你的春联贴在哪点？是大门还是厢房，是牛圈还是粮仓？是哪样地方就写哪样地方；你喜欢哪个方面，就写哪个方面；是迎春就写迎春的，是保平安就写保平安的，是读书就写事业有成，是求发财就写财源广进。买家说完，他的对联也就写好了。这一下，肖春良的摊子就"打瓮堆"了。乡民们说："这个比商店和摊上的现成春联好多了，那些就是些老话，他们卖哪样，你就只好买哪样，堂屋猪圈一个联！"大家都笑。有认识肖春良的，就说："呀！还不晓得肖支书有这一手活路呀！"有几个以前得到过肖春良帮助的人，多丢几块钱给他，肖春良坚决不要，说："本来我是应该给你们免费写的，大家都是乡里乡亲的，还要收你们的钱，我都不好意思，不是娃娃们要过年，我就给你们免费了，你们要给，那就按我们的价钱，三角，多了不收！"村民们说："别人商店里买的还不是一块钱？还没有你写的这个好。"肖春良说："不要说了，你再这么说，耽误我活路咯！"村民们也笑了："那就不好意思了啦！"肖春良也笑了，说："是我不好意思啰！"桌子边的人们都笑了起来。

一天忙下来，肖春良写了400多副春联。肖春良问大儿子肖言："我们今天收入多少？"肖言早就把钱清点好了，兴奋地说："不得了，一下午就收了137块钱！老爸，我没有想到写字也能挣这么多的钱。"肖春良对儿子说："不管什么，只要做好了，都会有用的。"肖言点点头说："我懂了。"他们高兴地称了几斤肉，还买了点年货。回到家，这个年，他们过得很高兴。

肖春良撂下了村支书的担子。从1994年到2004年，蚂塘村连续四届班子，都是懒、软、散，肖春良任支书时就开启的各项工作一落千丈，各级领导来见了都很痛心，村里的群众看到今天的蚂塘村更是伤心。大家要求肖春良再出来管理蚂塘村，肖春良都婉言拒绝了，因为他身体伤残，眼睛近乎失明，家里还有一个经常卧病在床的妻子，娃娃们都在读书，这些都需要他一个人来经管。

县里的领导来了，"批评"肖春良了。县领导说："你肖春良当年的英雄气概到哪里去了？想想1984年你回来的时候，单枪匹马，一个普通党员，都要四处奔跑，为蚂塘村跑水电工程；想想你1989年出来当支书的时候，蚂塘村有多艰难，是你不顾一切，甚至冒着个人危险，千辛万苦终于把蚂塘村引上了正路。但你看看！蚂塘村到今天成了这个样子，这十年不但没有发展，反而是一退千里，全村是一盘散沙。你知不知道，这十年，其他村反而在你们的带动下，发展起来了。你要再不出来，这个村就完全垮了，就是江古最差的行政村了！你真的不痛心吗！"

真是请将不如激将，2004年10月，肖春良临危受命，拖着伤残的身体，重挑蚂塘村支书重担了！

一上任，他首先抓的是村支部的班子建设。他说："先公后私、为人正派，就是当好村干部的秘诀。"他有一句农民式的口头禅："只要自己的屁股里头不夹干屎，就没有哪个敢说你臭，就没有管不了的人和事！"他处处以身作则，为人表率。党员评议会上，他邀请群众代表参加，真正的党员，必须得到群众认可！

他发挥他一贯的愚公移山的跑路精神，向上级有关部门争得农业发展资金18万元，建成该村舒屯片区2公里的镶边机耕道及2500米的防渗渠，短短的时间，取得了群众更大的信任，一举扭转了蚂塘村村委工作的被动局面。2005年度，蚂塘村党支部被县委授予"五好党支部"称号，肖春良本人也被县委授予"优秀共产党员"称号。

肖春良再次上任村支书两年后，蚂塘村村民再也不愁吃饱饭的问题了。

但是，"文学灵魂"主宰心灵的肖春良，永远不会停止他做梦的思想。

他又要不消停了。

蚂塘村的人是有碗饱饭吃了，但蚂塘村人的荷包怎么样呢？还是空的，没钱！因此，全村有近五分之一的人外出打工去了，全都是青壮年，因为现在的年轻人追求不同了，他们已经不安心于祖祖辈辈一成不变的看上去很平稳的穷日子。

见过大世面的肖春良，思想并不落后于年轻人，他琢磨着，一定要让"有饭吃"的蚂塘村民"有钱用"！

蚂塘村的土地资源十分丰富，其实，整个江古乡的土地资源都很丰富，如果不是缺少水资源，江古也好，蚂塘村也好，都是很富饶的地方，所以这里流传着这样一首民谣："江古田大丘，三年两不收，如果哪年得收了，狗都不吃腊肉骨头。"可见这里的田土之广饶。

远离县城，与世隔绝的高台之地的蚂塘村要找钱，怎么找？

那就是发展烤烟生产。肖春良前几年就开始试验着种烤烟，经过多年实验，他发现这里的气候和土壤都适合种植烤烟，可以大批量生产，烟叶质量也好。

2007年8月，黔东南州烟草局的领导和技术人员来江古乡考察，发现这里属于低纬度地区，适宜于种植清香型的烟叶，那是难得的制作高级香烟的原材料。过去全国只有三个地方能够生产这种烟叶，那就是福建三明、云南玉溪、贵州天柱——当然，"现在"，那就还有贵州江古乡蚂塘村了。但"当时"，这还只是肖支书带领蚂塘村民等来的一个机会——肖春良听他们这样说，知道机会就要来了！

烟草局的领导对肖春良说："我们要在这里大面积发展烟叶，建烤烟基地，你觉得怎么样？"

肖春良说："那还有哪样说的，种呀！"

领导说："种植烤烟，我们要把基地建在这里，我们要的是那种大面积、大批量，几百亩连成片，现代化的管理，这中间不可能夹杂其他农作物。现在，土地都是分到农民手上，各家种各家的，各家种什么、怎么种，谁也不相干，像这样，我们不可能把基地建在这里！"

肖春良瞪着他的瞎眼睛，想也不想地说："那放心，只要你们把基地长期放在我们这里，政策不变，我就可以让这些各家各户的土地连成一片，统一管理，都种烟叶！"

烟草局的领导听他这么说，比肖春良还要激动，他们找了好久的优质烤烟基地，就是没有找到，今天终于在这里看到了计划实现的前景。领导激动地说："只要土地连成片，我们的基地可以长期放在你蚂塘村，政策不变！"

肖春良放开嗓门，拍着胸脯说："那我就让蚂塘村的土地连成片！"当时谁也不会想到，肖春良的喊声，就如第三次农村土地改革的春雷，在贵州省镇远县江古乡蚂塘村这个边远的小村落里响起！

黔东南州现代烟草科技示范园，总投资 558 万元，即将落户蚂塘村桐子榜了。

桐子榜圈地几百亩，全部种烤烟。但有的农户，土地在基地内，却不愿种烤烟；而有的没有土地在基地内的农民又想种烤烟。这个问题，必须解决。敢于做梦也善于做梦的肖春良提出了一个大胆的想法：让农民的土地流转起来，愿意在外面种地的农民到外面种地，愿意到基地内种烤烟的，到基地内种烤烟，接受统一管理！

2007 年 8 月 24 日，肖春良召开全体村民大会，苦口婆心做群众的思想工作，给大家讲解在示范园内实行土地流转的具体做法。

蚂塘村的土地流转方法有三条：

一是互换耕种。这主要指不种烟的农户有田土在示范园内，而种烟的农户却没有田土在示范园内，双方协商互换耕种。

二是有偿流转。有不愿意种地的，可以把土地"租给"其他农户，价格由老百姓自己协商，村里给他们约定是田 120 元/亩，土 80 元/亩。

三是代办流转。这主要指家庭强劳力外出打工，没有理事的人在村里的，土地可以由村里统一集中进行流转，愿意"租种"的，把钱交给村委会，到时候，地主回家，到村委会领取"租金"即可。

蚂塘村土地流转的成功，给农业产业化、专业化、现代化生产开了一个可资借鉴的先河。

肖春良从理论上来评价土地流转，他认为：年产承包责任制对解决我国农村人口的温饱问题功不可没，但是，它仍属小农经济范畴。随着我国经济社会的快速发展，它也相对制约了现代农业的发展。什么叫现代农业？那就是水电路机、产加销供的集约化、规模化、规范化、产业化、机械化经营的生产模式。在土地分属于农民各家的今天，要实行农业的集约化和现代化生产，就必须实行土地流转，把分散的土地集中起来，统一管理。

让人意想不到的是，在土地流转的讨论中，那几个村里出了名的赖皮，这次却走在了前面。

这几个人，几次私放集体山塘的水，还偷水库里的鱼，被群众抓着，送到肖支书处。肖春良都是苦口婆心地给他们说做人的道理，他们有了什么困难，他也帮助他们解决。这些年，他们也亲眼看到了村里的发展，他们慢慢懂得了应该怎样做人的道理。他们说："土地流转是个好主意，我们还想承包村里水库山塘的管理行不行？"

肖春良一拍巴掌说："那还不好？哈哈，你们出来管理，哪个还敢来破坏？"结果这几个以前偷鱼放水的人，现在成了管鱼管水之人。几个人还草拟一个管理规定送到肖春良那里，请他给他们修改、帮他们书写后，制作成牌子挂到水库边上。他们对肖春良说："肖支书，是你教育了我们，今后我们要好好做事，跟着你好好干！"肖春良说："好，我这个残废之人和你们一起好好干。"

那个拿刀追杀肖春良的年轻人，被从派出所放出来后，就到外面打工去了，搞了这些年，也没有哪样发展。现在了解到家乡在肖春良的带领下，发展起来了，村民的生活富裕了，他想回来，又觉得没脸见肖支书，怕肖春良不接受他回来，就请人带话给肖春良。肖春良告诉带话的人说："你给他讲，只要他回来好好劳动致富，我们欢迎，这里永远都是他的家！"年轻人回来后，在土地流转的改革中，也成了积极分子。

土地流转的方法，解决了大面积种烤烟的土地问题。

新问题自然接踵而至:

传统的农民,谁敢来当大户,接种烟叶?中国的农民历来不信理论宣传,只看收入实效。烤烟还没种呢,哪儿来的收入实效?

肖春良找到两个平时工作积极的党员肖培安、肖培忠,说:"你们都是党员,我们一笔难写两个肖字,这个头,得你们来带,这个头,得你们来承!"

两个人说:"老支书、老辈子,不用你说,这么多年跟着你干,这点觉悟我们是有的,这个头我们来带!"他们分别承包了20亩和22亩的种植。肖家两个党员开了个好头,消除了村民的顾虑,很快650亩的承包合同就完成了。

在桐子榜650亩现代烟草科技示范园,烟路建设、烟水配套、烤烘房群建设等都需要占用个人土地,作为基地公用,这部分占地虽然不多,却是没有地方来给钱的。肖春良做村民的思想工作,就是一个行之有效的方法——带头奉献、带头牺牲个人利益!他对大家说:"只要我们把基地搞起来了,占用的那一点土地的收入就算不上什么,效益回报要大得多;如果我们大家都只看到眼前的那点小利益,我们永远得不到大钱!我们算账要从大处算从长远算,我首先表个态,如果烤烟基地占到我家的土地,不管多少,我一分钱也不要,大力支持基地建设。"

肖春良说到做到,带头把自家的4.8亩承包地无偿出让给基地。"村看村、户看户、群众看干部",这话不是假话,在蚂塘村,群众永远看到的都是一个带头牺牲个人利益、无私贡献集体利益的村支书,村民们说:"人家肖支书把那样多的土地都无偿奉献给烤烟基地,又是为哪样?到时候烤烟收成,他家又不多拿一点,他还不是为的是大家致富?现在需要占我们的土地,不过那么一点点,我们还有哪样话说?"

烤烟基地示范园建设开始动工了。基础建设中有一项工作,是搭建育苗大棚。从集体经济时代一窝蜂出工、大呼隆分成,出不出力都吃"大锅饭",到土地承包时代各家顾各家,中国农民小农意识已经根深蒂固,缺乏互相帮助、团结协作的精神,基地搭建育苗大棚,他们意识不到"基地是个统一生产的整体"。由于一些农户劳力相对较弱,有两座大棚老是做不好,但其他农户觉得与自己无关,完成自己的任务后,就回家干自己的活路去了。

肖春良知道,要培养村民的现代团队精神,不是一朝一夕的事,也不是几句空头理论他们就能接受的。他自有他的办法。

一天晚上，肖春良到基地农户家“讨活路”，请大家明天帮自己“撵房子”。农村人，只要是各家有事务需要帮忙，那是一定要帮的，只要管饭就行，因为家家都有需要大家帮忙的事务，何况这是大家尊敬的肖支书家。

第二天一早，肖春良花了500多块钱，请人办起酒席，鸡鱼肉香烟一应俱齐。村民们高高兴兴地入席喝完酒吃完饭，说：“肖支书，你家房子今天是要怎么个撵法，我们吃也吃了，喝也喝了，该我们出力做活路啦。”

肖春良笑眯眯地说：“‘我家房子’，就是那两间还没有搭好的烤烟大棚。基地生产，没有一家一户的说法，一家做不好，其实家家受牵连；一个环节做不好，整个生产流程受牵连。我家也在基地里头，所以这就是‘我家的事’。”村民们听了羞愧难当也恍然大悟，大家争先恐后地就去帮助那几家农户搭棚子去了。

在基地建设的整个过程中，肖春良自始至终呕心沥血，以最高的标准去要求，监管着每一个环节和细节。

他完全忘记自己是个二级伤残。他一面要照顾多病的妻子，一面每天都出现在工地上，指导修建。每天早上，他先把全家的早饭做好，把妻子的药煎好，然后就去工地。

一天早上起来，他痛风发作，双脚又红又肿，痛得不能着地。妻子心疼地说：“今天就不要去了，你就是不在，他们也会做得很好的。”肖春良说：“那不行，我不去，我放不下心，要做出高质量的烤烟，基地建设是个基础，马虎不得。”他找了两根棍子拄着，每天都是咬紧牙关，坚持在工地上。

肖春良忘记了他已经是一个快60岁的人，在农村那就是老人了，他其实经不起这种没日没夜的操劳。痛风刚好一点点，肖春良又觉得头晕、恶心难受，赶紧到村卫生所看，血压竟高达114/220mmHg，卫生所告诉他，必须住院治疗，麻痹不得，麻痹就可能出大事。在大家的劝说下，他才勉强去了县医院。在医院刚住两天，血压稍有下降，他又急忙赶回工地。他总是那句话：基地建设，耽误不得呀！

2008年，烤烟基地示范园终于建成了。

一个2公里10KV的输电线路，1公里主干公路，5.9公里机耕道，7个高位水池，25公里输水管网，4座智能化育苗大棚，32间卧式密集型烤房群，3000平方米选辫烟雨棚以及配电房、卫生间、电脑操控室等附属设施的现代化农业烤烟基地，黔东南州最大的现代烟草科技示范园项目，在边远落后的贵州镇远江古乡蚂塘村建成了！

当年有专业烟农 32 户，种烟 650 亩，基本实现了集约化、规模化、规范化、产业化、机械化及科学烘烤，产清香型优质烟叶 20 余万斤，实现产值 124 万余元，农民人均纯收入达 2200 元，为发展该村的现代农业摸索出了一条路子，得到省州县及国家烟草专卖局有关领导的肯定。村党支部通过土地流转，2010 年，桐子榜示范园至舒家寨，发展到共有 63 户种植烤烟，完成种植面积 1120 亩，收入 218.4 万元。

蚂塘村村民的生活富裕了。肖春良，这个思想总是超越"农民"思维的村支书，考虑的是改善蚂塘村的生活环境的问题了。

为了让蚂塘村老百姓的生活环境更优越、更舒适，肖春良和村两委班子成员一起先后三次对全村 14 个组各户的道路进行丈量，选定消防池、垃圾池的位置，统一修整、统一管理，改变农村垃圾乱堆乱放的局面。在抢抓"一事一议"惠民工程中，他多次向乡党委报送材料，要实现 10 年前未完成的梦想——蚂塘村家家通硬化路，汽车直通到各家门口。

经江古乡党委政府讨论，最后决定以蚂塘村作为试点，启动包括入户道路硬化在内的村组道路硬化工程。这个工程，得到国家 500 多吨水泥等物质支持。

随着"一事一议"工程的开展，结合蚂塘村得天独厚的自然环境，上级部门已决定在蚂塘村再建一个比桐子榜更大更好的烤烟基地。跨过 2012 年，蚂塘村的人均收入将有望翻一番，生活水平将上一个新台阶。

蚂塘村，路进寨了，水进屋了，村容寨貌干净整洁，自然环境保持良好，森林覆盖面积达到 60%。目前，乡党委、政府已经决定把蚂塘村作为生态农业村庄建设示范点。

肖春良在他的诗歌《永不褪色》里写道：

> 戎马驰骋十四春
> 壮心未已尚归根
> 舞江美景迷天客
> 古郡文明促后生
> 侗寨岂无摇钱树
> 苗乡自有聚宝盆
> 解甲不褪金戈色
> 科技兴农告友人

五、犁铧翻起的诗歌 扁担挑出的小说

农民肖春良，在田间地里赶着牛，扶着犁铧，他的脸向着翻动着细细泥沟的黄土，他用力弓着的背，朝着亘古不变的苍天……

谁也不知道，这扶着犁铧的汉子，在他心灵里游走的，却是《静静的顿河》里那些撕搅人心的人物历史命运，是《约翰克里斯多夫》里那些心灵世界的搏击和释放，是《平凡的世界》里耐人寻味的人生历程，是《尘埃落定》里奇特奥妙的社会哲理……

除了一本本的文学名著，这个脸朝黄土背朝天的农民，还每年花 300 多元钱订阅《长篇小说选刊》等众多文学刊物。他的卧室兼书房里、柜子上堆着的，不是苞谷棒子，而是文学杂志。你难以想象这是一个整天和土地打交道的农民，是一个成年算计着活路铺排的农村支书的家。

晨曦照着高山山坝，肖春良吆喝着牛，用力把犁铧插进田里，泥土一层层翻动起来，在阳光下闪动着。犁田的农民肖春良，诗意涌动了。他即刻吼住了牛，放下犁耙，在衣襟上擦擦满手的泥土，掏出随身不离不弃的小本本，掏出总在身边的钢笔，龙蛇行走，一行行的诗就出现在这个犁田人的手间：

你读过干田大册吗/你读过拱背犁经吗/铮亮的犁铧/翻作古老的经文/一页页一行行散发出醉人的清香/祖祖辈辈用浸泡的种子/去点评经文的字里行间/于是长出一棵棵玉米/一棵棵稻麦/一棵棵高粱/春华秋实/周而复始/养我龙的传人/壮我龙的脊梁。

村民们时常看见肖春良在山坡上低头漫走，在稻田里出神，他们已经见惯不怪了，他们也会幽默地开个玩笑："老辈子，今天找到点哪样能吃的？"肖春良也幽默地说："有哦，有哦！吃不完哟！"大家都心照不宣地笑起来。

一天，肖春良背个蓑衣，在坡上看牛。他让牛儿去吃草，蓑衣铺在地上，一屁股坐下来就开始写。写着写着总感觉屁股下有什么东西在动，思想早沉浸在写作中的他，没有去细想。等到他的思绪跑完，写完几页纸，一起身，屁股下动弹着的竟是一条蜿蜒爬滚的蛇！

这就是肖春良的写作生活。

1985 年 5 月 13 日，肖春良永远不会忘记，他的第一篇短篇小说《惶惑》，发表在《黔东南日报》。《惶惑》写了一个简单的故事：过去，货运主人要请

汽车司机吃饭，要把师傅招呼得好好的，事情才能办。现在事情却反过来了，司机要请货主吃饭，才能拉到生意。小说表达了改革开放后市场经济颠覆了很多传统的价值和行为，人们在惶然里不自觉地改变了自己的角色意识。文章构思简单，文笔新颖独到，小文章表现了大主题，在黔东南报文学作品评选中，被评为小说类一等奖。

肖春良拿着通知书到贵阳的一个宾馆去领奖，到了宾馆门口，守门的保安上下打量着这个眼睛有些怪怪的乡巴佬，就是不让他进去。他说是领奖的，保安好不容易才犹犹豫豫地放他进去。去到领取资料处，工作人员也瞪大眼睛，没有人相信这个一副地地道道农民样子的人会写小说。黔东南16个县，都有作者来参加颁奖大会，听说《惶惑》是这个农民写的，不知信还是不信才好。

直到第二天颁奖大会上，肖春良被安排发言，大家才相信天方夜谭就发生在他们的身边，这个朴实的农民，确实就是一等奖《惶惑》的作者。听着肖春良的发言，到会的人都大为惊叹。

随着肖春良不断地在各级报刊上发表诗歌、散文、小说，他渐渐在黔东南州、在贵州省有了一些名气。

2005年，肖春良被贵州省文联推荐到鲁迅文学院学习。这是任何一个有着文学梦的人，都梦寐以求的宝贵机会，可是，对肖春良来说，妻子久病治疗，娃娃正在读书，这时候，肖春良刚刚再次接下一个烂摊子村委会，哪里来钱赴京学习？

那就——卖房子？肖春良家还可以值钱的，就是房子和牛了。

但，房子是不可能卖的，房子卖了，一大家人到哪里遮风挡雨！

肖春良还有一头大水牯。这头水牯，强壮硕大，如果两边都站人，互相都望不到对方的脑壳。它跟着肖春良，除了犁田铧土毫不费力，还跟着肖春良走州串县，是一头所向披靡的斗牛！如果你能理解骑兵和战马的感情，你就不难理解肖春良和这头水牛的感情。

但是，鲁迅文学院是什么地方？那是全中国作家的神圣学术殿堂，是全中国文学爱好者汲取精神营养的麦加和大雷音寺！

刚出道的肖春良，最后咬着牙，把水牯卖了3000多元钱，买了一张硬座坐到北京，来到鲁迅文学院。班上只有两个地道的农村人，卖了水牯来学习的肖春良很快就成为大家关注的人物。当他们听了肖春良卖牛的故事，十分感动，大家说："肖春良，我们大家给你凑份子，把牛买回来！"

肖春良回到蚂塘村，2007年，就在蚂塘村土地流转进行得非常艰难的时候，他30万字的长篇小说《女人万岁》出版了。

《女人万岁》始创于1987年春，小说描写三个农村家庭中三个不同命运的女人的故事，揭示农村社会重男轻女的封建残余对人们思想的毒害与禁锢。2000年年底，全书完成，在镇远县报上连载，反响很大。当地人都知道了江古乡有一个写小说的农民。

2008年5月18日，贵州省写作学会组织了《女人万岁》作品研讨会，引起社会各界新闻媒体的广泛关注。《贵州日报》《贵州都市报》《贵阳日报》《劳动时报》等贵州各大报刊都做了不同形式的报道。《贵州都市报》《文化人物周刊》专栏用整个版面发表了他的人物报道《梦想之轻与现实之重——农民作家肖春良和他的〈女人万岁〉》，详细生动地介绍了肖春良的艰苦创作历程；《贵州日报》视点文章《一个农民作家的诗意栖居》发表后，引起了巨大的反响；在《视点同期声》专栏中，有21位作者发表了他们充满钦佩和激动之情的读后感。一位读者写道："一口气读完《一个农民作家的诗意栖居》一文，为农民作家肖春良老人执着追求的精神所深深折服。"另一位读者则有更大的思想触动："读完《一个农民作家的诗意栖居》，我的精神受到了前所未有的震撼。"还有一位读者更是用设问的方式表达了他独特的感慨："农民也能当作家？这不禁让我惊讶起来。"

贵州写作学会会长袁昌文在《女人万岁》序中说："肖春良的长篇小说《女人万岁》这部二十多万字的小说通过金娣、银娣、来娣三姐妹的不同命运，将重男轻女这种封建旧思想给妇女带来的伤害与压迫表现得淋漓尽致"，"在镇远县江古乡的山村旮旯，肖春良正以他的作品与繁华的世界对话，透过他朴实凝重的文字，我们可以看到肩负重担的农民作家是如何在文坛上努力攀登的"。名为昨夜昕辰的网友在博客里发表评论《女人万岁：一个颠覆世俗的命题》，他说："很难想象，二十多万字的作品，竟来自田间地头、茶余饭后。这分明是艰辛的生活淘滤出来的文字，无不闪烁着毅力与智慧的光芒，让人感佩。"

肖春良说，他想再写两本书，算是对生命的交代。

写作没有改变肖春良的现实生活处境，没有为他带来世俗人们所认为的利益。相反，他却不得不为自己码出的文字背负沉重的出版费用。

他正在写作的长篇小说《土地欢歌》，记载了土地流转的时代经历。

说到这部小说，想到肖春良的人生梦，他和他的文朋诗友们，情不自禁地指着他家堂屋大门两边他手书的对联：

庶黎欣喜家乡好，土地欢歌事业兴！

当问到肖春良最大的幸福是什么的时候，人们自然想象，他一定会说，能够在写作上创造更大的成就，是他最大的幸福。

他的回答却出人意料，他说："我有空喜欢在乡间的大路上走，走在这宽阔的公路上，看着来往的车辆，把我们的粮食呀、烟叶呀拉往城里去，把城里的电视机呀、洗衣机呀拉到我们这儿来，那就是我最开心、最幸福的事了！"

于景藤堡闲居屋

2011-10-21 第一稿

2012-03-27 第二稿

原载于《散文选刊·原创版》2012 年 1 月

2008 南方激战冰雪　黔中战役记事

记事一："鬼门关"上见英雄

雪凝已经飞舞了 8 天，风霜依旧还在横行。路上的车越积越多，人越来越密。路上的人们承受能力到了极限，体力、精神都处于崩溃的边缘。

上万名乘客滞留于贵州省铜仁地区公路线上，灾害天气仍在持续，铜仁地委行署应急指挥部决定，迅速调动一切力量，疏通主要公路干线，决不能让一名滞留乘客饿死冻伤。

熊林作为铜仁地区运管处副处长，负责对全区道路运输各单位冰冻期间的安全生产情况进行督导，还负责安全管理防冻问题，春运客运市场调配车辆，抢运物资和抢运滞留旅客等任务。

这时候，许多群众回家心切。他们多是在外打工的民工，一年的辛劳，现在就是盼着回家过年，车动不了，走也要走回去。看着雪凝中的人们，熊林万分焦急，一心只是想怎样让雪凝中的人们安全回家，怎样多给他们一点关爱、一点温暖。

1 月 20 日上午 9 时，在统一的行动安排下，他组织了 10 多辆客车沿途接送徒步群众，并在茶店镇设立接送点，燃起柴火、备好热水，让过往群众有火烤、有热水喝、有休息的地方，一直忙到晚上 10 点。

这一天，他在当地老百姓称为"鬼门关"的地方上下 4 趟，回来后刚抬着饭碗准备吃，就接到电话，"鬼门关"石灰坡处，有一辆大客车侧滑打横，3 辆接人的中巴车也侧滑打横了，车上满载乘客。熊林马上组织了 3 辆客车再上"鬼门关"，在交警和护路人的帮助下，他们接好乘客准备返回铜仁安置。

但老天爷无情，刚铲开的道路又凝上，车又不能行走了。"撒工业盐！"在现场指挥抗灾救灾的行署副专员麻绍敏高声喊道。大家都着急了：盐，已经用完了！情况危急，时间已是半夜，天越来越冷，气温-6℃，车上人又冷又饿，生命时时受到威胁。公路局的同志经过百般的努力，找到了 8 袋食盐。大家一起忙着撒盐。熊林扛着一袋就往前冲，100 斤的东西扛在肩上，在徒步难行的冰雪路上行走有多艰难，是可以想象的。他一路摔爬，把盐扛到了救助车前，和同志们一起把小袋小袋食盐拆开撒在车行线上。

车开始动了，熊林严谨地护送着载满滞留人员的客车穿越素有"鬼门关"之称的石灰坡。车在缓慢前行蠕动，突然只听驾驶员喊道："完了，完了！车控制不了啦！"车因路面凌冻打滑制动失控，失控的车逐渐向悬崖峭壁滑行。车上的人在哭叫，驾驶员连连无助地喊叫，几十条生命危在旦夕！紧急关头，双眼死死盯住前方的熊林眼疾手快，拉开车门，从滑动着的车上飞身跳下，重重地摔倒在地。他努力地爬起来，看着慢慢滑向 100 多米陡壁的车，情急之中他脱下棉衣塞在滑行的车轮下，车才慢慢停止滑动。当我采访他时，他说，当时只有一个信念：不赶紧采取措施，车上的人就完了。这时，熊林多处软组织受伤，看着停稳的车，他轻轻地抽了口气，看着慢慢平息下来的乘客，他感到极大的欣慰。忍着伤痛他又投入紧张的工作中。在现场指挥抗灾抢险的行署副专员麻绍敏目睹了熊林飞车抢险的壮举，他深为感动地说："假如没有熊林采取的紧急措施，那么后果不堪设想。感谢他挽救了 30 多人的性命。"

熊林飞车抢险后又一步三滑继续参加撒盐除冰，不顾手脚被风雪冻麻了，皮鞋被工业盐泡坏了，他带伤坚持工作到次日凌晨 5 时。他们连续奋战 20 小时，终将铜玉线上 1000 多名滞留乘客安全地疏送到铜仁城区。

自 1 月 12 日开始，一场雨雪凝冻灾害从天而降，如脱缰野马疯狂逞凶，持续达 20 余天。全区气温-1℃~7℃，最大积雪深度 10 厘米以上，道路积冰 8 厘米以上，是铜仁地区自 1944 年有气象记录以来最严重的凝冻灾害。

春节越来越近，滞留乘客回家团聚的心情相当迫切，看到路上艰难徒行的老人、小孩，看到他们冻红的脸颊、冻伤的手脚，熊林的心久久不能平静。为确保安全，每次他都坐上交通局的开道车在凝冻的路面上开路，把安全留给乘客，危险留给自己。同事们几次要求替换他，但他执意坚守在开道车上："我此刻在一线的开道车上，不仅对参加抢险的同志们是一种鼓励，对客车上的旅客来说也是一种安慰。让他们放心坐车回家，就减轻了我们大家的压力。"

熊林作为铜仁地区运管处副处长兼任铜仁市运管所长，他既要全力配合处长开展全区运管系统的抗灾救援工作，更要指挥全所的"抗灾保通"。他常是连续 10 小时工作在风雪中，鞋子被雪浸湿了，脚冻僵了，手麻木了，刺骨的冰凉不时袭向全身，回家后感到全身发抖，不停咳嗽。但面对艰巨的工作任务，他来不及到医院看病治疗，引发牙周发炎，右脸肿得像馒头，话都说不出来，连续 3 天无法吃饭，就喝点饮料和稀粥。他牙痛得彻夜难眠，同志们都劝他休息，要不就在办公室坐镇指挥，不要再上前线，他说："想到各地滞留的旅客和路上艰难步行的群众，我不能安心休息一分钟。"

采访时，他告诉我："第一天接送路上的群众时，看到他们一个个头发、眉毛凝成了一根根竖立的小冰挂，那是很凄惨的，作为运管人，心里十分难受。母亲拖着娃娃滑行，小的背着老的举步艰难；有的在生病，病恹恹不知何时是头，有的病痛得直叫唤，他们边走边哭，只有一个信念——回家。他们看到我们说得最多的一句话就是，'政府再不来管我们，我们就要死在路上了，感谢政府！'看着上千个黑点在公路上爬行，作为运管人，心里的滋味，难以言说。这一切触动着我，为了雪凝中的人们，我不能安心休息一分钟！"他就这样一直带病坚持奔走在"抗灾保通"行动的第一线。

一天，杨春兰大姐看他肿着双脚，一瘸一拐地走过来，坐在凳子上，便走过去心痛地摸着他发烫的额头说："林林，你还在发烧，今天就休息一下了。"只听他小声地说："不用，不用！"当杨春兰大姐低头看时，他们的"林林"已经疲惫得睡着了……

2 月 1 日，天还是那样的冷，凝冻还在增加，有些地方的凝冻已经有 10 厘米厚。铜仁客车站滞留的人越来越多，受困群众的情绪很不稳定。焦急万分的群众开始出现骚动，激动的人群把车站围得水泄不通。他们强烈要求坐车，激动地喊道："你们铜仁还有没有行署，有没有政府，有没有人管我们！"他们多是铜仁地区西线——江口、印江、思南、石阡、沿河等县到珠江三角洲、长江三角洲打工回家的农民工，有的已经出来七八天了，看着年关逼近，钱也用完了，已经到了家门口还回不去了，情绪肯定是激动的。

铜仁市运管所，要管好在"救助站"里住着的近 2000 人每天的吃住，做好他们的安抚工作；还有亟待回家的铜仁 3 所学校的西线学生，要动员他们先回学校等待。熊林他们研究决定，只要苗王坡一打通，西线各地的旅客，先送农民工中的老人、妇女、儿童，最后再送学生。可现在大家都是归心似箭，都希望赶快走，每天都到车站来询问、来要求、来喊叫。他们一直等在那里，从早上到晚上，第二天一大早又来这里期盼着。

到 2 月 1 日这天，他们已经等待好几天了，骚动的人们咄咄逼人，情况十分危急。面对激动的人群，为维护秩序，防止出现意外，熊林挺身而出。这时的他又是一夜未合眼，红着眼、肿着脸、瘸着脚，他站了出去，勇敢地面对情绪激动的群众。这时候的群众，随时都可能有过激的行动。熊林置个人安危于不顾，耐心地向群众说明路上的情况，强调政府正在采取的各项积极措施，郑重承诺一定尽最大努力在春节前把大家送回家。直到喊到嗓子沙哑，说不出话来，还是对每一个人都是一个笑脸，给他们一个回家的时间表，一颗定心丸，告诉他们，什么时候送他们回去。在他和在场工作人员的不懈努力下，紧张的气氛逐渐得到了缓和，危难的局面得到了有效控制。

连续多天奔走在道路上组织车辆输送旅客，熊林不知自己喊了多少次话，来回不停于各条线路之间，奔波了多少公里路。他连续工作 72 小时，在疏导旅客时突然晕倒在地，手中仍然紧握着喊话的喇叭。

32 岁的熊林夫妇都在交通运输部门，"抗凝冻，保畅通"期间他们都在公路上，家里有老人和一个四五岁的儿子。当我们问他，凝冻的 20 多天里家里的情况，他只有简单朴实的两句话："顾不过来了，家里的人不管怎样，总要比还在冰雪路上的赶路人好。"

当我们问到他平常的工作情况时，地区交通局纪检组长杨春兰的两句话最让我们感动："我们平常都亲切地叫他'林林'，大家常说，'林林'是个好娃娃。在全地区中层干部的考核中，无记名投票，他是最高票。50 票，他得了 46 票。"地区交通局办公室主任龙村美，在我们吃饭前的摆谈中，不经意的一句话，却让我难以忘记："他是个脚踏实地的处长，雪凝期间时时在第一线！"这些都是对他平常工作情况的最好回答。

结束采访时，我问他："你现在是'全国交通行业抗灾保通英雄'了，有什么感想？"他笑着说："我从来就没有想过我会成为什么英雄，当时想的就是怎样才能把这些雪凝中的人安全地送回家。群众领导给我这样高的荣誉，我想，我还是我，该怎么干，还是怎么干！"

记事二：冰雪路上情暖人

一

"你们快过来，不要紧！思南交通局他们什么都管，有吃有住，好得很！"

这是 1 月 24 日务川在温州打工的民工，经过思南回到务川后，给还在广州滞留老乡打的电话。这样的好事，怎样来的呢？这事还得从冰雪凝冻开始10 天后的思南交通局说起。

1 月 23 日思南县已是全面禁止通行了，晚上 8 点多，交通局巡查时，发现 3 辆温州至务川的大客车开到思南，准备趁晚上偷偷过境，车上共有 143人。车在鹦鹉溪镇被交通局的人拦截了，车上旅客多是务川在温州打工的人，他们从温州出来已经 8 天，身心疲惫，钱也用完了，眼看到了家门口，思南交通局的不让通行。这样的情况下，车上所有人都情绪激动，哭着喊着，有的愤怒地说："我们走不走与你们思南交通局有哪样关系，又不是你们的车！你们今天不让走，我们就是走路也要走回去！"他们不听劝阻，想强行通过。面对激动的回家人，何建华局长他们晓之以理、动之以情，说了 3 个多钟头，最后，大家想通了，愿意听从思南交通局的安排。3 辆大客车开到了思南长途汽车站。那时已是晚上 11 点了，100 多人又冷又饿，许多民工已是身无分文。看着在冰雪交加的凝冻中瑟缩着的农民工，何建华在考虑：我们把他们运到汽车站后又怎么办呢？

当时县里对这类问题还没有具体的措施，但"人民群众的事，就是大事，农民工的困难，无论是谁都要解决的"。在采访中，何局长说，当时他就是这样想的。他当即和在场的领导班子商量，从局里先拿钱来解决眼前的事。于是交通局发给他们每人 30 元钱，解决当晚的食宿和第二天的早餐问题。何建华局长亲自安排旅社，让他们备好热水，给这些在风雪中行走了几天的农民工洗脚洗澡。

第二天清晨，何建华带领交通局的同志们，亲自护送这 3 辆客车，一路撒沙、撒盐，最后把他们安全送过思南境。这 3 辆车的旅客有 90% 是农民工，其他的是学生，他们含着感激的眼泪，声声感谢。有许多人一到家就给交通局打来电话，报平安、表感激，还要送锦旗来，感激他们的恩人——思南县交通局局长何建华。

我们的何建华，这个上任半年的思南县交通局局长，一到位就遇到这50年不遇的雪凝天气。常言道：新官上任三把火。我们的何建华局长上任的第一把火就烧得旺旺的，让它去温暖了千里的冰雪路。

根据地区交通局的安排，我们是要在铜仁采访他的，那是一个星期六，可不见他来，又安排第二天在石阡县采访他，可他还是没到，地区交通局领导只有安排我们电话采访。电话一接通，我首先听到的是乡村农家犬吠，然后才是何局长谦和的声音："我也没做什么，做的都是该做的。通知接到后没有来，是因为按我们局里的统一安排，局领导班子近期都要利用双休日到各乡镇，检查'通乡油路建设、乡镇客运站建设'。我现在正在离思南75公里外的瓮溪乡，来不了。"

采访中我们了解到，他接到交通局局长这个工作后，要把交通局的工作抓起来，除了抓班子团结、廉洁、制度建设之外，最大的一个特点就是抓文化：他要以交通文化来凝聚人心、开拓创新；以人文精神教育交通人，让全社会都了解交通人，支持交通人。在这次抗雪凝的前前后后，我们更看到了何建华带领的以人文精神武装的交通人，全新的交通人。

二

思南地理位置特殊，乌江水域有100多公里，在整个铜仁地区西五县的抗凝救灾取得全面胜利中，有着特殊作用。凝冻期间做好水上交通显得更为重要。

在凝冻期间，为了减少在思南的滞留人员，何建华采取陆路不通走水路的办法，组织往返乌江沿岸各地的群众，陆路改水路，合理调配船只，将思林电站以上的钢质船调下来搞运送，向思林上游疏送旅客。特别是在2月2日，铜仁地区交通局打通石阡县苗王坡后，西线过来的乘客，因印江至沿河封路，就改到思南坐船到沿河。在雪凝期间，思南城区港码头每天发客船达30多艘次，有效地疏送了乘客，减轻了城区滞留人员的压力，为老百姓解难，为政府分忧。这里我们略看两例。

1月21日，由于乌江水位处在冬季的涸水位，面对码头上云集的1000多人，他们多是返乡民工、学生，何建华召开了班子会议，亲自带领有关同志，认真做好航道检查，水位较低影响通航时，坚决不予签证放行。码头上越来越多的乘客和返乡民工、学生，对港监人员不放行的行为不理解，常有难听的怪话说，但我们的交通人还是笑脸相迎。他们做了大量的耐心细致的思想工作，召开会议给他们讲凝冻天的安全问题、注意事项，安排民工到交通局休息、学生们回到学校等待。随时勘测乌江水位的变化，直到下午2点水位达到通航要求时，才予放行。民工、学生们激动地上了船，何建华安排每条船上都特别增派了一名交通局干部护送，特别强调沿途的安全问题。上船时，学生们激动地和交通人拥抱、挥手告别，场面十分感人。

长江水利委员会驻思林电站办事处的邱总监，凝冻期间，家里亲人病重，急着回去，而思南各个线路都封了，车辆不能通行，邱总监十分焦急。何建华听说此事，亲自到思林电站办事处去了解情况，看到邱总监他们已准备好行李，正在那里发愁。他当即决定采取走水路的办法，安排了一艘钢质货船，免费由交通局的同志将邱总监和他的几位同事，送到70公里下游的沿河县乌江码头，并与沿河移民局联系，让他们送邱总监一行上火车到重庆。邱总监回家后，第一件事就是打电话给何建华，高度评价思南交通局的干部素质，说这是何建华局长带出的好兵。

三

凝冻期间，何建华带领思南县交通局干部职工和武警消防救援人员、民兵应急分队一道，各路段实施撒盐撒沙作业，完成了打通燃油通道，打通燃煤通道，打通至铜仁、至遵义省道，打通水爬岩，打通沙沟万家通道的艰巨战斗，通过一次次的战斗，最后在2月3日基本打通除各乡镇外的所有公路，取得了交通战线抗灾的全面胜利。

因长时间交通中断，县城的汽油、柴油用尽，县委、县政府千方百计从遵义组织了三车汽油，但因路上雪凝大，车被阻隔在德江县煎茶镇。煎茶至思南这一路段，其中大兴的老木垭和洞口等处，因坡陡弯急，是交通瓶颈。

为此，思南县交通局局长何建华和县委常委、人武部政委何兵，县政协副主席王贵军，带领干部职工，于27日上午至深夜11点，对洞口到德江大兴、煎茶沿线10多公里的危险路段，进行撒盐化冰作业，打通燃油通道。

但油车驾驶员面对这样的天气和路况，不管给多少钱都不愿意冒险。何建华耐心地进行动员，最后说："你们只管放心开，我们交通局的车在前面开道，在后面护送。"驾驶员终于同意了。经过15小时的艰苦航程，燃油车终于安全地通过了德江县合兴乡的老木垭和县内东华、界上、洞口、鹦鹉溪、大坡等危险路段，顺利地回到思南县城，保证了抗灾的燃油需要。

1 月 28 日，思南县城的温度已达到历史最低点的-3℃。经过半个多月的严寒考验，燃煤已经用尽。在早已停电多天的情况下，没有煤，人民群众的生活是难以想象的，县委决定想办法把河西许家坝煤矿的煤运进城来。

在此关键时刻，何建华带着交通局的 100 名干部职工、民兵应急分队和武警、消防战士以及当地干部群众，又装盐 28 吨，展开了打通思南水爬岩通道的战斗。他们在比砖头还厚的冰块上、在悬崖边、在海拔高于 1000 米的山岭上，迎着凛冽的寒风，进行长时间的撒盐作业，奋战到晚上 8 点多钟，终于打通了思南至杨家山煤矿的公路，将 200 余吨煤拉进了思南县城，然后又分别送到各家各户。对何建华带领的思南交通人，人民群众万分感激。

思南交通局在凝冻期间，先后组织护送了 180 辆客车上的 7300 多名乘客顺利通过雪凝的公路，使滞留乘客得以平安地返程回家，我们的"新官上任一把火，温暖千里冰雪路"的故事说不完了。

一次，何建华带领交通人在前往许家坝对客车检查管理时，发现有两个年轻人倒在路边，一打听知道是外省读书回家的大学生，旁边的中巴车上还有七八个，他马上安排一辆客车送他们到家。在张家寨的雪凝公路上，又发现有两个背着行李的年轻人步履蹒跚，正艰难前行，何建华停车询问情况，得知是返乡的大学生，已在路上走了 8 天，又患了感冒，何建华立即让他俩挤上他们的公务车，把他们捎带到许家坝镇，给他们 100 元钱吃饭，两个大学生感动得热泪盈眶，扑通一下就跪在地上给他们磕头，连声说道："交通局的干部太好了。"

1 月 29 日，在德江到大兴有 100 多名学生滞留，交通局派车去接。到凉水井时，大家正在忙着撒盐开道，一名中年妇女跑来，跪在何建华带领的交通人面前，对穿着交通制服的人大哭了起来，边哭边说："感谢交通局，把我妹娃从大兴安全送回来，要不我的妹娃就没得命了！"原来，她是思南凉水井下街村民，她女儿是在外读大学的学生，身体弱，在回家路上走了几天，走到大兴就已经不行了，1 月 27 日交通局的人在大兴执勤时，把她捎带回了思南。她也不知道是谁把她的妹娃带回来的，只是看到他们穿的交通制服。所以她一看到他们一行中有穿交通制服的人，就激动地跪下磕头。

对于何建华带领的以人文精神武装的思南交通人，这样的故事还有很多很多。在"抗凝冻，保民生"的激战中，思南交通人，在何建华这位新上任局长的一把人文火的燃烧下，温暖了千里冰雪路上人。

记事三：高明勇决胜苗王坡

1月21日凌晨，人们还在熟睡，中国联通江口分公司突然得到德旺乡苗王坡基站电力中断的消息。怎么办？天寒地冻的，外面是一片黢黑，公司领导看着运维部的同志们说："我分公司90%以上基站均出现电力中断，情况十分紧急。大家奋勇拼搏、吃苦耐劳已经连续抢战了好多个日日夜夜；大家都是冒着生命危险，克服一切困难，在冰山雪海中艰难地工作。现在我们面对的是苗王坡，大家看怎么办？"

德旺乡苗王坡是江口县至印江县、思南县的主要交通要道，是省道必经之地。雪山天险，武陵山主峰梵净山一脉的苗王坡，山高路险、冰雪封冻，任务十分艰巨。

这时候，有人说："现在深更半夜的，苗王坡那么陡，又想得了哪样办法，不如等天亮再看行不行？"时间一分一秒地过去，没有人说话。这时候一个稳健的声音响起："不行！必须现在就去抢修，这样的灾情，救灾抢险，情况严峻，通信是至关重要的，多耽误一分钟，就多一分钟的险情，苗王坡，我去！"果断地站出来的是高明勇。大家用佩服而又异样的眼光看着他。

高明勇33岁，曾在北京军区28军某部当过3年侦察兵，2004年10月，招考进入江口联通分公司运维部。危难之时，以他军人的素质——"这就是任务，下了就要完成"和侦察兵的机智——"想尽一切办法去完成"，接受了这一艰巨的任务。

在这样的凝冻天，汽车早已不能通行，铜仁地区西行路上的各处救助点上，滞留了大量归家的旅客，他们与外界失去了联系，在艰难的路上，一心想着家人的期盼，他们需要联通。铜仁地区交通局正在组织打通交通要道苗王坡，各方面的联通至关重要。苗王坡基站还是一个传输环上的节点站，它的中断将直接影响江口联通公司在闵孝镇仅存的一个通信及印江县缠溪镇的通信。县委、县政府提出，必须保证该乡的通信需求，让滞留旅客能够及时向家人报一声平安，让打通交通主道苗王坡的战役顺利进行。因此，保障该站的通信刻不容缓。

1月21日凌晨4点左右，运维部的高明勇、田中及驾驶员雷平向德旺乡苗王坡出发了。高明勇以他3年侦察兵的经验准备好了锄头、稻草等物品。车到加油站，听说他们要上德旺乡，抢修苗王坡基站，加油站的职工一个个瞪大眼睛盯着他们说："这样的天，上苗王坡？你们知不知道这有多危险呀？不要去找死了！"

"哪怕是鬼门关我们也得闯！"高明勇果断地说。在场的人都敬佩地点着头。一路上，他们小心地行驶着，平时40分钟的车程，这一次一走就是3小时。费了九牛二虎之力，总算来到了德旺苗王坡山脚。由于武陵山主峰梵净山一脉的苗王坡山高路陡、地势险恶、路窄弯多，山上结满50多厘米的冰层，早在凌冻雨来临之时，就已封路。

这时天亮了，灰蒙蒙的天空"毛凌"还在飞舞，苗王坡一片银白，巍巍而不可一世。看着路边动不了的车，还有那时时出现的无助的人，面对这一座让人不寒而栗的大山，高明勇在心里暗暗为自己打气：就是爬也要爬上山，将基站抢修好，保住德旺这个大乡重镇的通信畅通，让滞留旅客能够及时向家人报声平安。

冒着随时可能滑下坡、滚下崖的危险，他拿出了做侦察兵的精神，手拿挖锄，稻草捆脚，再侦察好前进路线，往上一锄锄地挖，在厚冰上凿出一级级的冰梯。挖完一段路，又返回来，在坡脚接应田中和雷平。扛上汽油，沿着刚才凿开的冰梯艰难地爬上去，爬完一段，他又继续挖冰凿路，往返不知道多少次。在下面等他开路的雷平说："给你照张相，把你侦察兵的形象留下来做个纪念吧！"原来，高明勇在抗凝这些天特意穿上他当兵时的军裤，用他的话说，是"摸爬滚打，耐脏一点，也是个纪念"。

他们上苗王坡，不仅是人要爬上山，主要任务还要把这桶汽油送上去。汽油上不去，人上去了也没有用。这就是最大的难处了，这样的路况，人能够爬上去都难以想象，何况还要带这桶油。又是一个塑料桶，人摔了可以爬起来，汽油那就难保全了。我们的侦察兵高明勇自有办法，他在油桶底脚捆一块木板，拴上一根绳子，他们一会儿拖着汽油桶爬，一会儿抬着汽油桶走。一次次摔倒又爬起来继续走。不知摔了多少跤，但一路化险为夷，汽油桶却安然无恙。他们艰难地往上攀登，天寒地冻，手脚都麻木了。脚摔伤了，手摔肿了，却完全不知一点痛，只觉得手脚不听使唤。常走的这段坡路，半小时就差不多，今天，他们爬了3个多小时，终于爬上了苗王坡山顶。

到了基站后，他们顾不得一路的劳累，赶忙加油发电。重要通信节点基站德旺乡的通信网络终于正常了。他们完成了一件旁人看来几乎不可能的事。事后，当人们问他们上山时害不害怕。高明勇说："当时只想早点到基站发电，哪里顾得害怕哟！"

当他们下山准备运送第二桶汽油时，他才感到是那样的饿，出门时走得急，什么干粮都没有带，只吃了几口路边树上的"大冰棒"。他还打趣地对同伴说："有这个'大冰棒'，我们就不怕，三五天也能挺过。"

当他们下到德旺乡，人们围着他们，交通运输部门的同志和滞留旅客都鼓掌欢呼！高明勇脸上露出了微笑，那微笑带走了所有的伤痛，带走了所有的疲惫，他感到难以言表的成就和满足。

记事四：冰雪路上的未来警官

一

"我们可以自豪地说，2008年抗凝冻保民生有我一份！"

这是我们未来警官们的豪言壮语。

自今年1月12日开始，一场雨雪凝冻灾害从天而降，如脱缰野马，在贵州大地疯狂逞凶。连续20多天，全省气温都在-1℃~7℃，路面积雪深度10厘米以上，积冰8厘米以上。一时间，全省各条战线、各行各业，都投入抗凝救灾之中。

在罕见的雪凝灾害面前，贵州警官职业学院的学生也投入了这场抗灾保民生的战斗中。学院1月11日放假，12日，许多学生就都到了第一线，他们和公安干警们一起战斗在抗凝冻保民生的各条战线上，得到了各级领导的高度肯定，得到了人民群众的由衷感激。他们是未来的警官，是抗凝战斗中的英勇战士。

他们中间，有这样15个勇士，战斗在毕节地区公安局交警支队贵毕大队黔西一中队、大方二中队、归化三中队抗凝冻保民生的第一线。他们是07级交管、治安专业的学生：陈腾、侯尚杰、肖鹏、陈义山、黄毅、杨佳洁、马媛、王荣霞、杨阳、谌洪敏、申庆桃、卢星、张建林、樊涛、吴晓春。从1月11日离校，到3月14日返校，他们在一线整整工作2个月，在20多天的抗凝冻保民生的战斗中，他们没有一天离开岗位。他们顶风冒雪、抗着严寒，把生命的安危置之度外，日夜奋战在"抗灾保通"最前线，每天都是天未破晓就出发，夜深人静才返回。

冰天雪地，随处可见我们年轻的未来警官在路上冒着风雪搀扶群众上车，帮助民工提包扛箱，给被困车上的驾驶员和乘客送水送餐；在救助站帮受困民工拨打平安电话，为他们生火取暖，为他们送药、送水……

在这场天灾面前，不只是力量的较量，更需要意志的比拼，仅有信心和决心还不够，更需要处变不惊的定力和连续作战的毅力。我们这 15 个未来的警官，他们进校不到半年，年龄仅在 18 岁左右，在雪凝肆虐的 20 多天里，他们和我们的老干警们一道在抗灾最前线，经受住了恶劣天气的考验，他们从"最初的好奇，曾经的动摇，变成了现在的兴奋"。他们一对一地和老干警组成小组，女孩子也不示弱，每天在风雪中干 10 多个小时，巡路、撒盐、撒沙，全身是雪，收队时，冰雪已经在他（她）们的身上冻结成了小小的冰块。因为长时间地顶着冰雪撒沙、撒盐，手脚都肿了、烂了，但第二天照样坚持。他们自豪地说："这些伤疤就是我们的勋章，我们可以自豪地对别人说，2008年抗凝冻保民生有我一份！"

在这 20 多天里，我们的未来警官经历了人生难以经历的事，在这样特殊的环境中，他们亲身感受到了"奉献、牺牲"的实在意义；在这 20 多天里，老警察的精神和生命在这些年轻的娃娃警察身上得到了延续。老的生命融入年轻的生命，不断延续，这是万物发展的规律，也可以说是我们这支公安队伍得以生存和发展的传承定律。

在一次次抢险的危急关头，在一次次"警察开路"的冰雪路上，我们年轻的未来警官们坐在我们的老警察身旁，在几乎完全失去摩擦力的冰雪路上开道，随时有车毁人亡的危险。但我们多一点牺牲，人民群众就多一分安全。我们的老警察，以行动教育了他们的助手；我们的年轻警察，以行动给老警察增强了信心。新老警察的精神就这样融合，新一代警察的钢铁意志就这样炼成。

二

雪凝打压，灾魔肆虐……但打不垮、压不垮的是我们警察的精神！大灾面前，我们未来的警官，他们年轻而处变不惊，"一切为了救灾，用行动关注民生"，他们就是抱着这样的信念投入救灾工作。

1月12日，这是他们上岗的第一天，大家戴上洁白的交警帽，穿上耀眼的交警反光背心，上岗执勤，一个个是那样的得意，那样的激动。今天是他们第一次走上社会、走上交警的岗位，路上的人车都得听他们的指挥，便觉得一招一式都是那样的威风。

就在这天晚上 8 点，贵毕路因凝冻封路。接到封路的命令，全体当班人员都上了路。路上一辆辆急着赶路的车正在抢行，看着这样的天气，驾驶员们知道贵毕路要封路了，他们想在没封之前抢过去。没想到交警说来就来了，他们将各种车辆一一叫停。

天寒地冻，车上的人们都归心似箭。被拦下的客车、货车，小车、大车，一时吵开了、骂开了。

第一天上岗的未来警官们，在这一天，就开始体会了人与社会的哲理，他们必须学着怎样去理解人、怎样让人理解。

一辆大货车被拦下了，驾驶员面对就要冲过的关口，对着未来的警官说："又有哪样事嘛，小警察，我又没违章！路滑？我晓得慢慢走，关你什么事！"

未来警官脸上抽动了一下，很快又平静下来。来之前，领导就告诫过，要打不还手、骂不还口，一切都是为了路上的人和车，为了人民群众的安全。他们上前解释道："封路是上面的命令，是为了大家的安全，希望你们理解。"那个驾驶员根本不理睬，还想闯关，脚踩油门，汽车发动，我们的未来警官再次拦住他，很艺术地说："你要闯是不行的，就算你这里过了，前面还有好多关，你还是会被拦下的！"大货车驾驶员一想是这个道理，不动了，可是嘴里还在骂骂咧咧。

迎面不断传来谩骂声、哭诉声，他们的一切怨恨都朝我们年轻的未来警官们冲来了，这一下，我们的未来警官们上任时的激动、自豪的心情完全没有了。"怎么这些人会是这样呢？这样大的凝冻，为了他们的安全，让他们先停下来，避开危险，好像反而成了害人之人害人之事一样。"他们感到不能理解。有的人还指着他们的学员制服说："你是多大个官？你的杠杠怎么是弯弯的呢？""我看你的那个牌牌像是个假的呢！"

我们的未来警官哭笑不得，但他们没有做任何解释，只是想：不管是什么样的牌子，我们来这里为大家服务的，我们也是执行封路的命令。这时候，老干警走过来，对非常委屈的未来警官说："不要管他，你们该干什么，就干什么！他们着急回家，我们不让他们的车通行，他们不理解，骂骂人是可以理解的。"

这时候一辆客车上冲出一位大姐，焦急地跑到他们面前说，她从外地打工回来，家里老父亲病危，请求他们放行。他们耐心解释："前面太危险，这是统一的行动，是命令，虽然有特殊情况，但凝冻是通融不了的，这一出去，搞不好就要出人命的。"接着，干警摸出电话，为那位大姐拨通了家里的电话，了解了情况，也报了平安，大姐的情绪稳定下来。我们的未来警官们立即学着，给乘客们拨打家里的电话，大家的情绪慢慢地稳定下来。然后，他们还为乘客们送来了水和食物，这时候，他们听到的是一片感激之声。在这样的经历中，我们未来的警官们，好像懂得了很多……

夜深了，路上长长的车龙安静下来。未来警官们，却几乎整夜没睡，他们守卫在路上，偶尔到警车里胡乱吃点干粮，靠在一边睡一会儿，又冷醒了，醒了又轮流出去巡查。黑暗而冰冷的夜晚就这样过去了。

第二天早上 8 时多，一中队的几个同学在老干警的带领下，刚走到岗位，受阻于贵毕公路黔西生活服务区的 12 辆客车乘客 500 余人，聚在一起，强烈要求放行，怎么解释也不听，情绪越来越不稳定。这些人从广东出发后，一路受困，停停走走，好不容易走到这里，又在这里被困住了，大家情绪十分激动，要求执勤民警放行车辆，部分群众甚至开始要抬砸执勤警车，大家在喊：

"今天回到家门口，还不让走了，哪有这样的道理!"

"我们走我们的路，有哪样事，我们自认倒霉，认命!"

"来! 拿翻他们! 拿翻他们我们走人!"

这些人多是在广州一带打工的农民工，辛苦一年，赶着回家过年，老天爷不作美，路上到处受阻，从广州出来已经一个多星期了，他们有的带的钱也用完了，有的两天没吃的了，又冷又饿。

了解了这些情况，我们的民警和未来的警官一边劝阻，一边掏出自己身上的钱，去为他们解决困难。不一会儿，一碗碗冒着热气的方便面，一包包饼干，一杯杯热水送到了这些情绪激动的人面前。闹事的人看着这一切，看着我们的未来警官，看到他们也还是些孩子，想到他们在这个时候也应该和家人在一起，烤着火、看着电视，享受着舒适的生活，然而他们却在这里和他们一样受冷挨饿，还要对着他们这样一些激动的人一遍又一遍地喊着，一遍又一遍地劝说，他们声音嘶哑了，送方便面的手冻得发抖，他们自己也没吃什么，红扑扑稚嫩的脸上还含着笑容："大叔、大哥，先吃点东西吧! 这样硬闯是不行的，你们看这路上的冰雪有多厚，我们正在想办法，我们会送你们过去的!"

看着未来警官们年轻而诚恳的面孔，情绪激动的人们感动了，他们慢慢地平息下来。

经上级多方协调，路政的撒盐车开来了，大家一齐上阵，撒盐除冻。当积冰稍有解冻，我们的未来警官们又不顾连夜执勤的劳累，跳上车坐在副驾驶位置上，和干警们一起驾警车开道，领先走在那冰雪路上，路滑车险，随时都可能出现事故，老民警们劝他们下去，但他们没有一个退下来。车在镜子般亮滑的路面上行驶，只见车轮一次次失去牵引的摩擦力，整个车身晃来晃去，我们的民警，双手紧握方向盘、眼望前方。他们就这样一路艰难地把那12辆大车500余名乘客，安全护送过境。

　　12辆大客车上乘客们感激的目光，亲切而激动的感谢话语，让我们的未来警官再次感受到人生的真谛。一位同学写道："我们每天都与人民打交道、为人民办事，看着人民满足而向你微笑，那一刻的我，找到了工作的目的与动力，我不禁对自己说：'我要努力……'"

三

　　在雪凝灾害的20多天里，贵毕公路辖区出现多起因路面凝冻、雪、雾等原因造成的车辆抛锚、单边事故。每当这样的时候我们未来警官必然最早出现在现场，不遗余力地投入援救工作中。为事故车辆摆放好一个安全标志反光三角，为他们打一个求助电话，为推车出一把力。他们忘记了个人的安危。

　　1月30日22时13分，贵毕大队一中队辖区贵毕公路107公里处，一辆大客车翻下了8米高的路坎。全中队紧急出动。未来警官们带着一天的疲惫，有的还正想打个瞌睡，听到消息积极请缨，要求到救护现场。

　　一到现场他们惊呆了，在8米多的路坎下，一片叫喊声。天上下着大雪，鹅毛似的雪花纷纷扬扬，下面是车仰人翻。车翻了顶，人横七竖八摔满地。一个50多岁的老民警喊叫着："大家快一点！"未来警官们拿来绳子，把绳子绑在路边的护栏上，然后拉着绳子滑下去，他们第一眼看到一个孕妇。只听她在那里痛苦地叫，但看不清楚她的伤势，情况十分紧急，"这是两条生命，我们赶快，先把她抬上去！"他们一边说，3个同学一起，把她慢慢抬着送到了救护车上。他们又返回去，把受伤的人一个一个抬出来，又一个一个地背上来，送到救护车上。

　　突然，翻倒的车旁边，隐隐有一只手在摇动，借着蒙蒙的光亮，一个未来警官看到了那一只摇动的手。他赶忙爬过去，一看，那人大半边都埋在泥土中，奄奄一息。他来不及多想，就用双手去刨，一下两下，他飞快地刨着土石，一边不断地叫："你坚持住，我来救你！"

　　我们的未来警官咬着牙，忍着双手的疼痛，把这个压在土石里的人刨出来了，这时，他才看到自己的双手在冒血！但他已经顾不了那么多，又赶快把伤员背上，一步一步背到了救护车上。

一直到凌晨 5 点，在他们和路政、消防人员的一起努力下，将压在车底下的人抢救出来，送上救护车，送到了医院。这一夜，大家与时间展开了一场生命争夺战，经过大家的及时抢救，车上共 49 人，只有 1 人死亡，9 人受重伤，其余的伤势不重。这里也有我们未来警官的功劳。

四

大年三十晚，一位同学主动提出从 5 点到 10 点这个吃年夜饭的时间，他一个人值班，他坦诚地说："我家在赫章，反正也回不去，我就在这里坚守，大家可以回去和亲人团聚。"多么朴实动人的话语！

他们中间每一个人都有很多真实感人的故事。

1 月 26 日 20 时 10 分，二中队的一位同学和民警巡逻至乌溪大桥路段时遇见 4 个小孩站在路边，浑身湿透，冷得直打哆嗦，看样子，他们最大的也不过十来岁。原来这 4 个小孩是黄泥塘的人，父亲早已经去世，母亲前两天也死了，他们只好从黔西走回到乌溪他们的外婆家。听了孩子们的话，他们忍不住掉下泪来，立即用车将孩子们送到了他们的外婆家，当老人和孩子们哭喊在一起的时候，他们悄悄地驾车离开了……

2 月 2 日下午 3 时许，一位同学和民警在路上巡查，在贵毕公路 104 公里处，2 名衣衫褴褛的行人突然跑到路上，拦住了执勤警车。本来，他们正要对他们这种冒险的行为进行批评，但询问得知他们是毕节市杨家湾外出打工的，在外地受骗后无钱回家，已经两天没有吃饭了。他们当即从车上拿出饼干和矿泉水给他们吃，然后将二人送到黔西车站，掏钱为他们买好车票，送他们上了车，那两个农民工激动地给我们的未来警官和民警跪下，喊道："感谢警察大恩人哪！"

这样的事，太多太多……

2 月 22 日上午，毕节地区交警支队贵毕大队春运服务站鞭炮齐鸣、锣鼓声声，来自大方、黔西、贵毕专线联合运输公司车队的 10 多名群众代表将 3 面鲜红的锦旗送到贵毕大队，我们的未来警官们和民警携手接过锦旗……

毕节地区公安局交警支队给我们未来警官的鉴定材料中写道：

"在 50 年不遇的灾害气候中，在极度恶劣的工作条件下，在十分繁重的工作压力下，一群年轻的警官学院学员用自己的实际行动点燃了他们无悔的青春！"

原载于《为了雪凝中的人们》

人民文学出版社 2008 年 3 月版

脱贫攻坚路上的女人们

2019 年 7 月上旬，印江自治县作为全省迎接复检的 4 个县之一，顺利通过国务院扶贫办第三方复评。沙子坡镇是印江自治县脱贫攻坚难度最大的乡镇，成为代表印江县 5 次经受国家、省、市检查的唯一乡镇，涌现了一个个脱贫攻坚英雄事迹。在这场脱贫攻坚战中，沙子坡有多少平凡而伟大的女性——她们有的年轻，有的不再年轻，有的已走上人生暮年；她们，都战斗在脱贫攻坚战役的战场上，奏响了激越的人生篇章……

新婚上战役

车，迎风而行，在巍峨的武夷山脉梵净山脚下。人们还在春节的氛围中，正月初十，一对新人带着幸福与祝福，踏上了归程。

望着车窗外家乡的变化，他们忍不住地唱着铿锵激越的《脱贫攻坚战歌》。"脱贫攻坚聚力量，消除贫困上战场，不见硝烟见炊烟，村村寨寨齐奔忙……一路艰辛一路唱，我自行军来打仗，脱贫攻坚逞英雄，幸福百姓奔小康！"

芳映欣赏着自己昔日的战友，今日的老公，贴心地说："慢慢开！不用这么急！"宏荟笑笑，对这位言语不多的爱人是多么爱恋，在一起工作，相爱几年来，好像只有今天才有心来表示感激，他笑着说："不能慢了，我们得赶快回去，刚才的歌声你忘记了？'脱贫攻坚逞英雄，幸福百姓奔小康'，我帮扶的几户，还有好些事情要落实，必须赶快回去。"芳映抢着说："我的李朝荣一户，他家大女儿读高中，教育资助经费 1900 元，不晓得下来没得，还要去落实。他们家申请政策，申请资金，完成危房改造、完成'四改一化'都是迫在眉睫的事情。"

王芳映、田宏荟，一对新婚夫妇，一双印江县沙子坡竹元村的驻村干部，三年前他们相知、相恋，说好的，"沙子坡不脱贫，我们不结婚"。这是当初他们的承诺，也是他们对老百姓的情怀，2018年竹元村贫困发生率降至1.69%，群众也增收致富了，在父母的一再催促下，这对二十八九的青年终于完成人生的大事。2019年2月14日，正月初八，他们回家举行婚礼，没有婚纱照，没有蜜月。村攻坚队批准他们的是5天假，这已经是远远低于国家晚婚假的规定。可他们婚事第二天就往村里赶。

两人正说着，芳映接到家人的电话说，家里出大事了，房子被烧了，现在还在火海中！

两个人一下蒙了，芳映哭着说："我们赶快掉头回去。"

车掉头回到老家。一大家人哭天喊地。芳映、宏荟，这时候已经不知道哭了，一场大火烧毁了刚装修好的新家，一位亲人在这场火灾中失去生命，两位住院治疗，他们送烧伤的亲人到医院，安顿家人。

这时的芳映只觉得自己站不住了，蹲在一边低着头，泪水在脸上纵横，留下一道道墨迹。我该怎么办？

良久，她毅然地站起来，面对这一片灰烬的家园，她知道，这里有政府，有家乡的父老乡亲的帮助，而这时，更需要我的是竹元村的脱贫攻坚决战的战场。

芳映说："我的战场是竹元村，我不能被自己家的火灾打垮了，我要回到我的脱贫攻坚战场上去。"

她流着泪上了回竹元村的车。三个多小时的辗转车程，她从家乡德江到印江再到了竹元村。到了村委会，她没有去诉说新婚家里的苦难，默默站在村办公室，整理着一份份马上就要接受脱贫攻坚"省检"的材料。在这里没有硝烟，也没有眼泪，有的是责任。

在驻村帮扶过程中，王芳映尽心尽力，尽职尽责。李朝荣户，7口人，5个小孩，大的在上高中，小的才上幼儿园，老婆在家务农，他在外打工，过年才回来。原有住房破烂不堪，外面下大雨里面下小雨，大女儿陈小芳在印江读高一，国家教育资助经费1900元，王芳映一直在帮办这个事情。脱贫工作开展一年多以来，在王芳映的帮扶下，贫困户拆了老房子，通过危房改造，完成"四改一化"修建一层砖房，面积100㎡左右，基本解决了住房问题。面对这样的情景，在2018年贫困户脱贫退出过程中，李朝荣户不理解，不愿意脱贫，认为他脱贫了，他以前有的国家补助就没有了，王芳映对他说："国家政策在这里放着，脱贫以后教育医疗不变，都能够按90%报销，教育资助政策不变。"经王芳映多次解释政策，做思想工作，李朝荣户主动向村攻坚队提交了脱贫申请书。

王明珠一户，就是三个孤儿，大姐王明珠六年级，二姐王奥珠四年级，三弟王子涛三年级。几姐弟跟着爷爷奶奶住，一开始走访的过程中，王明珠爷爷奶奶不接受，认为他们也应该纳入建档立卡户精准扶贫户，享受相关政策，多次解释和做王明珠爷爷奶奶思想工作："你们两个有儿有女，也有他们的赡养，和这三个娃娃不一样，不能享受国家的政策。"最后，王明珠爷爷奶奶理解了政策。

王芳映每一个星期都要去一次，辅导三个娃娃的作业，了解他们在学校的情况。三个娃娃最高兴的是王芳映给他们送去的课外读物，给他们带去水果和营养品，时间长了，王明珠姐弟三人亲切地称呼王芳映"嬢嬢"。

这天从村委会出来，王芳映直接去王明珠家，三个娃娃正是成长的时期，要给他们带点营养品，买好的书也要给他们送去，还要检查他们读书的情况，总觉得他们就像自己的孩子一样，总有那份牵挂。

这条路，她不知走过多少次，走着走着，就见证了竹园村脱贫致富的渐变过程。

先到李朝荣家的新房子，一家人还在春节的氛围里，节日的欢聚，好远就听到他们的欢笑。李朝荣出门邀她进屋吃饭，说："我们一家人感激你！你是我们的贵人，国家政策好，你这样的驻村干部好，我家娃娃们才上得到学，我们才有这样的房子住！"

王芳映说不出话，脱贫攻坚一年多以来，看到群众满意的笑脸，听到群众发自内心的朴实语言，她送上新年的礼物，新春的祝福。

离开了李朝荣家，来到王明珠家。远远地就看见三个娃娃穿着新衣服，按高矮次序站着，都抱着个暖宝宝，这是多么熟悉的一幕。在冬日上学回家的路上，他们都是这样抱着个暖宝宝。他们上学要走一小时，并肩走在路上，总是那样团结，互相关爱。每每看到这一幕，王芳映都为之感动，默默地祝福他们，坚强地走下去，成为社会有用的人。

看着站在门前的三个娃娃，王芳映有些激动，小跑几步上前。娃娃们喊："嬢嬢来了，嬢嬢来了！"扑在她怀里。芳映含着激动的泪："你们怎么在这里？"

"我们在这里等你，想着你应该来了！"大女儿说。两个小的赶忙汇报期末的成绩。

爷爷奶奶上前来说："这回是老大考得最好，要感谢嬢嬢给她补习！"

王芳映说："明珠还要越来越好哦。前次的《假如给我三天光明》看完没，要你谈感受哦！"

明珠说："书看完了，我要像作者海伦·凯勒说的那样，无论处于什么环境，都要不断努力。带好弟弟妹妹，做一个像嬢嬢一样的人。"

爷爷奶奶听了笑开了，奶奶说："就是要成嬢嬢一样的人。他嬢嬢，以前是我们对不起你哈，一天找你闹，不理你，是我们的不对。我家这三个孙，是全靠你了。现在党的政策好，如果没得这样好的政策，没得你来管他们，这三个娃娃就废了！"奶奶哽咽着擦着眼。70多岁的爷爷提着一个袋子，对王芳映说："他嬢嬢，这是自己种的花生，也没得哪样给你的，你每次来，都是提这样，拿那样的，我们感激不尽了，这点东西你一定要提起哈，你是娃娃们的'嬢嬢'！就是我们的亲人！"王芳映推辞不过，接过放在桌子上。

她把带来的糖果和课外读物书《昆虫记》《爱的教育》《鲁滨逊漂流记》《海底两万里》《爱丽丝漫游奇境记》交给大姐王明珠："这几本是你们这个假期要看的，和弟弟妹妹一起看。把你们的作业放那里，我看看。"检查完他们的作业，安排了三姐弟假期要做的事情，王芳映走上回家路。三月的省检迫在眉睫，她必须赶快回村。

她走了，新婚新年家里出的事，这时候已经不在她的视野脑海。她轻松地走在这条再也熟悉不过的路上。

临聘人员叶敏的攻坚路

"叶敏，赶快躲一下，池会钊提刀找你来了！"

叶敏一下蒙了！这怎么了？

拿刀上来，我等你。叶敏想。

池会钊，在驻村干部进村帮扶前，对政策不理解，对政府及干部极度不信任，在脱贫攻坚县级交叉检查的时候，检查组走到他家时，他把检查组人员从家中轰出来。沙子坡镇作战部为群众发放黑猪娃，供贫困户发展，池会钊领回两只黑猪娃，回去后，有一只总是不吃，没喂多久，病死了。他多次打电话找叶敏这个帮扶干部去解决，叶敏和村书记，兽医站彭站长去看过，最后解决了他给猪看病的治疗费。他还是不满意，不满政府和政策，扬言要砍驻村干部叶敏。

叶敏接到电话后，一阵恐惧和委屈。心想：我一个脱贫攻坚的临时聘用的驻村干部，他提刀来砍我？

躲一下？

再一想，如果不接招，他肯定更是凶，对不明真相的群众影响不好。"那我就等着，他来以后慢慢和他说，砍？看他有没有这个胆子！"这样想着，还是打个电话给镇政法委书记杨雪枫报告。杨书记说："你不用怕，在村委会等着他，他真要有极端行为，直接打派出所。"

叶敏冷静地等着池会钊，冲动过后的池会钊倒泄了气，直接去了乡政府。在多方面的协助下，事情平静过去了。

后来的一年时间，池会钊在叶敏等驻村干部的帮扶下，房屋得到了改善，新安装了门窗，解决了以前住房跑风漏雨的情况，驻村干部又给他出谋划策谋出路。现在，他对国家政策满意了，对干部信任了，勤勤恳恳劳动，养了3头牛，5头猪，日子过得红红火火，见到叶敏，就热情地邀请她到家里坐，喝茶。

在脱贫攻坚的路上，叶敏走得不轻松。

2018年7月7日，在走访贫困户的路上，一辆大车和她的车追尾，交管局定的是大车的全责。这是个要命的事，出事时，追尾的大车是压在叶敏小车尾上，力度再大一点，她就没命了。但大车事主百般耍赖，经过一个多月的交涉与维修，对方才赔了维修费27000元。一个多月的维修时间，为这维修费的讨账，她浪费了多少时间，但即使这样，叶敏也没耽搁脱贫攻坚的任务。

这天，她双手紧握方向盘，正准备去给精准扶贫对象王仲举办理出院手续。

58岁的王仲举，因违法乱纪被判13年徒刑，劳改释放，2017年回村，见到家乡正如火如荼地开展脱贫攻坚，觉得自家条件艰苦，理所当然该得到特别照顾，没有自知之明，倒时常抱怨。他常到村委会来闹事，质问："吃低保，为哪样没得我？"他是村里的一道难题。

随着脱贫攻坚的深入推进，一些农村群众由于不明政策、法律意识淡薄，便宜不占白不占的私心爆发，出现争当贫困户、低保户的怪现象，甚至有的还侵占公共财物，辱骂殴打驻村干部，拒绝赡养老人。这种"等靠要、比看怨"的思想，拉低了群众的觉悟，严重制约了脱贫攻坚工作的开展。印江县委、县政府决定，大力开展感恩教育、法纪教育等工作，引导群众知恩、感恩，知法、懂法，激发群众内生动力，营造良好的发展环境。

王仲举问题，村委会把这个艰巨的任务交给了叶敏。

叶敏这个临聘人员，对王仲举耐心解释，做思想工作。叶敏一个月1000多元的工资，还常给王仲举生活上的帮助。王仲举两次住院，第一次是叶敏给办的出院，除了国家给报销的 90% 以外，他自己应该负担 122 元，叶敏帮他交了。第二次他又打电话给叶敏说："你来帮我办出院，还有，出院后，我可是没得饭吃哦！"

听到他这个近乎无赖的话，叶敏想到的，是他出院以后的确需要营养，不管他是一个什么样的人，现在就是我竹元村的村民，我是管他的驻村干部，就得管他。于是她买了一袋米、一壶油给他送去。温水泡茶慢慢浓，在叶敏的多次帮助下，王仲举渐渐转变了人生态度。

这天，在王仲举的新房门前，雨后一缕夕阳照在他脸上，那张脸上，能看到他前半生的蹉跎与晃荡的影子。当问到王仲举今后的打算时，他说："政府出钱供我，不好意思，我找叶敏商量，想做点哪样？我参加了两次政府办的就业培训，我要找一个适合的工作做，减轻政府的负担，还叶敏给我的钱。"他就这么说着，眼里蕴含着一种醒悟。

这时候，在他脸上，仿佛看得见做人的希望和信心。

"我有兄弟姐妹，但叶敏比亲妹妹还好！"

"我这样的人，政府还要这样来管我，叶敏还要来关心我，我真的感谢政府，感谢驻村干部，感谢叶敏！"说着，蹲了 13 年监狱的王仲举，脸在抽动，激动的热泪在眼里转动。

叶敏说，扶贫，就是一种牵挂！

说到牵挂，叶敏说，她现在下村，总是还要走到特困户 65 岁王顺江家窗户望一望，看看他的房子是不是有潮湿，再看看房门是否关好。这是一个以前只有一个烤烟棚住屋的孤寡老人，2018 年精准扶贫，政府了解到他的情况，按政策补助 35000 元，加上"四硬一化"，他的低保 760 元，养老费 1000 元，他的日子终于过得不错。他常对叶敏说："我就把你当亲女儿了！"叶敏说："现在他又出去打工去了，我经常电话和他联系，给他办理这边的事情。他的家成了我的牵挂！"

"还有王仲举，这样一个坐了 13 年监狱的劳改释放人员，虽然现在有了新房子住，但他就一个人，身体不好，能做什么事情也不定，随时会出现问题，我只要下村，都要到他那里看看。"

"池会钊'提刀算账'的事情，虽说不多，但今后应该早做工作，做细做深，减少极端事件发生的概率。脱贫攻坚，群众的事情无小事，这是我最大的牵挂。"

叶敏这样一个铜仁卫校毕业的人，应该说找个事情做，钱可以来得容易轻松。而当这样一个临聘驻村干部，每月 1000 多块钱的工资，自己不仅要倒贴下村的车费油费，而且要给困难户出钱买东西，还要受到不理解，甚至谩骂，提刀威胁。为人之妻，家里有老有小，脱贫攻坚，家里的事情是一点也管不了。

叶敏怎么说？

"2017 年当驻村干部以来，我们竹元村的 30 多名村干部，没有一个人当我是临聘人员看，大家的尊重就是我的工作动力。"

"脱贫攻坚，不是为了钱，不是为了利，这是一个了不起的事情！人是需要认可的，我得到大家的认可，我就高兴，什么都不是问题。"说着这些话，质朴的叶敏还不好意思地低下头，擦擦激动的眼泪。

这就是我们众多的脱贫攻坚的驻村女干部中的一员，人很平凡，却有一颗金子般坚强和闪亮的心！

桂花有两个花木兰

一、张江南

张江南，名字听上去像个英俊男生，其实是个秀气女子。

张江南看上去温温柔柔，内心里却韧劲十足。

张江南做事韧性十足，对人却充满大爱精神。

2018 年 6 月，印江县脱贫攻坚战役进入决战阶段，全县干部总动员，在县交通局工作的张江南，被委派为沙子坡镇桂花村驻村干部队长。沙子坡镇是印江最偏远的乡镇，其时，江南的孩子未满 5 岁，而婆婆已 87 岁高龄，张江南老公在信访局工作，工作繁忙可想而知。江南只好把孩子送到侄媳妇那里代管，母子告别，孩子哭"妈"，张江南珠泪长流！临别，步履艰难而坚定！

未几，忽电话传来，孩子生病，张江南只有连夜赶回县城，把孩子送到医院，又匆匆赶回沙子坡。

张江南一温柔女子，工作就靠耐心和韧性。镇里脱贫攻坚改造危房大规划，牵涉很多搬迁户。有一户空巢老人，儿女不在身边，故屋难离，工作不好做。张江南的办法就是天天上门做思想工作，帮助老人做做家务，关心关心老人的生活。慢慢地，与老人思想近了，感情深了，同意搬迁了。谁来搬？

柔弱女子张江南，不想把困难推给别人，自己承担了搬家重任。张江南任劳任怨，给老人搬家，老人女儿回来了，顺口问的是："还没搬完唉?"好似张江南是老人的女儿，而女儿倒好像旁观的客人。

一家贫困户，母亲生病了，在外打工的家人，不给自己家人打电话，却一个电话打到了江南这里："张队长，老人病了，麻烦你去看一下哈!"结果，张江南不但去"看一下哈"，而且把老人送到了医院。

镇上有一个有名的残障人，属于间歇性精神病。人们形容这个残疾人家里"乱得像个狗窝"，不仅如此，一个间歇性精神病人，还真的养了一窝狗，其家里之脏乱，名副其实。而这名残障人，平时，下巴上经常吊着一丝涎水，叫人远避三舍。唯有温柔善良的张江南，经常给他送点米，送点菜，送点用的吃的。这位间歇性精神病人，时而犯病，时而清醒，没有个准信，面对他，你不知他是否要犯病，要发作，这也是人们远避三舍的重要原因。但，他只要看见张江南，无论任何时候，眼睛变得清澈，头脑变得清醒，恭恭敬敬喊一声："张队长!"

说到这些事，秀气女子张江南没有骄傲，却有些微微的羞涩……

二、付天婵

憨厚和蔼的付天婵，职务是桂花村的会计。但热心肠、好管家付天婵管的事，却远不止那点"会计"的事。

脱贫攻坚，付天婵说："临到要退休了，还能参加脱贫攻坚战役，感到很荣幸!"

而桂花村支部书记张羽春却说："脱贫攻坚战役，有付天婵参加，是桂花村的幸运!"

付天婵是桂花村的活字典!

脱贫攻坚，精准扶贫，一个重要前提是什么? 那就是摸清各家各户困难在哪儿，收入多少，家庭境况如何。张羽春说："只要问付天婵，没有她不清楚的!"

脱贫攻坚，牵涉到危房改造、征地补贴、低保发放，无论你做得再好，不合危房标准的、征地被评估为低等级的、家庭条件超出低保标准的，看见人家享受了补贴，心里总是不舒服的。有机会了，部分比较"精狡"的人，往往会出些"幺蛾子"，或找事刁难刁难你，或该大家鼓劲为发展家乡出力做事的时候，他在旁边泼冷水说："叫他们享受补贴吃低保的人去做哈，他们是得了政府的好处的嘛！"

而有了付天婵准确的信息，村委评议这些补助的时候，就能做到"精准扶贫"。桂花村书记张羽春很强调"公平公正"，但只有掌握了农户的准确情况，才能做到真正的公平公正。有了公平公正，群众就服气，就没有人"闹事"，所以张羽春书记说"脱贫攻坚，有付天婵参加，是桂花村的幸运"。

付天婵不但准确掌握了村民的信息，而且更准确地掌握了国家对农民的优惠政策。根据这些政策，村民该享受什么优惠和补贴，一般来说，只要村里传达了文件，宣传了政策，谁符合享受条件，谁就可以提出申请，然后村委就是审核落实的问题。只要审核落实爽快，不为难群众，就是好政府、好干部。

但付天婵却不同。她是想方设法主动把优惠政策送上农户的门。有些细分的优惠政策，不要说农民不清楚，就是很多干部也不一定了解。

充满大爱情怀的付天婵说："你不知道的，我来给你说，你不会办的，我来给你办，不要说你在广东上海打工，你就是在国外做事，该你享受的，我这里都跟你搞落实！"

至此，付天婵最后一句斩钉截铁的话，听在群众的耳朵里，不但没有抵触和怀疑，而且是打心眼里信服："但你们要晓得感政府的恩！"

2015 年，王信的孩子王海龙，考上了中职，看着翻新的房子，拿着孩子的入学通知书，王信从内心感到高兴，但他叹了一口气："唉！万事无周全啊！"

大家都知道，如果是贫困户，孩子考上中职，就该享受铜仁市的教育补贴，但恰好就是这一年，王家已经脱了贫，不能再享受，心里还是有些遗憾。

谁知道，付天婵找上门来了："海龙，市里的补贴没有了，我们还可以享受省里的！"王家一家先是蒙，接着是意外的喜！农村人，虽然脱了贫，但要供孩子上学，日子还是有些紧巴的。现在凭空得了一笔补贴，是人家付会计主动送上门的！王信拿着付天婵给他们办好的手续，嚅动着嘴，半天不知说什么好，眼里转动着泪花……

村支书张羽春说："这就是付天婵，为了群众利益，完全是自找麻烦。其实，有些政策，她不说，哪个会晓得！"

憨厚的付天婵，却红着脸说："脱贫攻坚，这些工作，是我们应该做的！"

86 岁的"妇联主任"

走到满头银发的老妇联主任任达奎婆婆家，没进门就听到一阵的欢笑，86 岁的老人再加上五六个年轻漂亮的"女子党员突击队"队员，欢笑如春天的花语。

任婆婆热情开朗的性格首先打动了我们，一进门，她急着从屋里抱出一个大西瓜，递给和我们同行的沙子坡脱贫攻坚指挥长肖子静，说："这个任务交给你！"一阵的欢笑！

任婆婆，安顿大家堂屋里坐下，吃西瓜。有人提议，婆婆唱首歌！唱前次唱的那首"红旗飘飘"！婆婆是这里的明星，大小会议上有她，家家欢聚有她，唱首歌是她的开场白。

婆婆眯着眼，向窗外远处望着，雨后阳光映照，今天的韩家村，青山绿水的，房屋如洗，花园似的乡村，一展眼底。

婆婆说："我另唱一个！唱一个'五星红旗'！"

86 岁老人清了清嗓子唱起："五星红旗迎风飘扬，胜利歌声多么嘹亮……"她节奏明快，歌声昂扬。大家和着节拍，给她打着拍子，这么大的年纪，能把这首歌唱完，我们都为之感动。其实这个"胜利的歌声"，那不也是我们脱贫攻坚战的胜利；飘飘的旗帜，正是我们脱贫走上致富路的旗帜！

村领导介绍，任婆婆，有 60 多年的党龄，比我们在座的人年龄都大。她是本村人，在韩家公社妇联主任职务上退休，退休有 30 年，当时的退休工资就 181 元钱。以前她一直在印江县城里住，在 2016 年返乡长住。

任婆婆来到她的家乡，她工作过的地方，这时正是脱贫攻坚工作开始的时候，她积极参加到这场战斗中。

86 岁高龄老人关心韩家村的各项工作，帮助村两委加强党员培训，以身作则带头讲党性，思路清晰。在每年的党员培训班和定期开展的支部活动日上为参训的党员讲党课，用自己 60 年党龄，讲社会发展对比，她用她的人生阅历、工作感受，教育全体党员。深入浅出，生动具体。她说，特别在脱贫攻坚的战斗中，每一个党员都应该走在前面。

任达奎老人，更以她的实际行动去支持、帮助村里的发展。2016 年 9 月，她回到家乡，当看到村文化活动室条件简陋，活动开展难以进行，她主动给村委会捐赠价值 1800 元的优质塑胶凳 100 条。村里人看到"我们的这个'妇联主任'"，八九十岁的老人了，自己勤俭节约，生活朴素，还拿出这么多钱支持村里的工作，大家没有什么说的，只有在脱贫攻坚战役中加油干！

86 岁的任达奎婆婆，其实自己都是一个需要人关心照顾的高龄人，但她时常想到的却是村里的老人和孩子们的生活。

2016 年 7 月，她听说石坪村后洞组，有一个孤寡老人黎廷枝，三个女儿，一个是瘫痪，两个是精神病，而老人自己大小便失禁，生活十分困难。任达奎婆婆焦急万分，叫来自己的侄儿李世玉，对他说："你把这 300 元钱拿去，给那个黎廷枝老人，买尿不湿！还有其他需要用的东西。老人可怜得很，我们能帮，就要帮，也给政府减少一些负担。"

韩家村的晏继香、谭秀仙、任明婵等，这些老人都有各种困难，任达奎老人对她们关怀备至、嘘寒问暖，时常伸出援助的手，村里人人感动而敬佩。

在村里的操场边、大路上，时常有她的身影，她走得并不矫健，却不时弯腰捡一下路边的一块垃圾、脚下的一个空瓶。"卫生是人人都要爱护的，美丽乡村靠大家维护。"任婆婆说。

任达奎老人，润物细无声，感染着这里的每一个人。

村里的年轻人感动了，行动起来，向老人家学习。团支书胡雪娇与村委员王霞，支委员任爱平、胡丽，积极分子郭巩霞、谯信芝、何贵红等发起，组成"女子党员突击队"，以任达奎婆婆为榜样，充分发挥女性党员和青年特长，大家共同商议，让老人们老有所依、老有所享、老有所乐，更好地支持配合村脱贫攻坚队，开展脱贫攻坚工作，充分利用女党员细心周到的优势去帮助去服务村内的困难老人及弱势群体。

任达奎老人，是这支"女子党员突击队"顾问，在任达奎老人的带领下，专门针对全村孤寡老人、留守儿童，定期进行入户走访慰问、帮助打扫卫生、整理家务、洗衣服、代购生活用品，帮助与在外打工的子女通电话、看微信视频，让老人们感受到党组织的关心与关怀，感受到来自社会的温暖，让子女在外放心工作，减少后顾之忧，也更理解和支持村里的工作。

来韩家村的人，都会对韩家村优美的环境、干净的卫生、和谐的氛围、村民积极向上的思想态度而赞不绝口！

"女子党员突击队"活跃在韩家村家家户户，她们自豪地说："任婆婆是我们的顾问，更是我们的榜样！"

这个普通的基层干部，退休 30 年的村妇联主任，用她自己的方式，走在脱贫攻坚的路上，发挥着标杆的作用。

　　大家都说，在脱贫攻坚战役中，任达奎老人是妇联主任中的"夕阳翘楚"。

　　原文发表于新华出版社《决战沙子坡——一个乡镇的脱贫攻坚纪实》（2019. 8）

平凡英雄
——纳雍脱贫攻坚三章

最普通的人，那份最普通的情感与行动，凝聚成脱贫攻坚战斗的精神力量，感动着时代。

一

平凡英雄
——记脱贫驻村干部陈军松

2019 年 8 月 27 日早上 6 点，赵虎洗漱完后，出门突然发现楼梯下躺着个人：一动不动，满头是血……

"军松！军松！"

陈军松慢慢醒来，觉得还可以站起来，只是想村里工作刚上路不能耽误，让闻讯赶来的人，赶快到村里开展工作，他自己开车去医院，就可以了。

去医院的路上，陈军松的头开始晕，他强打精神，最后终于不行了，一个朋友把他送到纳雍医院。到纳雍医院说是他们不行，水城医院还是不行，最后送到昆明医院，医生说，这样的伤情，他算是捡了一条命。

驻村干部赵虎说："军松办公室的灯，每天凌晨一两点还亮着。"

前一天晚上回住处的时候，应该已经两点过了，他看到门口堆着下午拉来硬化通组路的砂石，他担心砂石的质量不过关，一晚上都没睡好。天蒙蒙亮的时候他从床上爬起来，想看一下砂石的质量。刚推开门准备下楼梯，迷迷糊糊地一脚踩空了……

摔倒时头部先着地，头部留下了一条长长的伤口，颈椎严重受损。见到他时，受伤已经是半年有余了，在卧床三个月后，脖子上仍固定着支撑装备，在进行一些康复训练。

没有从天而降的英雄，只有奉献牺牲的普通人，陈军松是在平凡人中造就出的平凡英雄。

曙光镇法杓村驻村扶贫干部陈军松，今年 34 岁，2012 年参加工作，就在纳雍县曙光镇，驻法杓社区一年半以来，这里发生了翻天覆地的变化。他刚来到这个社区时，社区两委班子工作懒散，不思进取。上任之后，他首先做的是把这个团队拧成一股绳，最大限度发挥集体的力量，只有这样，才能打赢这场脱贫攻坚战。任何事他都是身先士卒。

"军松，一双水胶鞋穿着，田里土里走，哪里是干部，就是一个农民。"

"他把自己家做的酸菜、腊肉带到村委会，做好了大家吃。"一位老人家深情地说。

他就这样走在驻村路上。在和社区两委班子成员多次促膝交谈中解决了问题，让班子成员清楚应该怎样去做好工作。他很快取得了班子成员的信任和支持，大家齐心带领群众干，打好脱贫攻坚这一仗。

在法杓村这一年半的时间里，他着力于脱贫攻坚农村产业结构调整工作，带领法杓社区居民建成蔬菜大棚 205 个，解决了社区里近 70 名剩余劳动力的就业问题。同时，他还号召贫困户种植"短、平、快"农作物小麦、辣椒等，旨在稳定快速提高贫困户人均经济收入，争取早日帮助贫困户脱贫摘帽。

他深知"要致富，先修路"的重要性，社区农民种出好的产品，还要能走出大山去才行。他带领社区两委班子和全社区群众，对本社区的道路进行大刀阔斧的改造。一年多的时间里，法杓社区硬化道路长达 14 公里，为贫困户脱贫致富铺上了一条条光明大道。

可以说他是披星戴月，难眠难休，这里的每一块土地上，都有脱贫干部陈军松的一束光照。

陈军松在法杓取得的一系列成绩，镇领导非常满意，镇长又交给他新的任务："军松，脱贫攻坚战目前已经到了决胜阶段，我们镇有个深度贫困村，需要一个有能力又有实干精神的同志，带领群众脱贫致富。经过党委认真研究，这个人非你莫属，准备派你去法泥村。"

"在那里，希望你像在法杓一样，好好大干一场。"

"镇长放心，军松头可破，血可流，就是粉身碎骨也要打赢这场硬仗！"

陈军松说话就上任，当他走进法泥村，见到通组连户路，还是那样的泥泞，脱贫攻坚"作战指挥部"混乱不堪，陈军松就知道，为什么镇领导要他到这里来。这里的脱贫战役任务还很艰巨，必须在半年内改变这样的状况，陈军松暗下决心。

上任仅 20 多天，陈军松走访贫困户、了解民情，走遍了法泥村 6 个村民组，组织协调 2 个村民组，完成易地扶贫搬迁安置工作，积极参与协调 2 个村民组的劳动力就业问题，让劳动力全部就业。

他白天深入群众中了解情况，晚上回到村办公室统计数据，研究具体的解决方案和措施。在易地扶贫搬迁、产业结构调整、道路硬化、住房和饮水保障这些事情解决以后，他的工作重心转向产业结构调整。结合当地的地理条件和气候因素，他计划带领村民在法泥村发展红椒、原麻和马铃薯种植。

陈军松在驻村期间，大事小事都要操心，想办法做好，他坚信"群众的事，无小事"的原则。

他看到贫困户龙正文老人生活困难，便以高于市场的价格收购他家的洋芋，从侧面帮助他增加经济收入。第二天，老人从地里摘了豆子、茄子送到他的办公室，抓住他的手感激地说："我活了这么大岁数，很少遇到像你这样的好干部，认真听我说困难，坐下来和我谈心……"

一次下村途中，正是李子成熟的季节，陈军松走到姓曾的老人家地边，见李子树红彤彤挂满了果，老人家脸上却不见丰收的喜悦。李子好多都烂在地上，陈军松摘下一颗吃，赞赏说："好吃呀，老人家，李子味道真不一般啰，甜酥脆！"

老人心疼地说："好吃，也吃不了，卖不脱呀，你看不都烂在地里了！"

陈军松马上到纳雍找销路，在"爱心纳雍"的帮助下，找到一个电商，给双方联系好，电商把老人家的甜酥脆李子全都卖出去了，老人家感激地说："这样的干部，为群众办实事，好呀！"

一个读到初二就辍学的娃娃，父母离异在外打工，他也在外打工。前一段时间回来了，在村里晃荡，陈军松看到他，一个小混混，叫住他说："回来了？"

"回来了，哥！"

"回来了，就该好好读书，不能四处混。'天干，饿不死手艺人'，老祖宗的话有道理的。你现在，中学学籍没有了，我送你去纳雍职业学校读书，学点技术，一切费用我管。"

到了学校，陈军松给他报了 2019 精准扶贫一班，计算机应用专业。交了学费，买好住校的被子褥子洗漱用具，办好饭卡，充了 200 元钱，告诉他："你一定要好好读，做一个有知识的年轻人。"可就在这时候，陈军松自己的小孩要上小学，他没有时间送去报名，只有请朋友帮助办理。

陈军松摔倒半年了，见到他时，他叹息着说："我去法泥村不久，就摔成现在这样子，当时给镇长的诺言'镇长放心，军松头可破，血可流，就是粉身碎骨也要打赢这场硬仗！'还没有完成，着实急呀，不知道法泥村群众种植的红椒、原麻和马铃薯，情况怎么样了……"

"曾老家的红酥脆的李子，今年的种植发展情况怎么样？"

"对不起那个读书的娃娃，我送他去读书后，我摔倒不知他在学校情况怎么样。"说着，"吩咐他爱人，那个读书的娃娃，要常去关心哦！"

这就是我们时代的最普通的脱贫攻坚驻村干部！这就是这个时代的平凡英雄！

二
情系"坡背后"的娃

"你们硬要叫我们去读书，我们就离家出走，永远不回来！"

这是"坡背后村"的3个十五六岁的娃娃的话。他们是初三学生，不愿意再读书，只想自由，想去外面的世界，看天下的风景。

正是疫情期间，纳雍县河溪小学，这是一个九年制的小学。九年级、六年级毕业班已经开始上课，校园里不时传来老师讲课的声音。这是大山脚下的学校，山就如一个巨大的屏风，紧贴在学校后面。站在校门口，可见如一巨大屏风的山上，影影绰绰一小路，校长指着大山小路，对我说："从那条路上去，翻过坡，就是'坡背后村民组'。现在那里已经通车，孩子们来我们学校上学，来回还是要走10公里。有3个初中毕业班的娃娃，去年辍学去浙江温州打工，给人洗车，就是不愿意上学了。在这次脱贫攻坚的战斗中，是陈剑宇老师他们，想尽办法，把他们请到我们学校上学。"

打赢脱贫攻坚战，必须以深度贫困地区、特殊困难群体为重点，集中精力排查薄弱环节和突出问题，制定特殊扶持政策，以更加有力的举措攻克最后的贫困堡垒。在"三保障"中，义务教育保障，那是在孩子义务教育的路上，一个都不能少。

纳雍县是国家扶贫重点县，其曙光镇联盟村坡背后组更为贫困的少数民族村——坡背后组苗族——在大山顶上。这里的3个孩子，彭华富、彭华贵、彭宇，原在距离近的阳长镇海座小学上学，读九年级（初三）。他们不愿学习，在去年6月就离开学校，和父母到浙江温州打工。

　　去年 7 月，陈剑宇、王彩凤、陈少红三个老师，是这个村的脱贫攻坚包组教师，在和村干部排查辍学生时，发现了这个情况，便与其在外打工的父母通了电话，才知道这三个孩子在 2017 年秋季学期，就因厌学不愿上学，在家待了一个多星期，家长老师多次劝导，才回校上学。去年 6 月，他们不愿意参加九年级毕业考试，又辍学在家，几天后，跟着父母到浙江温州打工。

　　陈剑宇和妻子王彩凤，及另一位老师陈少红，与三位同学联系不上，便与他们的家长通电话联系。他们母亲说："娃娃和我们不住一起，又没有给他们买手机，有什么你们对我说。"

　　这样，陈剑宇他们和孩子的交流，只能通过家长。陈剑宇老师说："我们对孩子进行复学劝返，一开始只能通过家长传达给孩子，通话中，能看出家长是不愿意让孩子回来读书的。"

　　"我们多次电话劝导，没有作用。最后我们承诺，只要孩子愿意返乡继续读书，由三个老师出资，给孩子购买返乡的机票，以及回来读书的生活费用，孩子初中毕业后，想学技术，我们就送他们去纳雍职业学校，选择喜欢的专业，并负责相应的费用。这一切，他们家长都拒绝了，并告知我们，娃娃们说了，如果再逼迫他们返乡读书，就离家出走，让大人找不到他们。"

　　陈剑宇想，一定要找到娃娃们的联系方式，功夫不负有心人，他们终于找到了三个娃娃的 QQ 和微信联系方式，抓住机会，多次地沟通、讲道理，三个娃娃还是不愿意回来返校读书。

　　陈老师他们决不死心，就想用 QQ 的形式，试着发一些他们有兴趣的教育方面的东西给他们看，三个娃娃同意了，可以接受。这样陈老师他们就做起了网络教育，随时发送一些教育方面的文章、教学视频资料过去，在他们下班后，抽时间打开看。老师们希望能以这样的形式对这几个孩子慢慢教育，提高认识，改变他们的世界观和价值观，最后能够返乡就读。

　　就这样，几个月的网上教育过去了，今年春节，陈老师得知三个孩子已经返乡了，便叫上王彩凤、陈少红多次到孩子家中劝说。因为有前面几个月的微信 QQ 上的教育基础，他们也有了一些感情，三个孩子终于答应返校继续读书。

　　这让陈剑宇他们看到，自己半年时间的工作有了成绩，高兴那就不用说了。

　　接着问题出现了，他们三个娃娃同意上学，但如果还是在他们原来的学校读，那三个娃娃在那个学校里做什么，回家又去做什么，他们不知道，管不着。十五六岁这个年纪的孩子，是最叛逆多变的，说不好什么时候又跑出去。陈老师他们商量，让孩子到自己的学校——河溪小学上学，这样可以随时关心照顾他们。

接着又是问题，三个娃娃来河溪上学，路程远，每天来回10公里，这三个娃娃上学，每天要走几小时的山路，又是三个本来就不愿意读书的娃娃，这个办法还是有问题。陈剑宇认为，在义务教育这个问题上，决不放弃，这件事情要彻底做好。

陈剑远与爱人王彩凤商量，让三个娃娃到自己家来吃住，这样，他们可以安心读书，也方便教育。王彩凤这个带着一个三四岁男孩的妈妈，还怀着一个宝宝，她毫不犹豫地说，这是好办法，就这样。王彩凤，这个云南普洱学院毕业，招考到这所学校的年轻老师，身上就有一种老师的强大的博爱之心。在做了这个决定后，二人就开始收拾房间，买好生活用品，准备把三个孩子接来。

陈剑宇把这个想法与他们的父母商量说："你们放心，只要他们回来读书，读书期间的费用，一切都由我负责。在河溪小学就读期间，吃住在我家，同时负责他们的其他生活费用。"家长同意了。

今年疫情期间，毕业班开学，3月15日，他们如期到河溪小学报名注册九年级（初三）上学。三个孩子高兴地来到陈老师家。陈老师说："这就是你们的家，安心读书，一切事情有我们管。"这三个娃娃，从一开始的不适应，客客气气，到后来吃完饭帮着收拾碗筷，现在把自己房间整理好，陈剑宇夫妇两人要做多少工作。

陈剑宇老师对我说："就说孩子们自己的房间，刚来的时候，一切都是给他们新买的，他们住了不久，脏乱得和他们打工的住处一样，我也不说他们，只是——给他们收拾整齐干净，这样做几次以后，他们认识到自己的问题，也就自己收拾了。"陈老师欣慰地笑了，这是要教他们做人。

陈老师说："看着他们慢慢地变化，我们很高兴。他们愿意告诉我们上课的情况、他们的思想"有一个说喜欢画画，陈老师就是油画专业，随时教他学习；王老师是英语专业的，随时给他们辅导英语。每个星期五下午，陈老师开车送他们回坡背后的家，星期天下午开车去接他们回来。

陈老师说："现在他们有什么也愿意和我们说，吃完饭帮着收拾，还喜欢和我家小孩子玩。这时候，我知道他们已经把我们当成亲人了。"

校园里，下课时分，陈老师带着三个孩子说笑着向我走来，四个年轻人簇拥着。他们从个头上看，像兄弟，是那样的时尚阳光。

离开学校，远远地见陈剑宇老师还在和他们说什么。情系"坡背后"的娃，一切为了他们羽翼丰满，从乌蒙大山展翅高飞。

三
老百姓怎样好，我就怎样做

车在乌蒙大山上盘旋，山峰雄奇伟岸，峡谷峭壁，纯净如洗的蓝天映着山上那彤彤日头，翠绿山峦，逶迤连绵的群山，车顺公路行，牛羊嵌在起伏山地上，安然祥和，我不想打扰它们的自由舒适，这满山的牛羊惹人欢喜。

这里是纳雍曙光镇亚拱村，一个深度贫困村，靠养殖业走上致富路，脱了贫。在进村的公路两边山上，随处可见牛羊，平台上一位五六十岁的婆婆，带着七八岁的男孩，那是疫情期间，孩子还没有开学，也跟着出来放牛羊。阳光下，他们悠闲地看着牛羊，从他们灿烂的脸上，看到了增收的希望。

镇里年轻人指着公路两边山上说，这里成立了合作社，"曙光镇民安康养殖农民专业合作社"，种植了红花椒230亩、皂角242亩、马铃薯472亩。

年轻人指着次第出现的植物说，红花椒，皂角树，一片片，一排排，那低矮的是马铃薯。马铃薯，科学种植，苗很壮小花跳出了叶，仿佛是要告诉我们它们的喜悦。

这一切都是因为有一个带头人，支书胡磊。2012年他们的好支书——胡磊任亚拱村党支部书记后，更是全身心地投入自己的工作中，带领村支两委成员在镇党委政府的带领下把大家团结起来。

胡磊是一个靠一头牛卖了300元钱，走出一个村的养殖脱贫路的村支书。

1998年高中毕业后，胡磊没有想过去外面大城市打拼，坚信回村也能脱贫致富。

回家不知道做哪样，村里穷得很，家里也穷得很。老父亲赶一头牛卖了，得300元，就用这做本钱，做小百货。在这过程中他发现白酒好卖，利润高，就想着自己烤酒。烤酒的酒糟用来喂猪，胡磊一心想着回村发展养殖业。

当时村里还没有发展养殖业的农户，但他看准了亚拱村养殖市场前景，也是想带动同村老百姓创富增收。考虑到村民的文化水平、养殖防疫技术参差不齐，一下子要让大家参与发展养殖存在很大的难度，于是胡磊自己率先养殖了100余头猪。

创业艰难，也很辛苦。经过市场考察和分析，根据自身的实际情况，胡磊决定发展养猪业，但由于缺少养猪经验，疫病防控不到位，死亡率高。他毫不气馁，购买了许多养猪方面的书籍，起五更、爬半夜，利用一切空闲时间一本本地啃，终于慢慢地掌握了猪的适应期、增肉期、催肥期的养殖技术。为给猪添饲料，清扫猪舍，他带领家人，每天天不亮就起床，深夜还要再起来到猪棚转一圈，观察猪的生长情况、健康状况等，如发现异常，及时诊断治疗。通过边学习、边实践，他终于掌握了全套养猪技术。

当年他养猪收入 5 万余元，在当年，这对于亚拱村村民来说，简直是天文数字。这件事情很快在村里面传开了，大家看到养殖业带来的收益后，都想通过发展养殖业来改变现在的生活条件，增加收入。1999 年亚拱村全村就养殖 230 多头猪，60 头牛。

胡磊从开始的 100 头猪，以后每年都增加，每年要买几百头，他成了村里的致富带头人。

致富不忘乡亲，他对前来参观学习和取经的群众从来不保留养猪技术和经验。2012 年胡磊被选为村支书，带领村民一起喂猪。

群众需要带，养殖的食料、技术、科学管理，他一一都管。村里养殖户越来越多，有的之前没有养过的农户，缺少养殖经验，养殖效益不高，胡磊将自己养殖成功的技术毫无保留地向群众进行详细讲解，并将自己养殖场里的牲畜及饲料先给群众，让他们去饲喂，牲畜出栏，销售以后，再还他的饲料钱，让群众放心地养殖。

当我问道，在养殖的过程中，为什么不收群众给猪打预防针的钱？胡磊说："在我开始养殖的时候，就因为没有钱给猪打预防针，在 2003 年，30 多头猪病死了，那个时期我是差一点就爬不起来了，后来也是群众多种形式的帮助，才站起来。现在只要群众养殖，我就免费给他们打预防针，指导喂养，帮助他们管理销售。"

群众在喂猪这个问题上放心了，有人提供技术、联系销售，又有榜样在前面，群众的养殖积极性充分调动起来了。

养殖业初步做起来了，但是随着养殖的数量越来越多，销路问题成了摆在胡磊面前最大的难题。胡磊觉得养殖业是他带头做起来的，遇到困难他也必须冲在最前面去解决。

他说："因为自己是一个共产党员，就有义务、有责任去帮助老百姓解决难题，老百姓辛辛苦苦把养殖业做起来了，好不容易把大家的积极性带出来了，好不容易找到了一条适合老百姓脱贫致富的路子，就不能让大家因为销路问题，就对发展养殖业丧失了信心，更不能让老百姓饿肚子。"

那段时间胡磊几乎每天都在纳雍县城、百兴镇、阳长镇等地来回跑，想办法联系商家，解决养殖起来的猪、牛的销路问题。他走遍了附近大大小小的养殖场、屠宰场、散养户，通过多方访问和沟通交流，只有一个购买商来看了看，也没有购买意向。

一直联系不到销售商家，胡磊着实愁，每天晚上都睡不好觉，群众的猪就要出栏，怎么办？那是群众的利益，是好不容易走起来的养殖致富路，不能就这样退缩了。

老天有眼，在最艰难的时候，照进了曙光。村里一个在外地工作的大学生回来，胡磊书记找到他，讲到村民养殖发展起来了，在销售这一块，出现了瓶颈，这个大学生提出做广告宣传。做广告需要资金，就用简单的广告，他们把村里群众养猪的方式、数量，打印在一张 A4 纸上，周边四方路口到处粘贴。

功夫不负有心人，广告贴出去没几天，商贩陆续来了，与养殖农户多次协商，养殖农户以理想的价格把猪全部卖出去了。商贩主动留下了联系方式，这样他们的销售渠道打开了，村民的养殖有了稳定的收入。

胡磊又有了新的思路——养牛羊。这乌蒙大山，更适合，更容易管理，经济收入更高，他又开始琢磨批量养殖牛羊。有了养猪的经验，满坡跑的牛羊更容易养殖，销售的路子也比较成熟，在他带头喂养下，牛羊的养殖很快就在村里发展起来了。现在养得多的，有 30 多头牛，每户平均也有五六头；羊，每户平均养 20 多只；猪平均养 23 头。今天的市面价，一头牛有两万多元的收入，一头猪有一万多元。大山里的深度贫困村民，在胡磊书记的带领下，走出了贫困。

为了有组织、有规划地发展，胡磊组织大家于 2017 年成立了合作社——"曙光镇民安康养殖农民专业合作社"，种植了红花椒 230 亩、皂角 242 亩、马铃薯 472 亩。胡磊让利益联结覆盖全村 144 户贫困户 721 人，这些人中间有 135 户 693 人，已经脱贫。

靠山吃山，更靠党的好政策，靠好的领路人。

走出村委会办公室，临别时，胡磊支书的一句朴实的话打动了我："只要老百姓好，怎样好，我就怎样做。"

原文发表于团结出版社《决胜乌蒙——中国贵州纳雍县脱贫攻坚纪实》

疯子　傻子　败家子

——副县级干部王登福的脱贫攻坚故事

"疯子"王登福——认准脱贫攻坚一条路

2019 年 3 月，春暖花开时节，杨柳带着绿，送走最后一丝寒意。长顺县政府大楼里里外外，个个喜笑颜开，相互道喜。

长顺县终于脱贫了！

经过多少个日日夜夜，终于打赢了这场脱贫攻坚战，战绩辉煌。大家心里都在想：终于可以正常上班了，终于有时间回家看看了。

这时，一个中年男子却心事重重，又目光坚定，走在台阶上，他就是已经在农村干了 8 年的县政协副主席王登福。

王登福向县委提交报告：要求到上洪村任村支书！

在他一再的坚持下，县领导经过研究，最终同意了他的请求。

这个爆炸消息一下在县里传开了。

一个老朋友对他说："王登福，这个事情，你要想清楚，这可不是闹着玩的，这些年你对脱贫攻坚的贡献已经很大了，做出的牺牲是太多了，好不容易我们脱贫了，你还要回到农村去？我看你真是疯子！"

一时间，说什么的都有，而最多的就是"这个王登福发疯了！"

家人朋友劝他说："你这是决策性错误，有你现在的资历，你就算不在实职，也是三级调研员，在城里享清福，有哪样不好，还要求下乡去。"一句话，"王疯子，不明智！"

王登福不在乎，他想的是：在脱贫攻坚胜利之后，乡村人自己应该怎样发展。他就是要找一条振兴乡村的路子，他要做一个乡村彻底脱贫的探索人！

王登福说："脱贫攻坚是难，不过这些年，难事我解决得多了。"

2007 年，王登福任凯佐乡党委书记。

凯佐乡，一个让县里的干部"谈乡色变"的地方。

前两任乡党委书记，在这里被群众打、被关牛圈。离开时，更有群众扎着花圈"欢送"。这是怎样一个乡啊，这是一些什么样的乡民啊？

县领导把这个艰巨的任务交给王登福，要他去这里当乡党委书记。王登福知道这里的情况，都说这个地方去不得，王登福说："我去会会他们，到底怎么回事。"

这不，王登福上任没几天，就遇到了情况。

只见五六个妇女吵吵闹闹，朝乡政府走来。她们边走边说，十分激动。

她们一头跨进乡政府大门，一个中年妇女说："今天这个问题，我们找书记说清楚，我看他有哪样好说的，说不清楚，有他的好果子吃。"

另外一个说："王嫂，你看，今天这个事情，他新书记要是不给我们处理好，我们就上访，我们就在这高速路边，搭一个车就去了，我们要省领导解决，看看今天的法治社会，他们还在这里违法，剥夺了我们的人权。如果还是和前面的狗屁书记一样，你说我们怎么办？"

"怎么办，还不是扎花圈送瘟神啰！"

听到有人在门口吵闹，王登福笑脸出门，说："几位姐姐，有哪样事情，到里面办公室说话嘛。"

"去办公室？就是要去办公室，你以为我们怕不是？你是哪个，去把你们新书记找来，我们要他解决问题，我们的人权问题呢！"

王登福不说话，恭恭敬敬把她们请到办公室，一人送上一杯热茶。一个叫王嫂的说："你是新来的哈，人还不错，快去把你们书记找来，我们有大事要他解决。"

王登福说："有哪样事情，你们和我说说看。"

"和你说有用，能解决问题？"

"说嘛，看是哪样事情，我们试一下。"

她们你一言我一语，王登福就了解了事情的来龙去脉。原来是村里搞民主选举，她们没有参加到投票，选举就结束了。她们说，这是剥夺了她们的权利，是违法的。

其实王登福前几天就听乡干部汇报过这件事，她们那个村的选举，三分之二以上的人都参加的，有的人没参加上，是因为送选票去他们家的时候，没有人在家。

王登福听她们说完，笑了，说："我说几位大姐，你们的事情我知道了，你们听我说两点：第一，选举法规定，只要有三分之二选民参加投票，选举就生效哦；第二，送票到你们家的时候，你们不在家，所以才没有参加到。"王登福从办公桌上拿起材料，对她们说："来来来，你们来看，材料都在这里，你们帮审查一下，看有没有问题。"

几个妇女，仔细查阅了材料，相互看看，说不出话来。确实那天她们一起出去了，没赶上这件事情。王嫂说："那他们为哪样不给我们补一个？"

王登福说："王姐，我本家大姐，你晓得选举有三分之二的人参加，本次选举就生效了嘛，哪里需要补。"

王登福笑眯眯的。

这时候，一个干部进门说："王书记，下乡的车准备好了，什么时候走？"

几个大姐面面相觑，都愣住了。王登福仍然笑眯眯地说："大姐们，你们看还有哪样事情，有事情只管来找我，我帮你们解决，如果没得事情，来一次也不容易，在食堂把饭吃了再走，记我的账。这次我就不陪了，我还要准备下村呢。"

几个妇女一拍巴掌说："哎呀，你就是新书记么？你这样一说，我们就清楚了。都像你这样，那以前的书记哪会吃瘪喽！哈哈哈！"

王登福说："以群众为友，就好解决问题。做群众工作，走进群众心里，当他们是亲人，就好解决问题。"

王登福任乡党委书记的当年，曾赶走两任书记的凯佐乡就被评为全县唯一的优秀乡村党组织。

这就是王登福农村工作的经验。每到一个地方，首要的工作，就是群众。他搭建与群众共商共建的平台，遇事与群众共商共议、形成共识。他让各村抓好组务治理、建好组管委、制定组规民约，按照1+4（1个组管委，4支队伍：文艺队、卫生监督队、红白理事队、矛盾纠纷调解队）和1+2（1项民约：组规民约；2项制度：卫生制度、卫生文明评比制度）模式，推进村民自治组织体系和管理制度建设，全村按村民组均建成了5~7人的组管自治组织，拟定了村规民约，建立组织体系和管理制度，做到"八有"：有脱贫攻坚宣传标语、有组管委、有一套完善的组规民约、有4支队伍、有管理制度、有星级文明户评选及挂牌、有社会主义核心价值观宣传氛围。形成共商、共建、共管、共享的村民自治格局，逐步建立村民自我管理、自我教育、自我约束的机制。

在脱贫攻坚战役正紧的时刻，他毅然接受党组织的安排，先后出任了两个国家重点贫困村脱贫攻坚队的队长。而这时家里老父亲生病，家里没有人照顾，只有请人看护，他告别父亲率队奔赴脱贫攻坚一线，确保两个村在既定时间实现顺利出列。

一天，医院打来电话，告诉他，他父亲情况不好，要他赶快去医院。可他正在开一个重要会议，群众都已经集中好了，就等他布置工作。乡村里，群众难得集中，脱贫攻坚任务迫在眉睫。他想着老父亲一辈子也是在为群众的事情奔忙，为乡村的发展奔波，他能理解儿子的难处！他在心里喊一声："爹呀，儿子不孝了！"

他含泪把电话打回去，让家里亲人和朋友帮忙安排好老父亲的后事，自己在这边继续开群众会议。所有的人都不知道王书记父亲就在那天永远离开了他亲爱的儿子……

摆所镇五星村，全村贫困程度深、基础条件差、产业发展滞后、群众思想落后。王登福被任命为这里的脱贫攻坚队长，他率领全体攻坚队员，攻坚克难，围绕"一达标两不愁三保障"的目标，扎实工作，在州里组织的脱贫攻坚初检和省里代表国家组织的第三方评估中，取得了"零漏评、零错退、满意度百分之百"的好成绩，为长顺的精彩出列做出了重要贡献！

2018年3月，脱贫攻坚工作队队长王登福，来到五星村。这里最难的是解决吃水问题。五星村19个村民组，3715人，吃水靠牛车马车拉，老百姓要求最强烈的事情，就是解决吃水的问题。王登福任县水利局局长的时候，就了解这里吃水的困难，知道必须解决，要不然，脱贫就是一句空话。

贵桐寨和前脚寨，两个寨子因为历史原因，一直有着矛盾，很少往来。两个寨，贵桐寨有水，前脚寨没有水，在政府的帮助下，贵桐寨架上了自来水，但是要把水架到前脚寨，必须从贵桐寨经过。贵桐寨的村民死活不让给前脚寨架水，说水是贵桐的，地盘是贵桐的，凭什么给他们前脚寨。

前脚寨的人要想吃贵桐的水，下辈子。

王登福及脱贫干部分头做工作，没有用。

王登福不放弃，多次去到贵桐寨，反复说、耐心地说。他给他们说："远亲不如近邻，两个寨子的那些事都是以前的事情，是过去了的、是历史问题，为哪样现在还要纠缠不放。再说了，这水资源是国家的也不是哪个村寨的、哪一家人的，你们可以享用，他们也是可以享用的。"

"那他们享用他们的，与我们没有关系，不要在我们这里取，也不要从我家地里过就行。"贵桐寨的人，一开始说得很坚决。

王登福没有失去耐心，继续劝说："那你们想一下，你们能够有这么好的自来水，也是得到国家的帮助，得到那些政府干部、那些技术人员、那些工人的帮助，是不是？你们一直在念他们的好，是不是？如果今天你们也让前脚寨的乡亲能够吃上水，这不也是一种功德？古人说，积善成德，想想你们得到政府的帮助，也是很多人的积德行善才能实现的。现在你们让自己的邻居能吃上水，化历史恩怨为积德行善，大家从此友好相处，安心过日子，难道不比代代扯皮要好？"

听了王登福实情实理的劝说，贵桐寨的乡亲终于有些动容。在王登福和脱贫攻坚队干部的动员下，前脚寨的村干部和村民代表，也主动到贵桐寨来拜访，表示友好。农村人，最讲究的是"好话暖人心"，王登福和脱贫攻坚队的耐心动员，不但解决了前脚寨的自来水问题，也让两村从此友好相处。

王登福通过这件事情，深入开展"志智双扶"，调动群众参与脱贫攻坚、共建美好家园的激情，化解了各类矛盾，解决了各种历史遗留问题。群众减少了怨气，懂得了感恩，精气神大大提振。

在此基础上，王登福和脱贫攻坚队组织群众共建家园，抓农村环境综合治理，开展卫生整治，美化家园、绿化家园，齐心共建，积极推进法制文明示范村寨建设，大力抓好农村环境综合整治示范村寨建设，社会主义新农村的气象初显。"脱贫攻坚，百千万工程，五星村，2018 年脱贫。"

现在，整个长顺县已经脱贫，大家欣喜之余，也倍感轻松，而王登福，却在想未来之事，以一个县级干部之身，要求重新下到村里，做一个村支书。在世俗看来，这的确有点"疯狂"。

"傻子"王登福——"人往低处走"

俗话说，水往低处流，人往高处走。人们之所以说王登福在脱贫攻坚胜利后，却要求下到村里干支书是个"疯子"，是因为王登福已经干过一件"傻事"，那就是人往"低处"走。

王登福在副县长的位置上干得很出色，在县里考察干部时，他的评价最好，领导群众都非常称赞。无疑，他有望获得更好的发展。但让大家都想不到的是，他却写申请给县领导，他要让贤，退出副县长的位置。领导拗不过他，也考虑到他的具体情况，同意他到人大做副主任，他却说："我还是到政协更适合一些，有时间做点具体的事情，也能抽多一点的时间照看老父亲。"

这几个位置，级别没有变，但功能上的区别，大家还是清楚的，这明显是人往"低处"走啊！

这是王登福在县里引起的第一次轰动。王登福，就是个傻子，不晓得他想些哪样，别人是想到这个位置难以上去，他在这个位置干得好好的，却要"让贤"，明明他自己就是个"贤"。

但王登福确实有自己的考虑。作为一名副县长，在人们看来，那是手握实权，但对于思想上只想干工作的人来说，副县长这个职位就是具体任务重、一线操劳多。他想到老父亲一个人常年生病，抽不出时间来照顾。用王登福的话来说，"忠孝难以两全"，为了父亲，他选择了牺牲自己的前途。他想着母亲遇害离世时，就因为自己不在身边，没能照看好她，留下一生悲痛。而现在母亲走了，留下父亲一人，生病没人照看，在政协这边工作，具体事务相对少一些，总能抽点时间陪陪老父亲。

但王傻子，既为"傻子"，脱贫攻坚任务一来，"忠孝难以两全"，他傻傻地、一心扑在脱贫工作一线，就算不在决战阶段时，他也只能做到检查完工作、开完会、从群众家解决完事情，匆匆赶回家、赶到医院，看看住院的父亲，赶快又回到工作中去。

王登福傻就傻在，在职务上，他人往"低处"走了，但在脱贫攻坚战中，他却工作往前冲。所谓"忠孝难以两全"，落到脱贫攻坚，他自然而然地下意识地走到了"忠"字为重这一头。

他到国家重点贫困村任脱贫攻坚队队长，率队抓脱贫攻坚工作，确保两个村在既定时间实现顺利出列。在摆所镇五星村任脱贫攻坚队长期间，面对全村贫困程度深、基本条件差的情况，他主攻教育、医疗、住房"三保障"硬仗，切实补齐脱贫攻坚短板。他全面组织排查义务教育阶段辍学学生情况，高中以上受助情况，全力组织辍学学生入学；他全面组织合作医疗收缴工作，提高群众合作医疗参合率，协助抓好大病救助和医疗报销工作，确保群众不因病致贫。

一个因车祸受伤的群众来找到他，一听这位群众的情况，他着急了，说："参不参合，你已经犯了傻，现在不管怎么样先把伤治好最重要。"那人哭着说："治伤要两万多块钱，我家哪里有，寨子上再一家一户地凑，也凑不够，我也不能要大家的钱，都怪我没有参合，没有交合作医疗费，现在所有费用必须自己解决，哪里来钱！都是我不好。"

　　王登福也着急了，他四处想办法，幸好他高低也是县里的领导，最后通过民政局给他申请了两万元钱，让这位村民得到了有效的治疗。这位村民感激地说："王主席，是你给了我一条命，没有你，我活不成了！"

　　王登福也正好抓住这件事情做宣传，如果受伤人参加了合作医疗，医疗费就自然由合作医疗解决了，伤病员只管在医院治疗就行了，哪像这个村民，没有王登福，他就生死难测。这个宣传，让那些在这个问题上还在犹豫的群众都参加了合作医疗保险。

　　"扶贫先扶志，治贫先治愚"，王登福的攻坚队始终把"志智双扶"放在脱贫攻坚的突出位置，作为头等事、硬任务贯穿脱贫工作全过程。

　　首先，他充分利用民族山歌巡唱等多种形式，组织村民巡唱宣传队，深入宣传党和国家方针政策。加强感恩教育，引导群众感党恩；加强自力更生、艰苦奋斗教育，激发群众内生动力。

　　坚持教育优先，抓好学生帮扶工作。主动对接联系，争取多方对上洪村2020年度高考录取的大学生进行帮扶，实现对上洪村16名新录取本科生、1名研究生帮扶全覆盖。争取农科院油研所对一名困难大学生、一名研究生在校期间的资助，直到毕业。

　　王登福的母亲是遇害身亡，死在一个进屋行窃的小侄儿手中。而王登福想到的却是，如果当年娃娃读书受教育的程度好一些，也许就不会发生母亲遇害的那种事了。因此，为了上洪村8个孩子能够到县里民中上学，王登福跑断了腿。

　　那是2014年3月，王登福任副县长期间，正在一个工业园区解决紧迫问题，在一个星期内要搬迁上千座坟，矛盾十分尖锐，在解决问题的过程中，一干部还被群众给打了。

　　等他处理完工地上的事情赶回去，见着遇害的母亲，才知道，罪行是他家的一个远房亲戚、一个小侄儿犯下的。那天，王登福父亲出门去办事，晚上只有母亲一人在家。这个小混混认为王登福在县里做大官，家里一定会有钱、有值钱的东西，就起了进屋偷盗的念头。结果进门翻了半天，什么钱财也没有。慌乱中惊醒了王登福母亲，凶手怕暴露，就杀死了他母亲。

　　这件事让王登福深深痛恨愚昧顽钝的行为，这是没有文化的可怕。因此，不论在哪一个乡村，他都特别重视做好教育扶贫这个问题。

　　上洪村8个娃娃要上县初中。但上洪村条件差、学生成绩差，要想上县里的好中学，很难。于是，他一次又一次地找到自己的老朋友，县民中的校长。校长回答一两个可以，多的是没有地方坐了，每一个班都是爆满的，实在没有办法。

王登福说："不行，你必须给我解决8个名额。"校长被他找怕了，就躲着他。王登福蹲守在学校门口整整3天，终于见到校长走出来了！于是，王登福指挥七八个娃娃一下跑过去，站在校长面前。校长看到这一幕，也感动了，终于答应了他们的要求。

而王登福对自己的孩子，却是满腔愧疚，父亲生病都照顾不了，哪有时间像其他父亲一样去关心娃娃！只有全丢给孩子妈妈，妈妈也有工作。用王登福自己的话说，他自己的娃，就是"美式教育"，让他"自由发展"，一句玩笑话，饱含辛酸泪！

幸好爸爸的榜样力量潜移默化地影响着孩子们，两个孩子都进了大学。

"败家子"王登福——我家老房子只管去拆

"傻子"王登福，像"疯子"一样回到了上洪村。很快，他又获得了新的称号。

上洪村最美丽的地方是冗河，冗河最美丽的地方是冗河湾。冗河在这里转了几个弯，天蓝、水清、岛绿、洲平，山水如画，游人来到这里必定流连忘返。上洪村旅游发展中心就建设在这里。

修建旅游中心，作为一个村来说，人力不缺，但缺材少料是难免的。一时，石料木料用完了，王登福说：

"我家老房子，就在中心后面，只管去拆，要木料，就拆房子；要石料，就拆堡坎，我家的石阶沿，好石料哦！"

"王主席"，人们还是称呼王登福政协的官职，"房子就是你的家，你把房子拿来拆了，家怎么办？"

王登福哈哈一笑："父母都不在了，老婆在城里，孩子在外面，上洪村就是我的家，你们大家就是我的家人，我还要房子做什么！"乡亲们听了王登福的话，心里感佩，又有些心酸，还有些心疼。

爸妈已不在人世，回到上洪村的王登福，就安居在办公室。

现代社会，要开发旅游，就必须有停车场。建停车场，就要地盘。村民们不愿意占用他们的土地，王登福说："占了谁家的地，我家的地，只要你看得上，你就去我家的地换一块，多点无所谓。"

不管是发展旅游，还是发展农副业，路是关键。要修路就要占地，同样占到了王登福家的地。占村民的地，要给补偿，占了王登福家的地，他却不要补偿。

上洪村的旅游搞起来了，王登福家的田地无偿地捐出去10多亩。

王登福的本家叔无奈地数落他："王登福，你就是一个地地道道的败家子！"

王登福认为，自己生在这里，长在这里，这里的山山水水积淀着他的血脉感情，为家乡建设做一点贡献，也为脱贫攻坚以后的持续发展探寻一条路子，个人的小家败就败了。村子是他的大家，大家发展起来了，何愁小家！

为家乡的发展做贡献、寻出路、无私奉献，是王登福从父亲那里得到的传承。或者说，王登福的"疯、傻、败"，就是父亲的遗传。

20世纪80年代初，王登福只有十一二岁。那时，家乡贫困落后，王登福的父亲是生产大队队长，1983年后成为村长，他决心带领大家走出贫困，过上好生活，他找寻路子，决定先从饮水入手。那时，贵州还没有发达的交通，中国的物资大流通也还远远没有进入人们的意识，更谈不上人员大流动。农村最困难、最需要的，其实是解决饮水的问题。当时的农村，有水源的地方肩挑手提，无水源的地方在田里蓄水，和牲口一起饮田头水。祖祖辈辈，尽皆如此。因此王登福父亲动员大家安装"自来水"，减少无益劳动，大家反而认为是个笑话。于是王登福的父亲就自己来做表率。他买来胶管，把山上的泉水引到家里，把水管架到水缸上，架到灶头上，这不就是城里的自来水了？再说，城里的自来水哪里比得上我们山泉水的水质。

王登福家"自来水"开通的那一天，父亲通知村里的老百姓都来参观，当看到几里外的山泉水通过管道流到王登福家里的水缸，不管天晴、下雨、落雪，王登福家都将安安逸逸坐在屋头，水就流进他们的家里，村民们都不由得兴奋、不由得羡慕，"这多省力省时呀，我们也得去弄一个呀！"这时候，王登福的父亲说话了："大家一起搞，集体力量大，你们说要得不！"这时，村民们齐声答道："要得，要得！好得很，好得很！"从此，上洪村的吃水问题解决了。

水通了，王登福父亲又打上了"路"的主意。他带上小王登福，从城里买来了自行车，当时，人们都把自行车叫作"洋马儿"。那时，村里没有公路，平整一点的路段都没有，说是羊肠小道也不过分。王登福家的"洋马儿"盘回家，骑一半、推一半、扛一半，倒像车骑人。"洋马儿"买回家后，乡亲们不明白王登福父亲要做什么，花那么多的钱，过年猪都卖了，弄一个只能在村里转悠的东西搞哪样，屁股还是冰的，就没得骑的地方了，这简直就是一个"败家子"的做派。

王登福的爸爸没有说什么。每天带着王登福，开始了他们的修路工程，每天从早到晚，11岁的小登福，扛着锄头、提着铁锹，每天跟着爸爸，披星戴月，在家乡的山坳上，埋头修路！

家乡人说："他们家买了'洋马儿'，只有修路才用得上。"

父子俩也不解释，只管修路，日复一日，山路上，留下一大一小两道顽强的身影。父子俩这一坚持，就是几个月。终于，一条路面平整的道路，从山坳那里蜿蜒地通到了村口。王登福父子俩，在这条道路上举行的"通车仪式"，就是一辆"洋马儿"缓缓地从山外驶来。村里人也都来了，看着这条道路，看着这条道路上第一辆开行的车——"自行车"。祖祖辈辈在羊肠小道上攀登的村民们，虽然没有过多的特殊表情，但看得出，他们的心里还是隐隐有些激动。

这时候王登福的父亲开始说话了："你们看到了，我们父子两个一辆自行车，顺顺当当，从山外开了进来。这条路，可以走自行车，也可以走牛车、马车！我们父子两个披星戴月几个月，如果单是为我家的单车能够出行，你们是不是觉得我们有点疯？作为一村之长，我们父子两个先为大家出点力，把一条路的基础整出来了。现在，我希望我们全村一起出力，是不是可以把这条路修得可以走拖拉机、走汽车，那时候我们走出村是不是很方便，买东西是不是很方便？农药、化肥也不用我们自己背了，汽车给我们一车就拉来了。大家一起干，有钱出钱、有力出力，大家干不干？"全村人回答一声："干！"就像一声春雷，响彻上洪村的天空……

王登福的"疯、傻、败"就是这样"基因遗传"下来的。

现在父亲不在人世了，但他的希望永远记在王登福的心里。

党中央关于加强党在农村工作的决策部署，要实现脱贫攻坚与乡村振兴的有效衔接，促进农村经济发展。按照州委和县委关于抽调机关干部到村任党组织书记的相关要求，疯子王登福，这位县政协副主席，自愿申请到家乡任村党总支书记。

王登福就想通过自己的实践，探寻在乡村脱贫以后，今后的路该怎么走。作为一个有8年农村工作经验的老兵，他要探索出一条路子，一条符合贵州农村发展的路子。

为了上洪村脱贫以后的持续发展，王登福不怕败了自己的家！

政协副主席王登福，走马上任村支书，上任以来，他深入群众中调查研究，反复听取群众意见，提出了在上洪村推进"一环四园"建设的发展思路，即以交通连组形成环线布局，规划建设"乡村休闲观光园、农业发展创意园、生态养殖园、茶旅融合体验园"。

王登福的工作思路和计划实施情况如下：

坚持党建引领，助推脱贫攻坚。

一、选优配强村级班子。向街道党工委建议，将上洪村在外创业能人、党员刘永忠请回家乡，任总支副书记，加强村级抓经济工作的力量；聘请上洪村2020年优秀大学毕业生王国波任上洪村主任助理。

二、明确一名副支书专职主抓党建工作，丰富每月一次党的主题活动，认真落实"三会一课"制度，严格执行村级"六项"制度，组织召开4次党员大会及村民代表大会，以不同形式开展学习、宣传，加强思想教育，武装全村党员群众头脑；通过学习习近平的系列讲话、省州县关于党建的相关指示精神来增强全体党员党性修养，提升上洪村党员干部的思想素质，引导全体党员发挥先进性作用，积极融入上洪经济发展和建设事业；加大党员培养力度，把上洪村刚毕业的4名优秀大学生纳入入党积极分子，认真核查并帮助一名发展对象进入预备党员，不断充实上洪村党员队伍的力量，让上洪村党员队伍永葆生机活力。

三、坚持抓乡村治理、助推美丽乡村建设。统一思想、集聚民心，引导群众积极参加到美丽乡村建设之中来；争取将上洪村列为县政协协商民主试点，建立长顺县长寨街道上洪村政协工作联络中心，建立20个组分中心，将协商民主作为乡村治理的有力抓手，引导群众遇事多商量、有事多商量、大家的事大家商量，将协商民主贯穿于群众工作的始终，目前，协商民主正逐步在上洪村开花结果，在村务、组务共商、共建、共管、共享上取得初步成效。在产业发展油菜制种动员、垃圾清运费的收取方面，协商民主发挥了重要作用；进一步巩固垃圾清运机制成果，逐步改变垃圾清运由村大包大揽的状况。将垃圾清运费落实到每一家、每一户，让上洪村环境更加清洁；激发群众内生动力，加强群众思想教育，召开组群众会32次，组织引导群众投入全村产业发展和乡村治理上来，进一步密切党群干群关系；积极向上级部门争取资金，解决上洪村群众急、难等问题，向县交通局争取道路坍塌的修复资金20余万元，向县政协争取乡村旅游设施改善资金10万元和协商民主试点资金2万元。

四、争取县里的政策支持，发展旅游业。长顺姆丽迷奇乡村旅游风景区，是贵州香果瑞纳乡村开发有限公司、长顺县姆丽迷奇乡村旅游农民专业合作社，共同打造的乡村旅游区。景区位于长顺县长寨街道办事处上洪村，距长顺神泉谷景区 8.8 公里，距惠水好花红景区 6.8 公里，通往两地各 15 分钟路程，美丽的冘河穿境而过，如一条绿色飘带飘洒在上洪。这里森林茂密、生态优良、民族风情浓郁，是一个真正看得见山、望得见水、留得住乡愁的好地方。

景区用布依语"姆丽迷奇"为名，意为美丽漂亮的地方。项目起源于近年来，随着农村交通条件的改善，当地良好的生态、优美的自然风光吸引了近万人到此地进行观光、游泳、烧烤等乡村旅游活动，当地群众由此看到发展乡村旅游的机会，在 2018 年 4 月份自发以资金及土地、民房等资源入股，践行"三变"改革，实行"公司+合作社+农户+贫困户"的模式，进行乡村旅游开发。

开发的基本思路为：在河中开展亲子漂流、游泳培训、水上运动、垂钓项目；在沿河布局观花品果、采摘体验、风味烧烤、山地露营等项目；在村中发展挖掘少数民族文化、民宿项目；在山上布局特色种养殖和农家微型庄园、森林康养、山地越野、汽车拉力、野外拓展等项目；在容易被水淹田块种植优质水稻、荷花，建设摸鱼、捉虾、抓鸭场和微型休闲沙滩。

结合家乡的自然资源和区位条件，引导家乡大力发展乡村旅游，为家乡脱贫攻坚和群众增收致富努力，王登福成为一名推进乡村振兴的实践者和先头兵。在他的带动下，上洪村被确定为"黔南州乡村旅游重点村"，其所属干告寨被命名为"贵州省少数民族特色村寨"。乡村旅游业发展以来，共接待游客 6 万余人次，为当地群众创收 500 余万元。

五、坚持发展产业，巩固脱贫成效。抓好衔接乡村振兴工作，紧紧围绕脱贫攻坚这个任务，巩固上洪村来之不易的脱贫攻坚成效，对上洪村已脱贫 196 户认真排查并分析，根据每家每户的具体情况制定具体的巩固脱贫成效措施。针对上洪村 6 户 18 人未脱贫户，进行全面的摸底、认真的排查，利用产业链接、就业保障、社会兜底保障等帮扶措施进行精准帮扶，按脱贫程序有效实现脱贫；对上洪村 20 户边缘户进行分析评估，采取多种措施，实行精准帮扶，新增 3 户农村低保，以社会保障的好政策使困难群众渡过难关。积极对接产业项目，主动争取省农科院油研所的油菜制种项目，并落实 1300 亩的油菜制种任务。目前千方百计克服不利天气带来的困难，完成了 600 余亩的移苗种植；顺利与浙江省安吉茶商签订 2000 亩的生态茶园项目合作协议，第一期500亩生态茶园全面开工建设；积极与县有关部门对接，争取了600亩的黄桃种植，种植前的群众动员会已经完成，得到了群众的大力支持。

上洪村林场系原上院村集体林场，面积3000余亩，20世纪八九十年代，林场森林植被茂密，但历经几次砍伐和近10年来的多次森林火灾，森林严重损毁，尤其是去冬今春，遭受的森林火灾，林场全部被烧毁，林地全部变成了荒山。由于森林遭受破坏，导致水土流失严重，下游耕地被水冲沙埋，致使群众农业生产受到了影响。

森林每年不断遭受火灾，一直没有给村级和群众带来任何经济收益，群众意见大。为恢复生态植被、改善生态环境、防止水土流失，同时，为顺应乡村振兴战略实施产业发展的需要，实现农村农业现代化，壮大村集体经济，促进群众增产增收，开发已变成荒山的上洪村林场，让荒山变成绿水青山，也成金山银山，成了当地经济发展和群众增收的迫切要求。

上洪村地处高峰，且坡度平缓、视野开阔、日照充足、雨量充沛，常有云雾缭绕。据调查了解，20世纪七八十年代，区内曾有连片种植茶叶的历史。当地称曾种植过茶叶的山峰为茶叶坡。茶叶品质优良，但当时处于大集体时代，由于受体制机制的影响，管理不善，后连续多年遭受森林火灾殃及，茶园全部被毁。为充分利用闲置土地资源，发展村集体经济，拓宽群众增收渠道，上洪村两委多次请相关人员赴该区进行实地考察、分析研判，均认为此地适宜茶叶种植，可进行茶园开发建设。

为此，村委会几经研究，联系到浙江安吉茶商实地考察，在对项目区土壤、气候、日照等进行全面了解和考察后，认为该区种植茶叶条件良好，当即决定与上洪村合作开发。浙江茶商负责茶苗投资、技术指导、市场销售。村委会决定，项目建设条件成熟、市场保障、实施可行。

集体林场荒山规划开发种植优质生态茶园2000亩，分期进行建设，现已完成第一期500亩。由合作双方建立专门生产经营法人组织，负责对茶园生产经营进行管理，采取"公司+合作社+贫困户"模式进行生产经营，负责吸纳贫困劳动力在基地务工就业，老百姓有就业的机会，解决就近务农的问题，这样公司、合作社、农户三家有益。

这一举措，让在外乡打工的人纷纷回到了家乡，在家门口也能有地方挣钱，而且是现钱，每天100多元的工资，现场发工资。

发工资的现场，在种茶的半山上，一张桌子边，围着发工资的农民，拿到了钱，看到了今天劳动报酬到手，一个个认真地数着钱，脸上洋溢着幸福。

在大家都纷纷回乡，现在的茶叶还没有开始销售的情况下，为了让乡里人有更多的稳定的收入，王登福想各种办法和形式，要让一般的群众有事能够做。王登福通过调查研究，认为他们这里是种植油菜的好地方，既可增加农业收入，更可以产生观赏价值，有助于旅游的发展。

王登福决定引进新油菜种植，到农科院去争取项目，实地考察，回来以后，动员群众种植，让他们明白这个品种与传统的比有什么优势。

一开始老百姓是不接受种这种油菜的，他们只相信传统的种植。王登福在开始种植前，首先召开村委会，班子分工，对油菜制种种植宣传动员分工安排。村干部通过小喇叭、召开群众会、入户动员、微信群宣传等方式，宣传动员，把油菜制种种植的好处宣传到每一家每一户，鼓励多种多收，种植面积可以有很大。

王登福亲自带领干部，到群众家宣传动员种植这个油菜制种，白天田间地头，晚上和群众开坝坝会，告诉大家：这种植"制种油菜"的合作模式，油菜制的菜籽可以卖到保底每斤 5 元，省农科院油菜研究所，先赊垫肥料、菜种、农药给我们，我们只是出劳动力，不需要自己垫付任何成本。这样的形式我们有哪样不好呢？

在村干部的引导下，全村开始种植新品种"制种油菜"。

但王登福长期搞农村群众工作，了解群众的思想状态。他知道，在宣传动员的时候，有的群众答应了要求，但在具体做的时候又会改变主意。为了预防这样的现象，王登福在每一个组上都答应种植了制种油菜的时候，自己又暗地里安排村里的脱贫攻坚干部，多种了一部分制种油菜，按他的话说这叫"备胎"，以防出现意外情况。

结果不出他所料，在制种油菜苗出来的时候，就发现有的群众种的不是"制种油菜"，而是以前的老品种。油菜苗一出来，新旧品种的差距一下就出来了，大家一下就看到了"制种油菜"的优势。

偷种旧品种油菜的村民来找村干部，又找到王登福。

王登福说："你们不都是种的统一发的种子吗，这是怎么回事？你们是知道的，庄稼的事情，栽种误，误一季，那你们就等着明年吧。今年种植新产品的人家，明年好收成在他们那里哦，更重要的是，我们是统一收购'制种油菜'，你们种的那个只有自己想办法了。"

"县长支书，我们错了。"

"你是村支书，就要给我们想办法！"

"以后叫我们做哪样，我们就认真做哪样嘛！"

庄稼都长出来了，还能怎么办？这些嬢嬢姑婆伯伯大爷，却像认定这位"县长支书"无所不能一样，竟然就要王登福给他们想办法。

这时候，王登福才叫来村干部，在他的"备胎"自留地去把制种油菜苗分给这些群众，让他们实行移栽。油菜移栽，本也是一种增产技术，这里正好用上。

王登福这一手先见之明，不但村民们佩服不已，村干部们也学到了农村工作的技术经验。

2020年8月以来，王登福带领长寨街道上洪村在脱贫攻坚队与村干部主动对接联系、部署安排引进，成功迎来了与贵州省农科院油菜研究所合作的1300亩油菜制种项目。这个项目让上洪村全村20个村民组全体村民受惠，只要愿意种植就能享受制种油菜项目种植。

经过"备胎"油菜事件教育的村民，谁还不积极种植新品种！

如今在上洪田间地头，大丘小块都种上了制种油菜，初冬时节，油菜苗已是一片片绿茵茵，长势喜人，一眼望去，不免让人想到来年春暖花开，上洪村纵横阡陌间，将是一片黄金灿灿！

王登福站在地头边，满眼陶醉。

笔者作为采访人，站在地头边，难免，也是满眼陶醉……

原载于《贵州民族报》，2021年3月12日，节选

你不知道的交警故事

一、庄稼汉子深情一跪　　"贵"的是实实在在

一个庄稼汉泪流满面，一下跪在郭晓飞的面前说道："郭警官，谢谢您。"

庄稼汉是怎么了？男儿膝下有黄金，男儿有泪不轻弹，是什么让这样一位庄稼汉做出如此举动？

面对这样的场景郭晓飞愣了，扶着庄稼汉的双手，一时不知道说什么。"这是我们应该做的。"看到为群众实实在在做的一点事情，他们的这种感激，倒让郭晓飞感动了。这一声谢谢，是对他最好的回报，是他工作的原动力。

庄稼汉为什么要痛哭流涕地给一个普通的交警下跪？这一跪，跪的是什么？那是实实在在为群众办了事、办好事时，群众发自内心的一个举动。

事情的发生，缘起一件交通事故的处理。

事故发生在 2008 年深秋的一个傍晚，贵阳交警支队七大队接群众报警称花溪区新区大道杨家山田园路发生一起交通事故，一辆无牌摩托车将一行人撞倒，伤者已送花溪区医院抢救。郭晓飞接警后，放下一切事情，立即赶赴现场进行勘验，勘验完毕后当即赶到医院。这时候，伤者已经因抢救无效死亡。

通过调查得知，死者是刚刚从纳雍县到贵阳来打工的一个妇女，家里生活艰难，丈夫生病没钱医治，她听人说贵阳容易找钱，便急急地赶到贵阳，打工赚点钱给丈夫治病，谁知道人在路上走，祸从天上来。死者的丈夫拖着病体赶到，看到这样的现实，难以接受，悲痛欲绝。

看着死者家属的情景，郭晓飞心里很难过，想着现在要做的事情是：尽量给家属在经济上多争取一点赔偿，让死者入土为安，给家属多一点安慰。

然而，对肇事司机的情况调查下来后，郭晓飞心里沉重。

郭晓飞找到肇事司机唐某，他家住青岩镇大坝村，母亲患有精神病，父

亲是个老实巴交的农民，也做不了什么。家里没什么值钱的东西，只有破旧的三间茅屋。郭晓飞看这个情况，就知道这个事情难办，一个重大交通事故所要付出的赔偿费用，对于这样一个家庭来说，是根本赔不起的，就连眼前该他支付的殡仪馆的丧葬费用，他也拿不出来。

肇事司机拿不出殡仪馆的丧葬费，死者就只有停放在殡仪馆。这可该怎么办？这样的两个家庭：一个失去亲人，一个由于过失造成严重后果无力承担赔偿责任。郭晓飞急呀，这样的事情，怎么办？面对群众的难事，怎么把它做好？中国人讲究的是入土为安，他也不忍心看到死者就这样停放在殡仪馆。

郭晓飞想，要解决眼前死者的后事问题，关键在殡仪馆，只有请求他们把丧葬费给免了，这个事情才能有一个较好的解决。于是，郭晓飞带着被害人和肇事者这两家人，来到了殡仪馆。当郭晓飞说明来意，讲清楚两家人的困难情况，希望能够免去死者的丧葬费用，两家人在一边哭诉个不停。可殡仪馆的人认为，这是不可能的。现在是市场经济，可没有这样做好事的，这个钱该肇事司机支付，没有什么好说的，要殡仪馆免费是不可能的。

协商失败了，郭晓飞的责任是尽到了，他完全可以不管这个事情了，贵阳市交通管理局应该做的事情也做了，责任也尽到了。可他一想到这"两家人"的情况就放不下这颗心。"良知"是什么，不就是"明是非"？在正义面前，当仁不让、当事不让、事理融通、知行合一，体现的是难能可贵的担当精神。他下决心要把这件事情办好，人民群众的需要，就是他的责任。

接下来的一个星期，他安排好手上的工作后，天天到殡仪馆，找殡仪馆的负责人与他们协商，一次两次，在郭晓飞第八次来到殡仪馆的时候，殡仪馆的领导被他的一次次奔波和真诚的言行感动了，终于答应免去这个事件中死者的所有丧葬费用。得到这个答复，郭晓飞的心一下放了下来，总算对死者家属有个交代了，死者可以入土了。当郭晓飞把领取死者骨灰的通知单送到死者丈夫手上的时候，这个庄稼汉感动了，泪流满面地跪在郭晓飞面前。

二、暴雨中的"DNA"

当司法鉴定中心的人赶到停车场时，雨还在继续下，眼前的一幕让他们惊奇：一个交警用伞遮挡着汽车，自己的身体靠在车身上，却暴露在雨中。他们以为这个交警可能是身体出现了什么状况，毕竟，他们从接到电话赶到这里，已经是两个多小时了。雨还在不停地下，在这暴雨中站了两个多小时的人肯定是受不住了，才会靠在车上动弹不得。就在他们走上去，准备抢救那个交警时，却听那个雨中人在吼："注意！注意！快把伞拿来遮着，这东西比金子还金贵呢，就等你们来鉴定了。"司法鉴定中心的人这时候才看清楚，原来雨中的交警是用他的身体保护着这货车上的一块痕迹，这在暴雨中保存下来的"DNA"。他们当然知道，在这样的雨天里，对于搞现场的人来说，这块痕迹有多重要，大雨时时可能冲掉留下的那点线索。

这是我们的贵阳交警，为了保护这一珍贵的"DNA"，他这是在和老天爷争抢呢。郭晓飞在这雨中忙了一天，一心一意就是寻找这"DNA"，找到珍贵的线索。在现代侦查手段中，不管用什么样的先进手段，最为关键的就是证据，有了证据，才能将嫌疑人绳之以法。对于搞了近10年交警工作的郭晓飞来讲，这是非常清楚的。

当他发现这一线索的时候，就只有一个信念，尽管暴雨倾盆，也一定要保住这个线索，一定要坚持到司法鉴定中心的人到来。在暴雨中宁愿让暴雨狂浇自己，也要把雨伞去遮着痕迹，这是一种何等了不起的举动！这种牺牲和奉献的坚强信念与精神，让司法鉴定中心的技术人员着实感动了。

而在郭晓飞这里，他却只有一个想法：这个肇事逃逸案，性质太恶劣，无论如何，一定要找到线索，破了此案，一定不能让肇事者逍遥法外。

……凌晨4点时，郭晓飞被电话叫醒，警觉地抓起电话，他知道这时候的电话，肯定是有什么紧急案情。接通电话，让他震惊：在尚未开通的南环高速路B段，发生一起重大交通事故，造成两人死亡、一人重伤，肇事车辆逃逸。"案情重大，性质恶劣。"

这是2009年6月29日，天尚未明，人们睡得正酣之时。郭晓飞接完电话，立即驾车赶到事故现场。现场惨不忍睹：3个农民工，两个被车轮拦腰碾断，当场死亡；另一个双腿被车轮碾过。这是怎样一个惨烈场面，而肇事司机却开着车跑了。

一定要将肇事者绳之以法，一定要还死伤者一个公道！

郭晓飞知道，农民工们，从乡里出来，就是为了找点钱，改善一下家里的现实状况。他们都是家里的顶梁柱，一家老小都靠着他们呢。现在，这几个家庭的人，今后的日子该怎么过？他们的孩子该怎么办？郭晓飞下定决心，不管怎么都要找到线索，查到嫌疑人。一定要把这个案子给办好、办实了。

他开始了毫无线索的调查。由于这段路是尚未开通的路段，没有视频监控可以调查，犯罪事故又发生在深夜凌晨，没有目击者，连肇事车辆的号牌都不知道，一点线索也没有。

但从现场勘查中死者的伤情来看，有一点可以肯定，肇事车辆应该是大型机动车。

但恰在这时候，天空突然下起了大雨。郭晓飞知道，现场的痕迹正在一点一点消失，如果不抓紧侦查，最后就是无迹可查。

郭晓飞知道现在只有赶紧扩大侦查范围，到现场外围查找线索。走访调查，这时候显得尤为关键。

既然死伤的都是农民工，那就沿着路边找农民工了解呗，也许他们会知道点什么。走遍了路边的工棚，问了所有的农民工，结果是什么都不知道。

于是，他再扩大调查范围，走进附近的村子，终于，村民们反映的一个线索引起了他的注意：这一段道路的旁边有很多工地，里面停放着很多重型货车。这是一个重要线索，让郭晓飞看到了希望，肇事车辆那么快就消失得无影无踪，很有可能就在这些车辆中。

郭晓飞深深地知道，现在，他是要和暴雨抢时间，如果抢不到时间，雨水会将一切痕迹冲洗，证据就会消失殆尽。没有证据，就抓不到肇事逃逸人，3个农民工的鲜血和生命，就无法交代。他顶着暴雨走进一个个工地，开始了对这一带这么多工地和沙场的车辆进行艰难的逐一排查。为了发现蛛丝马迹，他一次又一次钻入货车底部查看，这时候的郭晓飞，真是一身泥、一身雨，钻进车底，他就成了一个泥猴，起身寻找，他又被雨水冲洗个透。

就这样，郭晓飞查验了近百辆货车，老天不负苦心人，终于在一辆大货车的油箱底部和后车轮的挡泥板上发现了少量血迹和疑似人体肌肉组织的痕迹。也许，这就是他要找的痕迹，可供侦查化验的"DNA"！

而暴雨中的"DNA"，随时会被冲洗干净。老天好像故意要考验郭晓飞，雨越下越大。郭晓飞要与暴雨抢夺这"DNA"。他立即用手机拨通了司法鉴定中心的电话，而接下来的，就是在司法鉴定中心的技术人员赶到这里时，如何保住这珍贵的"DNA"。他飞快地跑到工地上，好不容易借来一把雨伞，当然他借雨伞不是要自己遮雨，而是用来遮住车辆痕迹。可是雨伞不够大，只能勉强挡住一半的挡泥板，另一半依然在雨水冲刷中，于是，他便靠在车上，用自己的身体作为遮雨工具，挡住护泥板的另一半。雨水哗哗倾泻在他的背上，他只觉得全身渐渐僵硬，但他决不放弃。

就这样，他在雨中浇淋了两小时，司法鉴定中心的技术人员终于赶到现场，看到了这惊人的一幕。

鉴定中心的人赶紧取证化验。通过 DNA 比对，确认肇事车辆上的人体组织、血迹的"DNA"与死者的完全相符。在铁的证据面前，这起重大交通事故逃逸案成功告破。肇事司机终于被绳之以法，对农民工死者亲属和伤者，总算可以有一个交代。郭晓飞的心放下了。

当他从工地上拖着极度劳累的身体回到办公室，已经是晚上 9 点。为了把这个案子办好、办实，他已经 17 小时没吃没喝，奔波钻爬在百辆汽车底下！

当同事们赶快给他拿来水和吃的，只见他浑身湿衣也未换，早已趴在办公桌上沉沉地睡去……

三、"天眼""鹰眼"

天眼

"你别看它一动不动，却像一双敏锐的'眼睛'，紧盯着路上发生的一切。"

"中国传统老话：人在做天在看，举头三尺有神明，现在变成了现实——'天眼'。""无论以什么理由做了有违良心的事，终究都将受到良心的谴责，而现在是逃不了'天眼'——'天网工程'的视频监控。"

——随着视频监控逐渐遍布在城市的大街小巷，人们都知道，城市犯罪，大多逃不了"天眼"视频系统的监控。

按照市委、市政府的总体部署，在 2012 年，作为贵阳市人民政府为民所办十件实事之一的贵阳市视频监控平台建设，实现了在贵阳市主次干道路口、人行道、广场、车站、复杂场所等重点场所进入口的卡口式全景监控，通过对人流、车辆的进出口布控，如今已达到"监控关键节点、布控覆盖全局"的预期效果。

鹰眼

但恐怕没有多少人知道，"天眼"只能监测，却不能分析辨认。监测到的一切情况，还需要贵阳市交管局案件侦查大队的侦查员——"鹰眼"们，从中寻找线索，发现蛛丝马迹。在"天眼"浩如烟海的记录中，要通过几百次或更多的翻看、比对、分析，最后才能找到可供破案的证据或线索。

走进案件大队一间办公室，这是交通案件侦查员们的工作室，屋子不宽，六七个人每个人一张办公桌，一台电脑，除了办公桌与办公桌之间的通道，也就基本上没有多余的空间了。民警们有的正在分析嫌疑汽车运行轨迹，有的正在翻阅路面视频数据库，查找线索。

大队的有关领导介绍："如果要确定一个人在某个地方打车，与交通案件有关系，十分钟的监控图像，我们要看几小时才能判定，有时候还需要和更多的图像做比对，才敢于下结论。这个兄弟，昨天晚上守在电脑前，又是一个通宵。"

这间办公室的墙面上挂满了交通事故案件中受害群众送来的锦旗，每面锦旗都表达着老百姓的心声："尽职尽责、为民解忧""警界精英、破案能手""助人为乐""破案神速、排忧解难""热情高效、破案神速""破案神探抓真凶，神速侦查暖人心"。

贵阳市视频监控平台从 2012 年建设以来，贵阳市交管局案件大队通过图像监控提高线索破案近 100 起，破案率 50%。同时还利用视频监控技术多次帮助群众找回的士车上丢失的贵重物品、重要文件、现金等。

双鹰

在案件大队，有两位年轻的破案高手——何宇杰和李岳嘉。他们有鹰一样的眼睛，多次协助兄弟单位调取视频资料，为兄弟单位成功破案创造了有利的条件。小到物品遗失、交通事故，大到抢夺、伤人案件、肇事逃逸，两人到案件大队仅一年，为侦查办案提供线索七八十件。最近，他们被抽调到省交管局参加全省系统办案。他们是贵阳市交管局案件大队年轻的侦查员们的代表。

李岳嘉

2013 年 7 月 29 日凌晨，一辆东风大货车在市北二环上与一辆中华牌轿车发生交通事故致一人死亡后逃逸，在社会上造成了极为恶劣的影响，群众纷纷谴责肇事逃逸驾驶员的恶劣行为，呼吁办案单位尽快破案，让死者安息。在接到三大队"7·29"肇事逃逸致人死亡案的协查求助后，案件大队立即组织成立专案小组，迅速投入案件侦破工作，李岳嘉即是成员之一。由于案发地点比较偏僻，加上事发时间为凌晨，光线昏暗，又无目击证人，该案的线索找寻工作十分困难。专案组对现场进行了勘查分析，交管局有关领导和专案组多次召开案件分析会，对各种遗留痕迹进行详细的比对，经过大量艰苦细致的工作，终于锁定了肇事车辆的车型及其运动轨迹。

作为专案小组核心成员，李岳嘉介绍"7·29"案件说：

"各级领导非常重视，死者家属经常上访，我们压力极大。作为办案人员，我们也觉得应该尽快给死者一个交代。在光线昏暗、监控探头不够的情况下，我们调阅尽可能多的视频，在模糊的视频录像中耐心查找、坚持不懈、仔细分析，用了四五天的时间，终于通过一辆救护车的轨迹比对找到了嫌疑车辆的逃逸方向。根据这一线索，在此后的20余天里，我们每天工作都在12小时以上，进一步锁定了犯罪嫌疑车辆。随即，我们连夜赶往清镇中巴村，从晚8点一直搜索到次日凌晨4点；然后又转至清镇市东收费站，一辆车一辆车进行检查，在排查了近百辆货车后，终于在最后的10余台车辆中发现了嫌疑车，经过证据确认，立即实施了抓捕。终于给死者家属和关心本案的群众一个成功的交代。"

正因为有鹰一样的眼睛，李岳嘉这个小伙子，成功办理了"5·11"金店抢劫案线索支持工作。

那是2014年5月11日，大约在20时33分，5名蒙面嫌疑人驾驶一辆银灰色轿车，对贵阳市云岩区万江小区银通花园一楼福星珠宝店实施抢劫，价值30多万元的珠宝被洗劫一空，并致一名金店员工重伤。李岳嘉接到云岩分局刑侦大队的协助请求后，根据办案民警对案发地及案发时间的描述，对案发地的监控视频进行调取，在视频分析中发现了作案车辆，经过追踪，找到了作案车辆的落脚点，立即通知办案单位，成功抓获了犯罪嫌疑人。

李岳嘉说："有了'天网工程'，为破案提供了极大的方便。但随之而来的是帮助群众解决问题的案件也多了起来，比如交通工具上遗失物品的情况，孩子走丢的情况……就是我们常说的问题案件。本来，按规定，这类问题应该先到派出所报警，再由案件大队安排查找，但群众往往直接找交警。如果这时再让群众按程序去走，不但群众会不理解，也会耽误宝贵的时间，有的'问题'，一耽误，也就难以解决了。"

"群众有困难，找到了我们，我们就应当办理。有时候看似一件小事，对于群众却是大事。通过视频查寻，往往还需要到案发现场调查，也常常还要联系出租车公司寻求帮助。虽然增加了很多麻烦，但面对群众，我们就要把事情办落实。自有了'天网'，到目前为止，仅仅一年多的时间，像这类帮助群众解决问题的案件就有40多起。当我们为老百姓解决了困难的时候，看着他们欣喜的表情，我们心里就充满了自豪感。"

何宇杰

2013年10月26日凌晨4时左右，云岩分局中山东路派出所辖区发生一起恶性持刀杀人案件，请求案件大队予以协助侦查。案件性质极其恶劣，对社会造成了巨大的不良影响。各级领导对案件高度重视，任务交给了何宇杰。

何宇杰接到任务，第一时间对该案进行信息采集和分析，通过调取20多个视频设备，经过对共计达数十个小时的视频材料及200多张图片的分析，"利用交通智能监控平台高智能化收集的数据和民警认真分析出来的数据进行对撞，最终锁定了嫌疑人相貌、行动轨迹及落脚点"。何宇杰立即将线索反馈给办案单位，抓获了犯罪嫌疑人。在铁证面前，犯罪嫌疑人对其行为供认不讳。

12月3日，何宇杰和战友们破获的"'鸭舌帽'偷盗案"一次就为群众找回价值几十万元的物品。

除此之外，何宇杰还多次利用视频监控帮助群众找回物品：

比如2014年4月，帮助市民陈雅静找回遗失在出租车上的背包，内有重要文件。

比如2014年5月，帮助师大附中一高三学生，找回遗失在出租车上的书包，内有高考准考证、复习资料等重要物品。

同样是2014年5月，又帮助来筑旅游的重庆游客冯女士找回遗失在出租车上的行李箱，内有第二天返回的火车票、身份证及现金等，使其顺利返乡。

……

何宇杰说："案件的侦破是一个漫长而又困难重重的过程，作为一名侦查员，常常几天几夜守候在视频前面，即使在警院读书时，也从来没有这样'两耳不闻窗外事'过，这时我们往往会产生一种'孤独感'。有时遇到线索中断，更是要凝神静气、忘我思索、捕捉灵感，才能发现线索；有时一连几十个小时，身心都特别疲惫；有时候紧盯屏幕长达10多个小时，眼睛异常劳累，你只能滴滴眼药水，缓解一下眼疲劳。"

这真是对一个人精神和身体的极限挑战！但为了把侦破的案件办实，为了把群众的好事办好，他们就是这样忘我地工作着。

说起这一切，何宇杰微笑着说："不过，当我们看见群众经常给我们送来锦旗时，我们就觉得，我们的艰苦付出还是值得的……"

李岳嘉和何宇杰，两个年轻人，双双被抽调到省交管局参加全省系统案件工作。如果说他们是"天眼"里的双鹰，他们也只是众多"鹰眼"中的代表，贵阳市交管局案件大队，还有多少这样的"鹰眼"，他们面对视频，默默注视着在贵阳市大街小巷发生着的一切事故，守候着贵阳市民的平安，践行着为群众把好事办好、把实事办实的诺言。

四、残疾人朋友送来的锦旗

2014 年 7 月，贵阳市交管局收到一面锦旗。锦旗上写着"心系群众、执法为民"。

这面锦旗，是一群残疾人弟兄送来的。

但这些残疾人最初来到交管局，却不是为了送锦旗，而是"兴师问罪"，上访骂人来的。

从"兴师问罪"到送来"心系群众、执法为民"的锦旗，这个弯，转的可是 180°！这里面，曲曲折折的复杂过程，真还难以一语道尽。

事情得从一年前说起。

2013 年 1 月，贵阳市交管局来了一群特殊的上访人群，这些上访人都是些残疾人。

残疾人？到交管局上访？上访什么呢？

原来，2012 年，根据市民的反映，交通管理部门对路面上"残疾人专用代步车"乱象进行了整治，对非法"残专车"进行了罚没禁处理。

根据调查，非法"残专车"主要有三种情况：

1. 健康人非法使用"残专车"，并进行非法运营。

2. 非下肢残疾人使用"残专车"。

3. "残专车"超标使用，即"残专车"实际上属于"非残专车"。

整治"残专车"乱象，对贵阳市交通管理秩序的改善起到了重要的作用。但对于残疾人本身来说，属于第三种情况的居多。即需要使用"残专车"代步的下肢残疾人，使用的是超标的"非残专车"。

残疾人本身属于弱势群体，大多经济贫困，根据调查，他们使用的"超标残专车"，大多是购买时上当受骗。整治"残专车"乱象，虽然有益于社会，有益于改善贵阳市交通秩序，但对这一部分残疾人来说，显然遭遇了意想之外的困境。他们确是下肢残疾人，他们觉得，政府应该给他们解决困难。

于是，他们上访了。

到交管局上访的残疾人群众，自然情绪激动，难免口吐粗言。

但贵阳交管局主要领导有明确指示："为了解决残疾人出行的刚性要求，我们作为政府职能部门，要站在道德和舆论的制高点，为残疾人朋友做好事、做实事！"

信访部门接待了情绪激动的残疾人上访群体，尽管有残疾人朋友激动之下，口出粗言，但信访办的领导不予理会，而是笑嘻嘻地给大家倒上一杯水，然后每人递上一支烟，和颜悦色地说："来来来，大家先歇歇，喝口水、抽支烟，咱们慢慢说，慢慢说。"

面对信访办领导的平静和热情的态度，残疾人群众的情绪渐渐地平息下来。然后，大家进行了心平气和的沟通和交流。信访办领导耐心地给大家解释了最近市政府出台的有关"残专车"问题的一系列文件精神，残疾人朋友们渐渐明白了，禁止乱象的同时，政府已经完全考虑到了真正需要解决困难的残疾人朋友们的利益。

信访办的杨主任后来说："人不伤心不落泪，人无难事不上访。有些人将目光投向信访部门时，也许已处在绝望中，怒火稍有不慎就会被点燃爆发。信访干部就是要善于将即将燃烧的火苗熄灭。"

最后，信访办领导对残疾人朋友说："你们放心，你们的诉求，我们一定向领导和政府反映，你们合理的要求一定会得到解决。"

"我想，你们完全可以放心，我们局长专门有指示：要为残疾人朋友做好事、做实事！你们不要着急，相信你们的困难会尽快得到解决。"

"好，我们就相信你们警察说的话，我们就等着看你们是怎么落实兑现你们的承诺的！"怀着将信将疑的心情，他们离开了信访部门。

根据市政府的文件精神，根据交管局领导的指示，各个职能部门很快运作起来。

在市委、市政府的支持下，"残专车"问题，可以说得到了最好的解决：

1. 凡是上当受骗购买了非法拼装四轮车的残疾人，政府对他们的拼装车进行购买，解决他们的经济损失。可以说，在这个问题上，残疾人朋友们获得了最佳的解决方式。

2. 通过一系列合法手续，给有驾驶证的下肢残疾人新购买的正规合法代步车核发"CZ"和"CJ"专用号牌，挂证行驶。但禁止非法营运。

这真是一个"好事办好、实事办实"的典型实例。2014年，残疾人朋友们的问题得到全面解决。他们不但给交管局送来了"心系群众、执法为民"

的锦旗，他们还兑现了信访办领导对他们的希望："你们也要树立形象，要报恩社会。"

——2014 年高考期间，残疾人朋友们发起了一个异常动人的行动：用政府给他们核发专用号牌的"残专车"，免费接送高考学生！

五、好事办好、实事办实："一张蓝图画到底"

贵阳交警，动人故事一个接着一个。真可谓"把好事办好、实事办实，一张蓝图画到底"。

2012 年 11 月 13 日早上 9 时许，南明区分局民警任明辉驾驶着警用摩托车在沙冲路巡逻，一辆闪着应急灯的本田车驾驶员向他求助，告诉他，"车上有一位 60 多岁的病人，眼、嘴、鼻都在流血，情况十分危急"。

这时，正值上班的高峰期，车流量非常大，道路拥堵。任明辉当机立断，一边叫本田车驾驶员跟在自己的警用摩托车后面，一边用对讲机向中队领导和指挥中心报告，请求开通生命"绿色通道"。于是，任明辉驾驶着摩托，一边喊话，一边不停地打手势，请前面的车靠边让道，使载有急救病人的本田车保持了 80 公里的平均时速。途经青云路口、邮电大楼和都司路口红灯时，他边喊话边毫不犹豫地冲了过去。

在上班高峰期，从沙冲路到市一医 5 公里的路程，他只用了 3 分 32 秒（要知道，一般在高峰期，这至少要半小时），便将重病老人送到了医院。刚一停车，他等不及病人亲属把车停稳，便打开车门毫不犹豫地背起病人往急救中心跑，将病人送上病床后，他才返回自己的工作岗位。因抢救及时，病人脱离了生命危险。新闻媒体从病人的儿子那里得知了此事，中央电视台、人民网、云南电视台、江西电视台、江苏电视台等全国 10 多家媒体及网络都报道了这一动人的事迹。

病人出院以后，专程来到分局送锦旗，上书"感谢人民好交警、畅通交通救老人"。

而此前，任明辉还因帮人推车近百次，在网络上被网友称为"推车哥"。

2014 年 2 月 19 日，下午 6 点 31 分，交警何涛和同事李欣在次南门路口执勤时，接到车牌为"贵 A-BS100"的红色轿车求助。车上载有一个从安顺来贵阳救治的早产幼儿，身体极度虚弱，情况十分危急。

　　李欣立即上报指挥中心开辟绿色通道，何涛则驾上摩托车带领轿车从次南门出发经瑞金南路转入北京路，直奔医学院。在交通晚高峰时间，由于何涛的带领，只用了 15 分钟，就将幼儿送到了医学院，使病儿得到及时救治，挽救了一个美丽的生命。

　　2014 年 6 月 11 日下午 4 时许，一个满手鲜血的轿车驾驶员神色紧张地向正在粑粑街执勤的袁洋和包继明求助："警官！救救车上的老人！他被我撞伤了，现在情况很严重。"

　　袁洋走近一看，被眼前的一幕震惊了，只见一个 60 多岁的老人血淋淋地躺在车里，伤情很严重，老人生命危在旦夕，必须用最短的时间将伤者送往医院。

　　袁洋立即向分局"200"指挥中心汇报情况，并通知沿线岗位的同志们一起协助放行，同时用警用摩托车为其开道，火速向南明区医院驶去，一分钟后到达了医院。可由于伤情较重，老人必须立即转往市一医急救。见此情形，出租车驾驶员已经紧张到不敢驾车。于是，袁洋和包继明，一人为其驾车，一人在前方开道，在大家的共同努力下，用最短的时间将伤者送达市一医。到达医院后，袁洋为他们办完相关手续，一直到将伤者送到了重症监护室，才放心地离开医院。

　　2014 年 9 月 8 日 18 时许，晚高峰期，突然，对讲机传来了"850"指挥中心急促的声音："一辆号牌为贵 AU7290 的出租车载有一名严重烫伤的小女孩从空招方向赶往贵钢烧伤医院，请做好保畅工作！"

　　警情就是命令！袁洋毫不犹豫，驾驶警用摩托赶往军区路口，开启警笛为出租车引道，边行驶边喊话。15 公里的路程，在晚高峰期，他仅用时 4 分钟，便将该出租车安全送达。进入医院后，袁洋发现小女孩右半身大面积烫伤，而孩子的父亲急得不知所措，袁洋赶忙一边安慰，一边陪同挂号，一直到医生开始给小女孩治疗，袁洋才悄然离开了医院。

　　2014 年 5 月 31 日 11 时许，交警"850"指挥室接到一名中年男子的电话求助：70 岁母亲病危，需从经济开发区长江路送往肿瘤医院急救。"850"指挥中心立即联系到正在长江路执勤的经开区分局一中队副中队长陈义怀，要求及时为困难群众提供帮助。陈义怀接到指令后，立即联系到求助男子。当时病危老人已经奄奄一息、脸色苍白、生命垂危。

　　陈义怀干脆地说："跟着我，师傅！"

　　一句坚定的话，让慌乱中的男子吃了一颗定心丸，平静下来，警车带着载有病危老人的车辆在车流如织的道路上穿梭，从长江路出发，经过沙冲路、浣纱路，到达肿瘤医院，原本至少要 20 分钟的路程，他们 10 分钟就赶到了。

一下车，陈义怀又干脆地说："让我来背！"

他让男子先去停车和办理手续，自己背起病危老人就往急救室跑。经过及时抢救，老人终于脱离了生命危险。

陈义怀一直绷紧的心，这才松弛下来。他自己也奇怪：怎么觉得好像是自己的亲人脱离了险境，得到了安全一样？

其实，贵阳交警，好事办好、实事办实，一张蓝图画到底，百姓在他们每个人的心中，都是亲人一样！

2014 年 10 月

原载于《开道：贵阳交警零距离》
贵州人民出版社，2014 年 9 月版

索玛花开的地方

浓雾让一切变得朦胧，山、房屋，还有人，躲进一片巨大的浓雾纱幔，不肯出来。慢慢前行，纱幔随着脚步而散，渐渐拖出一片空地，努力寻找那个地理标志，确定那索玛花开的地方。索玛花是杜鹃花的彝语名，即迎客之花，喜欢高山生长，有个好名字——"高山玫瑰"。这里海拔在 2200 米左右，深秋时节，高寒地带，早早进入了冬的模式，我紧了紧风衣，往前走，寻找那索玛花开的地方。

就在继续寻找索玛花开地有些无望的时候，浓雾渐渐散去，有了鸟的歌唱，那是独唱幽婉、重唱欢悦、合唱如梦幻的乐章。我陶醉在这美丽的乐章里，突然有个想法，想认识一下歌者。便细细找寻，发现了它们有的在高高的银杏枝头，金黄的叶子是它们的舞台；有的在低矮的索玛花开的灌木丛中，红红的花朵是它们的乐池。更有兴致的是，几只小鸟在花草中觅食，啄起放下、放下又啄起，突然抖抖翅膀，衔着种子飞起，把种子带回巢，等待哺养的幼鸟张着嘴，接食。有几粒花草种子，小鸟没接住，掉下，不经意被土吞了，于是，来年青草生、红花开。

沿着小鸟回归的方向，远处朦胧中看到那几个字：贵州六盘水海坪千户彝寨。看见了那个地理标志，希慕遮铜像。近 2000 年世居乌蒙的彝寨人，尚火崇拜与祖灵景仰，始祖希慕遮被供奉于此，滇、川、黔、桂四省区彝族同胞每年争相前来祭祖，希慕遮铜像是全球最大的彝族人物塑像，也是千户彝寨的地理标志。

是的，就是她。我想认识的地方，彝家人的新居，是索玛花开的地方，银杏叶飞起的地方，早茶飘香的地方。

远处，一个精致的小屋，门前还有深秋里留下的索玛花，红红的、一簇一簇，那样倔强地站在枝头，笑迎风寒。古银杏树，遒劲的枝干簇拥着金色的叶。银杏叶的金黄，让人有多少美丽梦幻，秋风起、叶落下，宛如下了一阵金黄雨。叶落索玛花，红花添金黄；叶落院石板，一片片扇形展示各种身姿，把一生的最美，回报大地。金叶满院的小屋飘出一丝茶香，引出我悠远的联想，小屋门上一木牌写着"你有故事，我有茶"。

看到这句话，我有兴趣了，那今天我可以是，听你的故事，品你的茶。

我小心轻步，进了屋，一个姑娘出来迎接，说："您好，师父出去了，今天没炒茶，煮茶就没有。"我才知道这里是可以吃煮茶的。其实少数民族地区多有吃煮茶的习惯，这样的茶，先要把茶叶炒了再煮，是很别致的一种饮茶方式。我笑着说："师父不在，就不招待客人了，美女，你不会做吗？"我说着，找个凳子坐下，一副没有煮茶喝，就不会走的样子。我接着说："据说你们这边的茶，多是老树茶，品质好，今天有机会来了，就要喝了，才走得了。""那我给你泡茶。"小姑娘笑着说，我微微一笑说："谢谢。"

你们这火塘做什么用？我一进门就看到屋中间有一火塘，上面一个有型的石头雕刻的三脚，每一个脚都如牛角，就是一个艺术品。火塘里放有三个大小不同的砂罐。

火塘，它的用处很多，在上面能做饭菜，天冷了取暖，在没有电的时代，一个火塘就是一家的照明。这样一来，火塘就是一个家的核心场所，在夜幕降临之后围坐在火塘周围，茶罐里煮着茶。

这时，一个彝族年轻妇女走进来，戴着圆盘帽，那是典型彝族妇女的着装。在彝族，妇女戴的是圆盘帽，姑娘戴的是瓦盖帽。一进门嘻嘻笑着说："我们有缘，原来说好是今天去水城，结果没去成，那就回来了，回来就有要喝煮茶的客人，那就煮啰。"她说着，把铁锅放在火塘三脚上，茶放在锅里，慢慢炒。塘里的火跳动着，微火慢慢热着锅，热着锅里的茶，茶慢慢泛黄，香气四溢，丝丝绿茶，渐渐披了薄薄的黄纱，围着大锅的人吸满了一腔茶的芬芳，醉在心里。

戴着瓦盖帽的漂亮彝族女孩走过来，轻轻地端起锅，把炒好的茶慢慢放到茶罐里，在热锅热茶的微醺下，她的手泛着桃花色，取来一壶水，特别说明，这是山泉水。说着把水倒进茶罐里，开始煮茶。

在煮茶的这工夫，我说，想听她们的故事。我的要求一出，师父说："不说别的，就说我吧，以前在外面打工，工资比现在多一点，但日子过得紧，吃住花销算下来，余下的钱也不多。现在回到家乡来，在家门口打工，一个月1000多块钱，和在别的地方工资除下来开支算来也差不多。关键是这里离家近，时间多，可以抽空回去照顾家、管孩子，就不会把老的小的放在家留守。我家就在下面，新建的安置房，我在这里上班，多好啊！煮茶，这手艺我是现成的，这是我们的传统了，现在自己还是这样喝茶，有的客人来了，也很喜欢喝，还是有市场的。我们这里的茶，有一个最大的特点，就是早，比春还早，我们有这样一句话，喝着喝着，春天就来了！"

姑娘送上茶说："请喝茶，早春茶，喝着喝着春天到！"

"人们常说的，春茶好，清明前的茶最好。这里的茶是比清明前茶还早的。一个早字，等着春天到。

"今年春节是2月5号的，这里的第一锅茶，那是在1月13号出来的，那是比春节早20多天。这个早，那就是怎样一个金贵，第一锅茶拍卖，那是卖到10万元一斤哦！

"这就是茶早的价值，比浙江的龙井早两个月。我们这里的茶还有一个特点，那就是古茶树多，有4000多棵古树，都是在四五百年树龄的，最老的古树有1200多年，品质高，茶叶价钱也就高，特品是16000元一斤。

"现在我们家搬到这里，那是搬到风景里，夏天游客最多，我们给老板打工，出门就是上班地，完全是在家里一样。"

听她们说着，我远看这里的美丽小屋，都是这样的砖砌的小别墅似的屋，海坪千户彝寨安置地，搬迁附近的玉舍、发耳、坪寨等6个乡镇村民。现在开发了特色小镇、民族文化、山地旅游等模式，成功地将扶贫工作与景区建设结合起来，实现了户户有人就业、家家住漂亮房。

海坪彝族风情小镇位于六盘水市水城县玉舍镇海坪村，是六盘水市野玉海山地旅游度假区的核心，在海坪彝族风情小镇，每年都定期举行火把节、祭祖大典、祭山节等热闹的彝族民间活动。

这时，远处传来欢乐的音乐，广场上响起了歌声。

我告别小茶屋里的彝族师徒俩，感谢她们的茶，走出小屋，快步走向欢乐的人群，踩着他们的脚步，大家牵手唱着彝族最好听的歌：阿西里西、阿西里西，丘冬作那的，丘冬作……阿西里西、阿西里西，大家快来做游戏，大家快来做游戏。阿西里西、阿西里西，人人快活笑嘻嘻，人人快活笑嘻嘻……

原载于《贵州民族报》2020年9月1日

百年钟声

　　咚咚，咚……幽远的钟声，在旷古的山间响起，连绵不断，迎接那每日的第一缕阳光。

　　咚咚，咚……幽远的钟声，在古老的化腊条子场老街上传送，东方有白，四面八方房屋的灯亮了，做工的起来了，经商的套了马，娃娃们背着书包出门了。他们迎着钟声，在古老的石板街上走着，妈妈跑出来，送一个饭团、给一个鸡蛋，送一声叮嘱：在学堂要听先生的话……

　　走在古老苍茫的石板街上，仿佛还能听见那百年的钟声在回响，看到家家父母送子上学的身影，听到户户娃娃读书的声音。这里曾经是一条通往毕节至云南古驿道上的重镇。

　　街上两边的房屋，还是那面目苍老的木房，多是一楼一底，还有多重堂的房子。走进一家四重堂的房子，这当然是以前的大户人家，"四重堂"的结构，从第一层，进到天井房屋两边是厢房，一楼一底，一天井，这样走过三个天井，到最里面的一层。这样多重形式房屋，还不多见，一般都是两重，一个天井。可见这里早时是比较发达的，一个重镇。这里最多的是那种前店后屋的建筑形式，还有好多做买卖的柜台，现在也保存完好。

　　沿着石板街走着，准备去拜访这里的那所百年小学，这是一个文化人、读书人对学校的崇敬。

　　街边一房屋，引起我的关注，也是前店后院，这里的典型形式，不过保存得很好，沿街的这面看着很干净，是一个讲究人家。一楼一底的房屋，楼上的窗户推开的，能看见里面有人在看书。楼下大门开着，屋檐下的柜台，早已经失去建造时的作用，摆着一盆花，这盆花为这老房子增添了新春的气息。

　　大门上挂着"光荣之家"的牌子，我更有兴趣了，拍了拍大门，准备进去，一个60多岁的老人出来招呼我。我了解到，这家姓张，这里的人家多姓张，读书人家多。这位大哥说，他家祖辈做生意，才有这么大的房子。我说："你们家的是老房子，街下面的也是老房子，为什么你家的房子修得这么好，下面紧挨着的都不怎么好了，都在街面上，他们也应该是做生意的？"

他说："你要问这房子，那是这样的，下面的一条街的房子，以前也是高房大屋。那年这条街着大火，火从下面街烧到这里，烧到我家房子的山头上，就不再往上面烧了，最后灭了。"他神秘地带着我，走到房子一头，"你看看，这些还能看见被火燎煳的印迹。下面被烧了的人家是重修的，后来修的就没有以前的这么大了。"

我赞叹他家房屋很幸运，大火烧到这里停了。他又神秘地说："有人说，火烧到这里就灭了，那是因为我家这里是书房，对面是书院（小学）。"

我注意观察这个位置，这房子的街对面正对着一条巷子，走过这条长长的巷子，是旷野，左边一小山，是那所百年小学——化龙小学。应该是小学山间的风，从这巷子横着吹过来，把下面上来的火吹断了，他家房子才免于大火。

我笑着对老人说："大哥，应该说是对面的小学的读书风吹来，读书的钟声敲响，大火不敢动了……"

我们一阵笑……

他说："我家都是读书人，街对面就是学校，我爷爷就在这里上小学，因为识字在国民党的部队当兵，我爸是共产党的兵，我二儿子是共产党的兵，我们都有文化，现在孙子也在对面的小学读书，我们家几辈人都在对面学校读书，听到预备钟声才出门，课间休息还可以回家喝口水。现在孙子还在学校读书，我要准备去接他下学呢。"

他说的就是化龙小学。学校在清镇市新店镇化龙村，一座小山下。走进校园，操场宽大，山脚下一排正房是教学楼，两侧是办公楼，正前方是围墙。四周绿树成荫、环境幽雅，是一个办学读书的好地方。

化龙小学，在民国二年（1913）由乡绅陈銮、刘廷芳等人募捐创办起来。建校不到10年，在1922年，军阀混战，这里学校被迫停办；6年后重新恢复学校，开始上课；在1932年转为民国政府官办学校；1943年，当地的名字，从以前的"化腊条子场"改为"化龙"后，学校也就随之而叫"化龙小学"了。

从"化腊条子"改为"化龙"，说是因为"条子"在当地有"蛇"之意，对做生意的人来说，"蛇"是不吉利的东西，而龙则是象征一飞冲天，那是大吉大利。改为化龙，变不吉利为大吉大利。化龙小学，就是希望学校出去的孩子都能够成龙。

1947年，学校改为"化龙乡中心国民学校"，从民办转成了官办。

学校现任校长对我说，化龙小学建校之初，在化腊条子场东北方向的东岳庙内。东岳庙当年是由上殿、下殿、两侧厢房组成的四合院，整座庙宇气势恢宏、雕梁画栋、四面环窗、飞阁流丹、巍峨壮观。庙宇四周古木参天、绿竹掩映。一开始教室就是设在下殿二楼的戏楼上。到 20 世纪 50 年代中期，庙宇两边厢房被改建扩充为教室；1964 年，下殿戏楼被拆除；1974 年，校园周边古树遭受破坏，东岳庙也原貌不存了。

在化龙学校办学之百年时间里，有数千学子从化龙小学走向社会。据不完全统计，新中国成立前后，从该校就读后走上行政岗位的科级及以上官员达数十人。

在一个贵州乡村，100 多年前就能够有人出来集资办学，那是不容易的，这个地方一定有乡绅名士。深入了解才知道这里在清朝出过名人。

首先得说说郭超凡。郭超凡为清朝进士，后任广州知府，一代抗英名将，亦为晚清名臣张之洞的恩师。这位晚清名儒、名将，虽不是化龙人而是风字岩村人，但同属清镇市新店镇地面的乡人。郭超凡中进士后，曾在兴义任学官，后任广东知府。郭超凡（族谱名郭永焜）聪明过人，15 岁时已通读经子史籍，后求学于清镇中四（今清镇梨倭乡右拾村）徐广文塾师门下。

徐广文门下英才甚盛，有进士四川知县何端、陕西知县任恩培等。据传，每当检试，永焜常列第一，17 岁时，徐广文为他取名"超凡"。

据郭氏族谱记载，郭超凡道光五年（1825）中举，道光十五年（1835）荣膺进士。入仕后，郭超凡在贵州兴义府任教 6 年，兴修试院，擢拔人才。之后任礼部侍郎的景其浚、湖广总督张之洞皆出其门下。道光二十四年（1844）调广东，后任广州知府。

这期间，郭超凡不畏强暴，矫正考弊；不惧洋人，多次抗击英国侵略者，与英军作战一个多月中，广州军民伤亡不过数十，而英军死亡逾千，被誉为"中华抗英第一人"。英军不得已退兵，当地社会秩序得以安宁。

郭超凡对整个新店乃至清镇的文化影响是必然的，而化龙与风字岩同为一地，百年老校，文风传承，也可想象。

化龙古镇，地处古代水东（贵阳）与水西（毕节）之间的古驿道上，化龙当时地处水西治下的"水外六目"之化腊条子场，文化底蕴深厚。在民国时期，曾出过贵州辛亥革命新军起义军官、北伐黔军副团长马登瀛，黄埔军校军官、抗战阵亡烈士、国军副团长陈新民等仁人志士。

这位生在这里的马登瀛，成为国家有用之人的马登瀛（1886—1960），字繁素，晚年自署蓍庶。生于化龙镇桐子树马氏祖宅，长大离家到贵阳投军入伍。在新军中，马登瀛因读过书，有秀才之誉，次年就担任了司务长。据其孙介绍："祖父马登瀛，当年为逃婚而投军，在新军中当做饭伙夫。有一次过年，祖父书写了一副对联贴于食堂门前，被一位有文化的长官发现他年轻有才，将他提为了司书，并送入随营讲武堂学习军事测绘。"

贵州辛亥革命新军起义打响了第一枪。1911年9月14日贵州新军起义进入贵阳城，马登瀛充任临时大队长，率部驻守官钱局，迫使贵州巡抚宣布"贵州独立"，交出军政大权。革命政权——大汉贵州军政府成立后，马登瀛担任都督府军务部上校副官长，为建立新政权、维护新秩序出谋划策，并认真履行其职责，赢得上司的器重和兵目的拥戴。

1912年10月25日，黔军八十三团、八十四团在湘西辰州誓师回黔，推举席正铭为"荡寇总司令"，马登瀛为总司令部参谋长，率部在黔东松桃、铜仁与唐继尧部滇军激战，黔军弹尽粮绝失利而退入四川秀山、酉阳，官兵大部失散。第二年夏秋，孙中山先生发动"二次革命"，马登瀛率残部改投川军熊克武。民国初年护国护法运动期间，贵州实为川、滇、黔军阀反复争夺的地盘，连年混战，马登瀛在一次战斗中被炮弹炸伤眼睛，几近失明，而后退出军界，返回贵阳。

在1926年马登瀛40岁左右时，他回黔卖掉贵阳公馆，举家迁居于乡下化龙，曾在化龙附近偏坡，团馆授童，过着隐逸塾师生活。解放初马登瀛被划为"城镇贫民"，1960年10月12日在大关镇周氏宅内病逝，终年74岁。

这是一方热土，一方文化底蕴厚重之地，这里才能在100多年前就滋养出这所学校。

一所小学有100年的历史，在中国不能说绝无仅有，但是相信为数不会很多。特别是它能一直保持并追溯它的历史，并且有长足的发展则更属不易。

化龙小学在民国二年（1913）由乡绅陈銮、刘廷芳等人募捐创办起来后，施行现代教育。百年间走过了多少风风雨雨，不论社会怎样变化，始终坚持自己当年创办的初衷：让娃娃们读书认字，成为对国家有用的人。

新中国成立以后，化龙小学逐步得到发展，到2013年建校百年时，有学生200多人。2008年以来，经过逐年的增建、绿化，学校发展成为当今的这个规模。

100年来，莘莘学子走出化龙小学，不少人在工、农、商、学、兵中出类拔萃，为社会做出了贡献。据不完全统计，新中国成立前后，校友中科级以上的行政干部就有数十人。年轻的校友中更是人才辈出，许多人已成为各条战线上的精英和新秀。

化龙小学虽然是一所乡村小学，由于悠久的历史、认真的办学态度，多年来，一直是新店地区教育活动的中心。1964 年便开始执行教育部颁发的《全日制小学教学计划（草案）》，使用国家统编的教材。20 世纪 90 年代以来，新店区的多种教学活动，都在这里进行，汉语拼音识字、中高年级语文、作文、数学等公开课的教研活动，多是由化龙小学的教师承担教学任务；对低、中级语文教师汉语拼音的培训，也在化龙小学举办。通过观摩和培训，青年教师掌握了一定的教学方式，并在实际中得到进一步的提高，从而成为本地区各校的教学骨干，化龙小学的老师也一路成长，提高了教学质量。

学校领导介绍，这所学校从建校以来，代代传承，在教师中形成了敬业爱生、教书育人、精益求精、治学严谨、作风扎实的优良传统，学生中尊师爱校、勤奋好学、艰苦奋斗、力争上游蔚然成风。

说到学校百年校庆的事，更是让人感动。

2013 年 9 月 21 日，清镇市新店镇化龙小学迎来了百年华诞。该校走向全省各地的校友聚首母校共话校园旧事，畅谈师友之情。2013 年 9 月 26 日，记者李芳在贵州省政协报上刊登了化龙小学百年校庆盛况。

参加此次庆祝活动的上有七八十岁的白发师生，下有就读该校的小学生，四代师生同堂欢庆母校的百年华诞。当日，校庆活动还举行了篮球比赛、老歌联唱活动，师生同庆。歌声唤起广大师生的童年记忆；唤起了大家当年在这里读书的趣事；唤起了每一个人童年的美好时光。老校友为学校的发展，为后来的乡里的娃娃们有更好的条件读书，他们捐资捐物。他们走出乡村回报乡里，以示对母校启蒙教育的感恩。

百年校庆，从这里走出去的娃娃上千人。他们从这里出去，走上高一级学校，走上他们的人生路。现在有的作古了；有的已是耄耋之年的老人；有不惑之年、而立之年的中年；当然有一二十岁的青年。他们是这所老校的骄傲，同受化龙的雨露沐浴、阳光照耀，说不完的读书故事，那永不断的读书声，不绝于耳的钟声。

走在学校操场上，看着一直忙上忙下的一个女老师，为大家服务，她热情开朗。当我问到她的情况时，她笑着说："我就是六盘水师院毕业的，考到这里来当老师，我来两年了，很喜欢这里，这里自然环境好，学校非常漂亮，老学校，这里有一种传承的校风。"

年轻女教师对我说："我们老师唯一要做的是，小心轻放孩子的心！虽然教育不是万能的，但我们要无限相信教育的力量。如果我们教师都觉得教育是有限的，那我们的信仰就会打折，我们的信心就会减掉一半，教育就失去了它的魅力。从这所百年小学毕业的学生可以证明，教育的力量是巨大的，从小的培养给人以无限的发展空间……既然选择了做化龙小学的教师，我们就必须带着全心的爱，把对这样一个乡村小学、学生的责任化作使命，去教育学生……"

她的话深深地打动了我，没有想到，一个乡下小学的年轻老师有这样的教育理念，这样的人生态度。

走在校门口，场口"光荣之家"的那位张大哥和校长他们几个，在和村干部商谈：校门口这边，准备修一条宽一点的路。校长说："这事要得乡里的支持，得各方的支持，学校才能发展。路修好了，让我们从校门走出来，路更宽敞，娃娃上学好走，前途更宽广。"

暮春三月，油菜花开时节，一片片菜花连着山谷，空气中弥漫着浓浓的菜花香。

离开化龙百年小学，回望远方的学校小山，回望故乡路、遥听山谷间那百年连绵不绝的钟声，省财政工会原主席熊堂莹望着远山，感慨地说："我们小的时候，这里的树木参天，有的要几个人合抱；学校的钟，古老而巨大，钟声响起，四面八方的娃娃们，有如战场上的战士听到了冲锋的号角，从条条山路上走进学校。我老家就是这里的，我生在这里长在这里，小学在这里读书，这所学校让我学得了规矩、懂得做人的道理，学得了吃苦耐劳的精神。"

清镇文化局一个老同志，望着校园，激动地说："小的时候我们翻山越岭而来，常常是走到了校门口，还能听到钟声，伴着钟声走进教室，这么多年来，这钟声不绝于耳，仿佛就在昨天。感谢我的母校，这百年的摇篮，感谢这摇篮里历代的老师，让这一方土地的娃娃们读书认字，学习做人。"

百年钟声，还在继续响起，娃娃们从四面八方的山里走来，又走向祖国的四面八方……

原载于《贵州纪实文学》，2021 年 9 月

楂城驿站那个拴马桩

关岭楂城驿站门前，那个拴马桩，吸引了我的眼球，留住了我的脚步。

拴马桩，最早是农耕时代，拴马的桩子，有人说，它就如今天的车位，这个比喻有些道理。随着社会的发展，拴马桩除了拴马功能外，在实用的基础上，发展了一种美学意义、一种寓意、一种身份标识。在等级森严的社会，华表常常被用于宫廷建筑前方的位置，在民间用拴马桩，弱化华表规制，又显示尊贵身份。

一般驿站的拴马桩，实用功能多于它的寓意。而今，汽车替代了马，拴马桩的作用，可能就只有一个美学意义了。楂城驿站这个拴马桩，之所以一下吸引了我，那是因为它立在这空旷的坝子边，正好在一辆小汽车旁边，和小轿车形成鲜明的对比，一个古老、一个现代。那车应该是刚停下，车身还放着热，车窗里的摆件，透出现代气息；拴马桩石面光滑，带着古老沧桑的时光。一个方形的柱子，两米左右高，顶上雕一狮子。我细细观察这狮子，大头、毛发纤细、咧着嘴，牙齿也老掉了，像瘪着嘴的老人。它是时间来了又去的佐证，年复一年，在漫漫的岁月里，它默默地站着，它一定知道很多这里的往事。

拴马桩的样式繁多，还有讲究。有人说：顶上雕刻四方灵兽，寓意四方来福；雕刻狮子，寓意事事如意；雕刻人形，寓意高人一等；雕刻猴子，寓意马上封侯，造型生动而又富于智慧。这里的拴马桩，雕刻的是狮子，建造者的取义，那一定是事事如意了。

我在这古老沧桑的拴马桩前，久久伫立，这古老的石头，雕塑在这里，有多少人用它，多少人欣赏它、赞叹它，现在一定是有了灵性的，为过去的人所用，为过去的人保平安、祈福纳祥，它必然会对我的身心有启迪，它是最能见证这块土地的。

这时候它悄悄告诉我这里的密码。

这里曾叫永宁，又叫楂城，是三国时期诸葛亮七擒孟获的地方，这里红崖上的文字，人称"红崖天书"，没人认识，据说是如果破译了，可以得赏金百万元。这里有一条地球"裂缝",79公里。这里是一个史前生物大灭绝之地,有距今已2.3亿年历史的"海百合化石"——贵州龙化石。这里现在叫关岭,又名"关索岭",那是三国时期,关羽之子关索,在这里屯兵,用名将关索之名,命名的县城。

因其地理位置险要,明清时期通往云南的重要关口,南来北往的官家高骡大马,百姓的草鞋光脚,从这古驿道上过;这里是抗日战争时期,中美缅甸抗战后方,史迪夫将军指挥中心。周边既有远近闻名的关索古道、花江大峡谷、红岩天书、北盘江峡弯上的历史、地貌和自然风光,也有近代24道拐抗战公路、全国著名的古生物化石博物馆、灞凌河大桥,这里古迹风景让人应接不暇。

无产阶级革命家王若飞,如果当年从故乡安顺去云南,一定来过这里。面对这一面面大山,这一阵阵"雨淋",身上衣,一定是湿润的,望着古道上康熙所题的"滇黔锁钥",有多少思考、多少向往。他走过这里,走上了中国革命之路,走上了他的"一切要为人民打算"之路。

闻一多先生,1938年4月间,住在这里,这古老的驿站。

抗日战争爆发后,北京大学、清华大学、南开大学三校联合迁到长沙,成立了长沙临时大学(西南联大前身),后又被迫南迁云南昆明。闻一多是1938年年初来的贵州,参加西南联大筹办,西南联大要从长沙迁到昆明,师生的迁移分成两条队伍走。大部分人坐的汽车,绕道从越南滇越铁路进去。另一部分人则是步行,300多人组成"西南联合大学湘黔滇徒步旅行团"。闻一多、李公朴等人,1938年4月28日抵达云南昆明。

闻一多原来是学画的,1922年7月,他赴美国留学,先后在芝加哥美术学院、科罗拉多大学和纽约艺术学院学习,专攻美术。这一路的步行,闻一多画了几十幅速写。后来,他的儿子闻立鹏把这些速写集成一本书,总共35幅画,其中33幅是在贵州境内画的。从贵阳到安顺一路过来,都有他的速写,在安顺,有一张安顺文庙。从安顺到关岭,住在这楂城驿站,一定见到这拴马桩,在这里他就没有画一张拴马桩?也许时间太紧,他急着赶路,那他一定站在这里,手扶拴马桩狮子,思考着西南联大筹办一系列的事情,一定和李公朴商量着西南联大筹办的事情,在这里和同行的学生,讨论国计民生问题。

当地朋友说,关岭这里,一年365天,有三分之二的天有雨。因此,民间把"永宁"叫"雨淋"。在这三四月,多是雾雨,似雨若雾。闻一多、李公朴他们在这里的时候,正是四月间。人间四月天,是最美好的时节,而这里的美，就在它的雾雨。山水花鸟一切都在一层白雾之中。这时候，我仿佛看见闻一多当年穿着那件长衫，在永宁的雾雨中，长衫在雾雨中慢慢改变了颜色，长长的围巾上有一层晶莹雾珠。李公朴，那深色的布衣，颜色更深了，那长长的胡须，雾雨让它变白，他们手扶拴马桩，侃侃而谈。

我抚摸着拴马桩，仿佛觉得还有他们当年手扶过的温度。

细细看着拴马桩，岁月的变迁，它还有多少要告诉我的？在 20 世纪 70 年代，这里有一个惊天动地的"顶云经验"。

远远地，仰望顶云纪念碑，那"敢闯敢试敢为人先"的顶云精神提醒着我们。40 年前，关岭县顶云公社的农民为"吃饱饭""铤而走险"，在全国率先推行"定产到组、超产奖励"的"顶云经验"，成为中国农村土地改革的一声惊雷。5 个为了填饱肚子的农民，躲在小屋往一张纸上按下指印，那纸上的方块字，字字震撼！他们的行为，同这里出土的贵州龙化石一样轰动，成了中国大地上"凤阳小岗，关岭顶云"。

这一来，吃饱饭的农民，用小马驮着粮食，来到这古老的驿站，在拴马桩前，拴好马，卸下粮食换点钱，为娃娃上学，不仅上中学，还要上大学，成为国家的人才。你看，这里的维风书院里面，有一状元榜上记载，从 2000 年到 2015 年间，关岭有 6 个娃娃考上清华北大，第一个就是顶云乡的。"敢闯敢试，敢为人先"精神，永葆不断改革的初心。"只有走别人没有走过的路，才能看到别样的风景。"

拴马桩，这古老的石头，现代的风景，告诉我这块土地上的许多秘密，许多精彩。关岭这多彩的土地，多情的土地！

2021 年 4 月初

我从八音弹唱的院子走过

我从"天眼"边走过，怀着无限的崇敬。世界第一大单口径射电望远镜，这地球的眼睛，是那样的神秘。悄悄地、轻轻地、闭上嘴、放慢脚步，不能惊动这巨大的发射望远镜，一个镜片、一颗螺丝，它们是如此的巨大，如此的精密。我仿佛听到了它捕捉到的脉冲信号，如悠远的音乐，汇集成的美丽华章；听到了宇宙的呼吸；看到了天体里一个个倩影，如此炫幻神秘的"中国天眼"，在这里，在"玉水金盆"的平塘。

我从"天坑"走过，带着万种惊奇。玉水金盆平塘打岱河天坑，整个天坑群以其规模宏大、天坑地貌发育完整、凹陷深邃，被地质专家称为"自然天坑博物馆"和"世界岩溶圣地"。一定能到达地球的心脏，能探求人类的家园的秘密。有多少汹涌澎湃的热血；有多少晶莹如玉的岩石；有多少宝藏。走到你开阔的边缘，那是你的向天的脸，贴在黄土地的小草上，静静与你对话，向天高喊，天长地久到永远。

我从大美平塘"天书"走过，那里有2.7亿年前的"藏字石"，经中国科学院专家考证是"浑然天成"，距今已有2.7亿年。巨石500年前从山体上坠落分成两半，"巨石上由突出的化石及生物碎屑组成的各种图案，包括'中国共产党'几个字在内，从不同的角度观察，均可有多种意会"。逼真的字样，吸引了多少专家学者、高官百姓的解读。真是"世界地质奇观，旷代天赐珍宝"。

我从八音弹唱的院子走过，八音向天歌，就如那天边飘来的七彩画卷，魅力环绕。双河门前大坝，千亩百香果，开花结果正在次第进行，有的果子已经成熟，花还在不断地开。

悄悄地走，听听花开的声音，轻轻地走，不要惊动那一排排棚架上，层层叠叠的百香果，它们大果小果同在，青果红果同株，成熟一个就掉下一个，清晨伴着八音弹唱欢快的音乐，果农收捡果子。这神奇的百香果，从广西来这里安家，是黔南民族师范学院"校农结合"带来的产物。这里现在已经摘掉了贫困的帽子，脱贫了。

脱了贫的农民，一栋栋小别墅，家家有小院，院子边是蔬菜地，也是花圃，葱绿油亮，好生让人羡慕，不禁赞叹，"好想有这样一块菜地哟！"

一家别墅的院子是半封闭的，院墙呈曲尺形，门前有一小货车，几个孩子，几只鸡，门坎下还睡着一条狗，刚收的玉米黄豆在坝子间。这幅新农村的画卷，吸引了我。主人出来了，一个开朗能干的中年妇女，抬着个果盘。见面就是一阵的欢笑，说："他们都叫我杨粑粑，名字不好记。我有时间就做粑粑卖，好多人都是在网上订，你尝尝。"她说着，送上她的粑粑产品。的确好吃。我加了她的微信，到时候也好订她的五谷杂粮粑粑。

正说着，她急急地说："我正好要去'八音弹唱基地'练习，你来了和我一块去。我一天都忙，地里活路多时，地里忙；农闲时，做粑粑忙；还要抽时间去'八音弹唱'那里学习。老公说，只要你喜欢，你就去忙吧！"

有人介绍，她是镇人大代表，最乐意帮助人，大家都喜欢她。我问她："你一天这么开心，这么忙，那是为什么，你的理想是什么？"她噗噗地笑："我的理想就是天天开心、永远漂亮。"她这样的回答，我给她一个大大的赞！又是一阵的欢笑。

这是我第一次听到，一个农村妇女的最大理想是"天天开心、永远漂亮"。从这里可以看到这里的人，已经不再为吃穿发愁了。

这时候，一阵弹唱一阵歌，串串音符送来秋高气爽。杨粑粑欢笑着说："开始了，走，我带你一起去。"

八音飘出的院子里坐了好多人，屋子里挂满了乐器，两面墙上有序地挂着八音乐器，三弦琴、月琴、无柄三弦琴、大胡、中胡、小胡、二胡、金胡、笛子、板胡、唢呐、竹点等民间乐器20余种。杨粑粑介绍，这些都是团长他们自己做的。

我了解到，"八音弹唱"是活跃在平塘塘边的一种民族民间艺术，原型属宫廷雅乐。表演形式热烈、古朴自然、风格独特，表演曲目繁多，演奏技艺高超。表演者穿着独具特色的布依民族服饰，进行气氛热烈的歌舞表演，浓郁的乡土气息扑面而来。演奏的自创歌曲，音色丰富、音域宽广，具有鲜明的民族民间特色，歌词与时俱进。2009年"八音弹唱"被贵州省人民政府列为第三批省级非物质文化遗产名录。

门外的弹唱还在继续，二胡的低婉忧伤、笛子的高昂欢快，这时候出现了一个音域情感极度宽广的空间，八音弹唱的包容度特大、弹性较强，弹唱旋律自如流转，自然坦荡的情谊在院子里徜徉。

演唱告一段落，杨粑粑带我见他们的团长杨光闪、团长夫人杨秀渊，两个人告诉我：他们塘边镇八音艺术团成立于 2008 年，艺术团发展之初，只有他们夫妇俩和几个年轻人。在父亲布依八音弹唱第十四代传承人杨通怀的带领下，学习各种乐器，坚持练习演唱水平，四乡跑场。经过 10 年的锤炼，他们已经成为当地群众最受欢迎的表演乐队，演唱的人也从几名发展到 100 多人，队伍由原来的 2 支发展到 12 支，学员也扩展到了周边镇乡和邻县，成为当地群众接亲嫁女必邀请的乐队，每年演出场次累计达到 300 余场，观众近20 万人次。开始在周边县市，后来最远的去到香港、广州、深圳、长沙等地。

在 2016 年，他们受邀参加广东佛山非遗周暨秋色民俗文化活动，受到当地市民及游客的高度赞赏与喜爱，被广东市民称为"中国风"交响乐。

近年来，平塘县塘边镇和黔南民族师范学院"校农结合"，加大对布依八音弹唱艺术团的扶持力度，引导其成立了"百人布依八音弹唱"队，通过政府采购、为八音弹唱牵线搭桥等形式，带领八音弹唱文艺队到省内外参加文化展演，把八音弹唱这门草根艺术，推上广阔的舞台。

市场化的表演传承了民间弹唱技艺，满足了群众文化需求，宣传了党的政策、乡规民约，又让参加演出的人增加了收入，人均年收入超万元。应该说这就是一种文化扶贫。据了解，塘边镇八音艺术团原有贫困户 34 户，142人，占全村贫困人口的 37%。如今，加入艺术团后，队员们不仅演艺能力得到很大提升，收入也是翻了几番，实现了脱贫，这是一种文化的双向"扶贫"。

文化部门不断加大对其的包装提质培训，邀请省、州专家到平塘对布依八音弹唱队伍进行全方位、多层次的培训，皆在将"八音弹唱"推向更广阔的舞台，布依八音弹唱逐步形成一种独具特色的民族民间文化品牌，被誉为"中国风交响乐"，已经逐渐成为引领平塘县农村文化的新风尚。在八音弹唱的带动下，农民文化素养得到很大提升，人民群众的获得感得到增强。

杨粑粑、杨秀渊送我出来，一路上，介绍她们的艺术团成长的事情。杨粑粑除了粑粑做得好，八音弹唱也学得不错。杨秀渊有一副好嗓子，聪明、记忆力好。从邻县嫁到这里后，才跟着她老公公，布依八音弹唱第十四代传承人杨通怀学，如今她弹唱已经很成熟了。我对她说："你唱得这么好，你应该去申请非遗文化传承人。"她笑了笑说："听政府的安排。"

我们一直走到双河村外，这时候，蓝天是干净的，大地是干净的，男人女人，都干干净净地走在人间；山是干净的，水是干净的，这里的一草一木都是干净的。

迎面是一片大坝，坝上可见还没有收的稻子，金黄一片，我对她们说：

"有一首你们这面的山歌《大田坝》你们会唱不?"杨秀渊说:"《大田坝》会唱,你听我唱哈。"她们唱了起来,我也跟着她们唱:

> 一块石头平又平
>
> 石头上面写书文
>
> 写个常字常来走
>
> 写个不字不丢人
>
> 大田坝,田坝
>
> 田坝米秋黄
>
> ……

好,"不丢人"那是"不相忘"呀,我不会忘记这里的一切,我一定要再来的。来这里,吃粑粑、听八音弹唱。我们挥手告别。

原载于《贵视网》,2019 年 1 月 30 日

移动　让生活更美好

一、开篇：移动，让生活更加美好

黔山贵水，电波传送。

在抢险救灾的前沿，在急诊出巡的路上，在鲜花装扮的婚车内，在游子归乡的路途里，在温情脉脉的交流中，在亲人思念的表白时……你，都会在耳边举起那神奇无比的手机，轻轻地喊出一个字："喂——"

即刻，你就实现了心灵与心灵的沟通，实现了信息与信息的互动，实现了情感与情感的交流！无论你在天涯何方，你都会觉得，亲人，就在身边，生活，是这么的美好！

在贵州，至少有2000万户的人不会忘记，这是贵州移动人给他们的生活带来的幸运！

中国移动贵州公司，通信网络已覆盖全省9个地、州、市，88个县（区、市），100%的行政村，92%以上的自然村，主要风景旅游区和公路、铁路沿线，成为贵州网络规模最大的通信企业，客户数超过2000万户。

这是一个"全国文明单位""全国精神文明建设先进单位""全国模范职工之家""抗冰雪保通信先进单位""抗震救灾先进集体"；两次获得"全国五一劳动奖状"！

"移动改变生活，创新成就卓越"，对贵州移动人来说，这不是一句口号，而是"正德厚生，臻于至善"核心价值观的体现。企业在公司党组领导和高层管理班子的带领下，贯彻党中央和省委、省政府的战略决策，每年都有进步，每年都在创新，每年都在为社会经济发展做出更新更大更好的贡献。

——美好的贵州移动，让我们的生活更加美好！

二、移动让城市生活变得更加美好

在现代社会，城市，已成为人类生活的中心。

《中共中央关于经济体制改革的决定》中，这样描述"城市"："城市是我国经济、政治、科学技术、文化教育的中心，是现代工业和工人阶级集中的地方，在社会主义现代化建设中起主导作用。"而法国著名学者潘什梅尔对"城市"也有一个十分有趣的描述："城市既是一个景观、一片经济空间、一种人口密度，也是一个生活中心或劳动中心。更具体点说，是一种气氛、一种特征、一个灵魂。"

因此，2010年上海世博会上，各国"城市"异彩纷呈的神奇展示，都指向一个主题："城市，让生活更美好"。

在信息时代的今天，要建设"现代城市文明"，创造现代城市的"美好生活"，必然离不开"信息技术文明"。

2010年"世界电信和信息社会日"，便高扬这一主题：信息技术让城市生活更美好！

可以这样说，在贵州，无论你是在贵阳，还是在遵义、安顺，还是在毕节、铜仁，在黔南、黔东南，还是在黔西南、六盘水，你都能充分地感受到贵州移动在"数字贵州"的建设中，立足城市信息化，辐射和引领全社会信息化建设，使信息化进一步融入大众生活，让我们切切实实地感受到，移动信息技术让贵州城市生活更加美好！

作为"经济、政治、科学技术、文化教育的中心"，城市政务信息化无疑是城市信息化建设的龙头。2009年6月15日，贵州省政府在我省通信行业中率先与中国移动通信集团公司签订战略合作框架协议，确立了长期战略合作伙伴关系；10月22日，中国移动贵州公司与六盘水市政府签订《战略合作框架协议》，至此，贵州移动与全省9个市（州、地）政府全面签订战略合作协议。这不但体现了公司党组的正确决策，也体现了包括高层管理班子以及党群工作部和各业务部门的劳动智慧。

贵州移动通过现代信息通信技术，将政务管理和服务进行集成，在提高政府工作效率、改进政府业务流程和工作方式方面进行了积极探索。

在贵阳"三创一办"活动中，贵州移动与多家媒体合力打造短信、彩信互动平台，市民通过短信和彩信，说问题、提建议、谈变化，每天参与互动的短信达到数十万条，一位市民深有感触地说："短信平台既帮助政府深入了解民生、服务民生，又充分提高了广大市民参政议政的积极性。"

2009年12月30日，遵义市委、市政府同时启用移动OA办公系统，发出了召开"遵义市委三届七次全体会议"的第一个会议文件通知。承载该办公系统的，正是贵州移动开发的"党务政务一信通"平台。

在安顺，贵州移动为政府量身打造的移动手机办公系统，实现了不带计算机的异地远程办公，在安顺各县市得到大力推广。安顺市一位副市长说："手机办公系统的开发、使用及推广是安顺市电子政务建设和应用的一项有益探索和尝试。"

在城市的概念中，"市"，即商品交换的场所。最初城市中的工业集聚，也是为了使商品交换变得更为容易（就地加工、就地销售等）而形成的。在现代，城市更是各行各业商业生产和生活的中心。

贵州移动充分发挥移动通信网络和业务优势，为各行各业数万家单位提供了各种信息化解决方案，逐步实现了企业信息化、政务信息化和家庭信息化，先后为金融、税务、工商、公安、学校、农林等行业开发了"政务通""企信通""银信通""税信通""校信通""农信通""警务通"等一系列移动信息化产品。

在家庭信息化、个人移动信息化方面，家庭V网、家庭网关、号簿管家、手机报、无线音乐、手机邮箱、飞信、手机电视等移动信息化业务，已使我省数十万家庭和数百万用户受益。人们越来越感受到信息技术带来的现代工作方式和生活方式的深刻变化，以及这种变化给生活带来的精彩纷呈和流畅方便。

公司还专门搭建了公共卫生发布平台，及时向广大市民发布食品安全和公共卫生防疫信息。还推出便民信息化产品和平台，涉及水电、煤气、医保、社保、卫生等诸多与老百姓生活息息相关的领域。"家校通"业务搭建学校、家长和小孩之间的沟通桥梁，实现家长、学生、学校三线合一沟通，成为推动我省教育事业发展的一大支撑。

在记者采访界和就业信息界，流传着这样一个故事：

大四学生向飞在学校里做自己的毕业设计时，面对人才市场的数次碰壁，这位计算机专业的高才生切身体会到了就业的严峻形势。就在他感到命运难料、思想消沉之际，他拨打了贵阳移动与共青团贵阳市委、贵阳市劳动和社会保障局联合打造的 12580 青年就业信息咨询平台，他的命运发生了奇迹般的逆转：一家科技公司通知他去面试。经过层层选拔，向飞一路过关斩将，最终与用人单位达成协议。"他们让我拿到毕业证后就到公司上班！"向飞第一时间给父母打去报喜电话……

其实，这样的故事几乎每天都在 12580 青年就业信息咨询平台上演。

为保障广大用户在享受信息化带来便利的同时避免"信息侵害"，贵州移动深入开展"保护客户信息安全、治理垃圾短信及骚扰电话、打击手机涉黄行为"三大专项工作。2010 年，全省共拦截垃圾短信 13.3 亿条，万人垃圾短信投诉量下降 69%，确定黑名单号码 65.1 万个，封堵违法网站的路由、淫秽色情网站数据达 11 518 条，日均拦截骚扰电话 1000 个，对全部存量网站内容累计拨测 3580 余次，清查备案信息不规范的网站 17 个，净化了网络环境。

公司还努力推进应急通信能力建设，完善了应急通信保障体系，建立了光传输、微波、短波、卫星等"天地一体"的保障机制；建立了横向遍及全省三大应急区、纵向深入各区县分公司的应急管理体系，在重大节日、重要活动、各类灾害和突发事件中出色地完成了通信保障任务，得到信息产业部、省委、省政府的表扬和肯定，赢得了社会各界的广泛肯定和赞誉。

在全球推进"低碳生活"的背景下，贵州移动也积极落实科学发展观，大力推进节能减排，把此项工作列为一把手工程，取得了显著成效。

贵州移动推广的基站智能通风系统，每年节约运行成本数千万元，已被中国移动在全国推广。公司员工自豪地说："如果不推广使用智能通风系统，一年耗费的电量将是一个小水电站的发电量，浪费的将是 3 万吨标准煤，排放的二氧化碳将是 1.9 万辆轿车行驶 1 年的排放量！"

2005 年以来，贵州移动在全省开展了"绿箱子环保计划——废弃手机及配件回收"公益行动。手机用户可以将废弃的手机及各类配件投入贵州移动在各大营业厅设立的"绿箱子"中，由贵州移动委托专业的公司进行无害化处理，并对其中部分成分进行回收再利用。

贵州移动积极利用信息化手段，大力推动其他行业的节能减排工作。据统计，该公司通过 M2M 业务行业应用卡等措施，共为社会节约生产成本 2900万元。其中，"贵阳公交定位智能运调系统"实现了贵阳市 3000 余辆车的位置定位和智能调度功能，不但使调运工作提高了效率，还减少了车辆盲目运行产生的能耗。贵州移动积极为全社会可持续发展贡献力量，成为低碳发展、绿色发展的典范企业。

贵州移动的这一切努力，使我们感受到，现代城市生活更加美好。正如上海世博会歌曲所唱：

心灵城市星空 呼吸的回荡

穿越梦的天堂 生命爱光芒

三、移动让乡村生活变得越来越美好

有一首散文诗《乡村梦》，描写了作者对乡村的向往：

"但我依然祈祷幸福，渴望拥有属于自己翱翔的蓝天，寻找着属于自己根的归宿，一杯热茶、一碟清淡的小菜，品味平平淡淡的人生。"

在现代社会，"乡村"，的确是城市人向往的梦境，但住在乡村的人却深深体会到，封闭落后的乡村，绝不是一个好梦！

"电话送进苗家寨，苗家儿女乐开怀，移动通信就是好，从此苗乡不闭塞，电话接通四海去，金银财宝滚滚来。"

这是贵州移动在贵阳市清镇流长乡 39 个村实现了"村村通"后，在乡里流传的一首山歌。

当贵州移动网络覆盖金沙县箐门乡三锅村时，该村村支书兴奋地向工程人员感叹："电话通了，我们了解信息方便了，带领群众脱贫致富的信心足了。"村民们更是奔走相告："村里通电话了，赶场卖猪崽也少跑冤枉路了！"

贵州高原山地居多，素有"八山一水一分田"之说，俗称"天无三日晴，地无三尺平"。过去，分散在崇山峻岭中的乡民，在现代社会的今天，就像瞎子和聋子，不知道"外面的世界多精彩"，亲人外出打工，常年杳无音信。有乡民唱的："几亩地，一头牛，冬来偎着火炕头"，就是过去乡村生活的写照。

从公司成立的那天起，贵州移动人就一直梦想着自己的网络能越过这千山万水，延伸到每个村寨、服务每个农户，改变他们落后封闭的生活状况。

贵州境内重峦叠嶂、山高谷深，险峻恶劣的地形地貌，落后的经济环境，给贵州移动人梦想的实现提出了巨大的挑战！但是，困难挡不住贵州移动人"敢于挑战、勇于挑战、善于挑战"的豪情！经过多年坚持不懈的艰苦努力，贵州移动终于实现了自己的"乡村梦"！2003 年 12 月，中国移动贵州公司郑重对外宣布，公司网络已经覆盖了所有乡镇、风景旅游点和全省主要公路、铁路沿线，成为省内第一个覆盖全省100%乡镇的通信运营商！

可以说，这是贵州移动人发起的一场向闭塞、落后和贫困宣战的战役，这是贵州移动人创造的一部改变3000多万人民生活方式的史诗，这是贵州移动人作为一个具有高度社会责任感的通信企业服务社会、回报社会的切实行为！

我们看到，在山清水秀的黔州苗寨，在山高坡陡的乌蒙山区，在美酒飘香的黔北高原，一座座银色的铁塔拔地而起；黔山秀水高高的夜空中基站塔顶闪闪的灯光，象征着一缕缕电波飞向千家万户；我们仿佛看到，一群群身着各种民族服饰的庄稼人正用小小的手机与远在千里的亲人兴奋地交谈，先人们在神话和传说中幻想的"顺风耳"，已经变成了现实！

贵州移动农村信息化服务为农民脱贫致富、建设社会主义新农村铺就了一条快捷、方便的信息高速公路。为了使"乡乡通""村村通"移动通信网络更好地服务于农村经济社会发展，贵州移动依托"一乡一店，一村一人"的实体渠道和电子渠道，推出了以"三农"为目标的信息化服务。

"农信通"可让农民朋友"坐"知农业天下事，通过它，满足了农民对于市场供求、价格行情、新闻快讯、农业科技、农产品产供销、农村政务管理及民生问题等信息化需求。依托"农信通"平台，贵州移动向全省部分农村用户提供10个大类700个子产品的农村信息服务，每月下发短信量超2500万条。12582农信通服务热线以及12316"三农"服务热线提供语音类农村信息咨询服务以及专家热线服务，有效地传递了农业科技知识，为帮助农民脱贫致富、建设社会主义新农村铺就了一条快捷、方便的信息高速公路，用信息化手段促进农村生产方式和农民发展意识的转变。

而"烟信通"则可以实现订单处理、市场数据采集、公告通知、投诉建议等业务的信息化处理。贵州移动联合推出"新农合信息系统"，农民在交话费的同时，得到相同费用参加"新型农村合作医疗"保险。花溪一位农民，在拿到住院后的"参合"赔付时，激动地对贵州移动公司的人说："这就是你们新农合带给我们的好处呀！"

四、移动让灾区人民感受到明天生活的美好

2004年12月1日凌晨，贵州盘县淤泥乡一煤矿发生瓦斯爆炸事故，15人

死亡、1人失踪、4人受伤。本来，去年贵州移动"乡通工程"已经覆盖淤泥乡。但事故发生后，中国移动贵州公司六盘水市分公司还是立即安排盘县公司组织人员赶到现场，采取防备措施，进行扩容，确保通信畅通。这一切被在现场指挥抢救的副省长张群山看在眼里，张副省长大发感慨："移动公司的速度真快啊，真是什么事情都得到他们的支持。"

"发生各种突发事件（如矿难，自然灾害等）后，移动公司领导必须到现场保证通信并且向省公司、当地党政领导报告和请领任务"，在贵州移动，已经自发形成了一个规矩，只要当地发生矿难或其他自然灾害，公司必须在第一时间赶到现场，提供通信保障。没有基站的地方，要千方百计开通临时基站或开通应急通信车支援。"危难时刻显身手，患难时刻见真情""哪里有需要，哪里就有移动员工的身影"，这两句话用在贵州移动人身上一点也不为过。

13年来，中国移动贵州公司为各类自然灾害、突发事故和重大活动提供了上千次通信保障，并以反应迅捷、技能娴熟、装备精良、保障有力而赢得各级党委、政府和广大用户的肯定。

在2008年年初席卷黔中大地的雪凝灾害发生后，贵州移动组织16.6万人次参与抢险救灾，出动抢险车辆4万多次，应急发电4.85万次，共耗费油料5716万升，确保了重点党、政、军和主要干道及重点覆盖区域的通信畅通，保证了贵州省抢险救灾指挥调度和信息传递工作。除了通信保障，贵州移动还充分发挥自身优势助力社会抢险救灾。贵州移动共发送公益彩信及短信7214万条，为客户提供各类信息查询67 084次。在全省各地的医院因缺电不能做手术时，贵州移动各分公司将正在使用的油机卸下来提供支援。当其他通信运营商在通信保障中急需帮助时，贵州移动也竭尽所能提供支持。在灾害最严重的时候，贵州移动各级领导和员工还不忘到高速公路上为受困路人送食品、药品等必需物资；同时在车站、码头等地开展送温暖活动。在国务院国资委举行的灾后表彰大会上，贵州移动被评为"抗雨雪冰冻先进集体"。贵州移动各级分公司均获得了当地党委、政府的表彰。

震惊世界的汶川大地震发生后，贵州移动紧急调集应急通信资源，保障通信畅通；同时，公司还与新华社贵州分社合作，获取权威信息，通过公司短信平台向客户发送1000多万条灾情信息，有效稳定了社会情绪。该公司领导身先士卒，带领公司工程技术人员，风雨昼夜兼程直奔灾区。为尽快到达灾区，公司领导、员工与驾驶员在行程中轮流驾驶，昼夜兼程。经过约16小时的长途跋涉，贵州移动第一支队伍顺利抵达都江堰。他们不顾饥饿和疲倦，立即投入应急通信车的抢通工作中，仅用两小时即开通了第一辆应急通信车，有效缓解了抗震救灾最前沿指挥部的网络拥塞状况。贵州移动成为贵州省第一个到达灾区的单位，也是中国移动第一个开通应急通信车支援的非灾区省公司，确保了都江堰救灾指挥中心的通信畅通。灾后，贵州移动抗震队伍被国务院国资委评为"抗震救灾先锋队"。

2010年，一场百年不遇的大旱，继2008年雪凝灾害之后，再一次考验着贵州人民抗击灾害的决心。

贵州移动，一如既往，在大灾面前始终用实际行动诠释着"大灾之处有大爱"的社会责任。公司一方面积极响应政府号召，向灾区捐赠救灾资金100万元；另一方面利用企业资源，携手贵州省慈善总会，面向全省移动客户开展"抗旱救灾，你我同行"募集活动，筹集善款50多万元，送往灾区。在安龙县海子乡沙厂村，村民感动地说："你们前两天刚把身上的钱都捐完了，现在又给我们送来这么多现金和物资。有你们的支援，我们抗旱自救的信心更足了。"

在大灾大难面前，贵州移动人和全省人民一起，用爱心和行动，让灾区人民对抗灾重建充满信心，对美好的明天充满信心！

五、结语：移动让我们感受到未来生活更加美好

"手机就是一台小电脑，就是万能的瑞士军刀。完全有可能做到一个人出门什么都不用拿，只拿一个手机即可"，这是中国移动总裁王建宙对未来通信技术将如何改变人们生活的描述。

贵州移动公司用"家庭信息化""个人信息化"两个专业名词涵盖了"瑞士军刀"的内涵。该公司推出的手机电视业务，短短几天便有上千市民使用。黔西南全球通VIP车友会GPS导航、高速移动上网等已让车友们摒弃了烦琐的资料袋，无论是汽车养护，还是紧急救援，所有信息资料，均是"一机搞定"。随着信息技术的发展，刷一下手机就可以轻松购物，买电影票、用手机考勤、用手机打开门禁……"一机在手、万事皆通"的生活在贵州移动的推动下即将来临。

2009年以来，中国移动贵州公司围绕国家战略、国家意志、国家创新，全力推进TD-SCDMA在贵州省的建设和发展，实现了贵阳、遵义、安顺市等

各市（州、地）城区的网络覆盖。至 2014 年，贵州移动还将继续投资 60 亿元用于 TD 网络全面覆盖建设。

　　TD 的发展及其信息化应用，将对贵州省信息通信的创新起到示范带动作用。同时，将极大推进贵州省"宽带无线化、无线宽带化"进程，使移动信息化兼备移动、固定信息化优势，并以其"宽带化、移动性、实时性、安全性"优势，开启贵州省新一代移动信息化时代，极大加速贵州省的两化融合（信息化与工业化融合）进程。

　　目前，贵州移动 G3 客户数已达到数万户。无线上网、视频通话、手机电视等新一代的移动通信业务，正随着贵州移动 TD 网络的开通丰富着广大通信用户的生活。在如万花筒般瞬息万变的信息时代，贵州移动永不停止的不懈努力，使我们感受到未来生活的美好！

原载于《当代贵州》2012 年 1 月 7 日

丹红浸染的老街

仿佛自带一丝穿越的时光，充斥着岁月的痕迹。车停在一个时光静止，永远凝固在半个世纪前的地方。万山不死、光荣永在，朱砂不灭、丹红依旧。

走进老街，读着一首流淌的诗，徜徉在时代的遗风。凝固的时光，记载着岁月的沧桑。

据说，西周时，一个梵氏女子，从巴地而来，教当地土民在崖壁上沿着丹脉，敲凿取丹。梵氏将凿得的丹砂献给武王，武王服之，心悸不宁的毛病好了，神清气爽、颜面红润、智慧超人、体力倍增，便敕封产丹之山为"大万寿山"，在元、清时期简称"大万山"，民国称"万山"。故民间传说："万山，是以丹得名。"道家的仙丹、佛像的开光、皇帝的御批、美人胭脂……朱砂是中国红的缘起。因丰富的朱砂储量和可追溯到夏商时期的采冶历史，万山，自然和丹红联系在一起。

踏上万山朱砂古镇，感觉亿万颗水滴进入眼底，亿万颗沙砾敲击心房，不可忘。万山，中国汞都，千年丹都。你坐落在湘黔两省的交界处，贵州省最东端的群山之巅。今天，走进朱砂古镇，你是那样的真实可触。这是一段被尘封的历史，那因岁月的流逝变得沧桑残缺的建筑，那用丹红书写的火红文字，就是一组凝固的音乐，记载着历史的旋律。迄今为止，这里是世界上最久远的采矿历史遗迹，保留着世界上最原始和最先进的汞矿开采和冶炼方式，保存着世界上罕见的970多公里的地下采矿坑道，开采出世界上最大的天然朱砂。这一切，都集中地展现在这块土地上。

兴盛时期的万山，是中国最大的汞矿产品生产基地，汞矿资源和汞产品产量的规模为中国之首、亚洲之冠、世界第三，故被誉为中国的"汞都"。

丹红里长出的万山朱砂古镇老街，青砖灰瓦的幢幢小平房，还有那两层的仿苏式楼房，阳光下，平静而安详，宛若一群泛着古韵的雕塑。而其神态看似静，琢磨之间，感觉其实在变，给人留下了无穷无尽的回味。

走在街上，老街曲折修长。有人说，"心宽路自宽"，这是一条多少人走了一生的街，走了一辈子的路，记载着万山人的成功之路……

老式烤酒房，酒出盆满，新酒正浓，香醉路人。游人上前，激动地从桌子上拿起一只碗，走到老板娘跟前，笑嘻嘻地说："嗨，老板娘，给我来一勺，你们这酒，好喝，刚才过街口，姑娘们拦路敬酒，不敢多喝，就没喝够，来你这里，喝个实在。"老板娘笑着说："来，大家都来，要喝的，都有，尽够。"说着给他舀了半碗，他赶快说："够了够了。"仰头喝下，心满意足。同行人都笑："这酒鬼！"

一路走，铁匠铺，炉火正红；豆腐坊，豆浆飘香；棉花糖，送来儿时记忆。

千年丹都，转型换代的产品，有朱砂雕刻、朱砂摆件、朱砂首饰、朱砂印章。汞都留存历史痕迹，这里仍是丹砂天地。

丹砂制品工坊，老板就是以前这里的员工，转型换代的今天，他做上了丹砂制品生意。他告诉我，目前，这些丹砂制品远销北京、山东、湖南、江苏、浙江和云南等地。现在，越来越多的昔日汞矿工人，也都做起了丹砂产品制作生意。他们以前是汞都的工人，今天是朱砂文化的传播者。

朱砂挂件赢得了美女们的靓眼，买了又买，不愿离开。这时有人喊："快走了，前面去吃热糍粑咯。"

路边一个粑粑铺，刚打出来的糍粑，滚烫滚烫，一行人兴奋地围上去。打粑粑的人熟视无睹，也不抬头，从石槽里把一窝糍粑抱到簸箕里，接着他把手放在旁边的菜油碗里沾了沾，动作麻利地分糍粑。脸盆大的一坨糍粑，他麻利地很快分成一个个碗大的小糍粑，然后直起腰，豪气地说："要吃的都拿呀！"大家兴高采烈，一哄而上，个个抢得一坨在手，咬一口，只觉糯米清香，从舌尖窜出。

街边一个小广场，广场边一个小戏台，台上几个玩乐器的老人，尽管观众寥寥，他们却自得其乐，玩得那样陶醉。我忍不住在他们的台前放慢脚步。有人介绍说，他们是汞都的老人，在这里奉献了他们的青春，就是他们，走出了中国汞都之路。我敬佩地听着他们的演奏，水平并不高，却能听出岁月精神。

从小广场走出，一面斑驳的墙壁，一个磨旧的青砖小拱门，园拱上塑着丹红色的五角星。

走进拱门，每一步都感受到那20世纪五六十年代汞都的气息，让你感觉到这道门里，一定藏有好多故事。

走进小院，院子里种了很多植物，秋冬季节，仍有花开，让院子里充满了盎然的生机。一个正在忙活的老阿姨，见我欣赏她的花，微微一笑说："无论怎样，环境得清清爽爽，日子得好好过。"一句平常话，却让人品出生活的哲理。

走出院子，路边有一个小花店，花架上，摆着一钵钵的多肉植物，两位老人正忙着打理。我问道："阿姨，你们种这么多的多肉啊？""啊，我们喜欢这种植物，乖乖的，很惹人喜欢。孩子们说，这种植物生命力强，不费事，就教我们弄这种植物。养老嘛，也不需要我们来赚钱，孩子们也不让我们做太多的事，说就弄这个多肉植物玩玩，有人买，就卖一点，没有人买，就自己玩。"

阿姨告诉我，他们家就是旁边黄家村的，前些年生活恼火得很，饭都吃不起，无奈只有到外面去打工糊口，现在生活好了，就回来了。弄弄花花草草，七八十岁了，活着就好。他们说着，脸上露出的是平静安适的笑容。

午后阳光洒在楼台间，斑驳的墙壁上，泛黄的砖瓦呼应出独特悠远的情调。

镶嵌在老街上的石板，相伴着人们和谐安逸的日子。石板老街好似一幅画，一幅挂在远山老墙上褪色的水墨画，一幅被岁月固化了的历史文图；它永远是从容淡定的，不奢华摆阔、不居功自傲，平平淡淡中，绽放着汞都的遗韵。

老街也是有生命的。青砖灰瓦、飞檐翘角，是它沧桑又慈祥的面容；纵横交错的小巷，是它清晰可见的筋脉。像一位饱经沧桑的老人，经历了太多的风风雨雨，看惯了人世间的冷暖寒凉，悟透了生活曲折的精髓，因此显得超然而达观。当历史的风云和岁月的辉煌远去，老街以最自然朴实的状态，融入新的世代，融入大众的生活。

街边，随处还可见那半人高的雕塑，这些新的艺术，和这里的老建筑融为一体。我怀着崇敬之情，仔细浏览，碑座上记载着：

"刘德清（1933—2016），中共党员，湖南邹东人，一位一生都奉献给了冶炼一线的老工人，他们是这里的老人……

"徐正奎（1927—2014），中共党员云南弥渡人……

"全国劳动模范杨再发，时任采矿值班班长……

"全国劳动模范选矿女工杨菊花……"

他们代表着汞都一代代的普通工人，也象征着汞都人的灵魂。这些雕像，让后人永远记住汞都精神。岁月或许还会变，时代或许还会长，他们却将与岁月同在。

老街，守望着万山，守望着历史，守望着文化。

凤凰涅槃的汞都，这里有条丹红浸染的老街……

2017 年岁末

一张"明白纸"

卫城镇蔡水村、顺水村，村委会张贴墙上，见到一张"卫城农村人居环境整治行动明白纸"。这是一种用文字让人明白事情的形式，好新颖的一种农村工作文件形式，清楚明白地告诉老百姓，什么事，应该怎么做。

走进两村，欣赏这里的山水，那是用一道道风景，让人明白这里的人和事，真是好一张"明白纸"，让人知道，这里山水美丽、人民富裕。

站在一个小坡前，村领导告诉我们，你们再上几步，就是电视台的人和外面领导来这里必到的位置，那是观赏这里风景的最佳地势。我们往上走几步，站上小坡，面前的景色让人眼睛一亮。别的地方，就算有好风景，要想看全貌，只有航拍，因为站在高处，风景又太远。这里不同了，风景就在你的脚下，就在周围，美丽风景一览无余！

眼前是蔡水村和顺水村共有的一条河，一条由两个"S"连成的河，三个河弯四个回塘，弯好多，天然美。

正是秋收季节，两岸稻谷，一片金黄，其间嵌着些绿——李子树、橘子树、桃子林。河边小山，阳光处，几树红叶，映在水里，影影绰绰。

一个个河湾，弯出一坝又一坝的稻田。秋分时节，金黄的稻子，稻香顺着河水，四处流溢。这河如天上的彩带，却是人间的家园，一幅田园风光画，淡淡上了一层水墨。

村领导遥指对面山，说："两河湾，两水村，都是'镇西卫'——就是'卫城'——出人才的地方。"

明崇祯三年（1630）建立镇西卫，是当时节制水西的一个屯兵卫所，贵阳经清镇到毕节，进四川的重要驿道从这里通过。卫城重镇，在明清时代是一个繁华的重镇，四川、湖南、江西三省商贾云集，恰如古三国交界之地荆州，因此，人称"小荆州"。各省会馆纷纷落脚于此，街道两旁有上千家店铺。亭台楼阁随处可见，著名的有四阁二宫二寺八大庙，的确是贵阳以西的商贸大镇。清代北京翰林院王人阁大学士在文昌宫上题诗：

百亩田，万卷书，栽青松，种绿竹，琴三弄，酒一壶，半作农夫半作儒，非是仙家非是佛。

站在两水村的小坡上，油然而生的，正是王大学士的诗意。

村领导说，卫城守城的两个大将军就是我们这里的人。朱元璋的后人，也一直住在这里，就在我们脚下水边的坡岸。这里曾经有他们的小发电站、榨油坊，建筑都是欧式的，现在还能看到一点圆形的柱子墩。

车从山顶辗转而下，到了顺水街。正是赶场的时候。这是一个充满现代气息的乡场，城里的东西这里都有，而这里有的，城里就不一定有了，这是让城里人羡慕乡下人的地方。

从小街出来，到了河边，考察了朱元璋后人的小发电站、榨油坊遗址。这里的确是一个发电站的天然水位，现在还是一个小瀑布。

1936年2月1日中国工农红军二、六军团在贺龙、萧克率领下开进卫城，休整三天，为抢渡鸭池河做准备，进而进军黔大毕，北上抗日。多少有志青年在"舞彩龙、迎真龙、庆贺龙"的新年喜庆中参加了红军，走上了人生新路。蔡水河、顺水河就是流向鸭池河，然后汇入乌江，再进长江。

这条流进鸭池河的河，上游就是蔡水河，下游就是顺水河。在河的下游，正在兴建戈家坝，坝修好后，水位高，早起从卫城坐游船到这里吃早饭，游观光农业，千亩桃林、万亩元宝，橘子猕猴桃风景绵延不断。

我们顺水而行，新整理的河岸，鹅卵石砌得很艺术，石与水相融，柳垂河堤，柳丝轻抚河面，远看似水墨画，三角梅这时开得正艳，好似那梳洗罢临江望水的美人。几个小孩，拿着个旧轮胎，在水里扑打。我注意到那石头桥下的钓鱼人，石头上一坐，关注的是那浮漂水面的动静，两岸美景、小孩们的水上欢乐，仿佛与他都没有关系。石桥旁，几步小石阶到河边，一个红衣女孩在河边洗菜，柔荑轻轻翻动泛起一串串涟漪。

走过两个村，第一感觉是不但美丽，而且干净。我说："在农村，这就很不容易了，你们是怎样做到的？"村领导说："我们开展'相约星期三''三清一改'，清理农村生活垃圾、清理村内塘沟、清理畜禽养殖粪污、清理农业生产废弃物，并要求改变农村的不良习惯。现在我们在推广垃圾分类，经过对家家户户宣传、教育、奖罚并用，人们有了卫生的意识，慢慢养成卫生习惯，人居环境得到了较好的改善。"

"'相约星期三'，还有点文学色彩呢，'相约'做些什么呢？"我忍不住继续追问。

"带动大家做一些公益事，也就是学雷锋；清理河道，你们刚才也看到的，打扫卫生；解决一些邻里纠纷；再有就是宣讲政策，就是你们看到的村委会墙上的'明白纸'上的内容，把那些内容落到实处。

"刚开始，人也来得不多，我们就上门给群众讲政策，说服动员，同时在星期三，我们村的业余文艺演出队，排演一些大家喜闻乐见，又有教育意义的节目，农村人喜欢看热闹，这样慢慢形成规矩，大家也慢慢参与进来。村民邻里有什么问题、有什么矛盾'相约星期三'，也就能很及时地得到处理。慢慢地，'明白纸'就变成了村民的实践。"

这真是好一张"明白纸"，我明白了，为什么这里如此青山绿水，为什么百姓如此安居乐业。

2019 年 10 月

原载于《贵州民族报》2019 年 11 月 1 日

丹砂圣地

不是什么地方都可以随便称圣地，称得上圣地的地方，它一定是在某一个方面有着古老的文化传承，有着文化的开创性，有着文化的不可替代性。

务川大坪龙潭千年仡佬古寨，是世界仡佬和丹砂文化中心，丹砂圣水，是仡佬源头的高原平湖，这里有汉代墓葬群，这里是丹砂圣地。

初夏，穿过昨日的雨幕，迎着今朝的晨曦，走进青青的白果林，这是一个如金子般闪亮的日子，来到这丹砂圣地，我被这里的美惊呆了：

> 一座山峰一扇屏，
>
> 一泓清水一部琴，
>
> 有声诗与无声画，
>
> 尽在九天母石寻。

一泓清水、一池碧波、一池幻影。那是女娲补天的五彩石，不知何时掉到这里——江边。江边，有了这灵性石头，这里便有了灵性。2000多年前，炼丹，这里是中国最早开始炼丹之地，开启了丹砂之路。有了"世界上最古老的仡佬古寨"，这里的人是"世界上最早攻取丹砂冶炼技术的民族"，仡佬族被专家们称为"化学鼻祖"。龙潭千年仡佬古寨，是世界仡佬和丹砂文化中心。九天母石，是世界仡佬之源和仡佬族胞祭天朝祖的圣地。

龙潭村，这里是"七山一水半分田，半分道路和庄园"。在五月的阳光下，沐浴而入，为一份绿意的清凉。在尘世里匆匆走过夏日阳光，走过一朵朵花开、一片片叶绿，走过琐事的日子，走过似水流年的记忆。

走过丹砂之路。丹砂又曰朱砂，它的发现和运用，大约在新石器时代。据说有个叫巫信的人和几个人在一起打猎时，追杀一头野兽，猛兽反扑过来，巫信逃，摔到一红水坑里，满脸染红了，起来后，那猛兽见巫信，慌不择路，掉头而逃，摔下悬岩死了。巫信等人，从这件事悟出了那红东西的作用，认为朱砂能穿山透地、旺接龙脉、驱虫镇邪。

如此，富贵人家的红墙朱门、皇帝御批、点美人痣、埋人等都与它有密切关系。丹砂成了宝贝、神物，走进了上层社会。

《太戊仁录》载，早在 3700 多年前就有仡佬先民，濮人，向商汤王献丹砂，向太戊王献水银。濮人拉贡，向周成王献丹砂，被封为宝王的记载。

在龙潭村修建有宝王府，宝王府遗址尚存。这里是宝王指挥濮人开山采砂、冶炼交易的指挥中心。宝王成为矿业始祖、财神的象征。后来建的宝王庙，成为开矿之人求财、保平安的保护神庙。

秦汉时期，这里更是繁华。来这里求长生不老炼丹的和贸易丹砂、水银的人不计其数。大量的汉墓群和出土的文物都是铁的证据。到唐宋时期，仡佬先民已发展到万山一带，寻矿采砂，在湖南辰洲集散，丹砂又称辰砂。

走过"瓮溪桥"。龙潭村边，有一石桥，这个建于明万历十四年之桥，经历 400 多年风雨沧桑，现今仍保存完好。石碑上有文记载：此桥为陕西西安府兴平县，陈君仁、陈君义兄弟捐资所建。兄弟二人是当年在这里经营丹砂、水银的银商。"瓮溪桥"从考古学的文物证明，到明代，这里的丹砂、水银已经是远销省外。

仡佬族是世界上最早发现和运用丹砂的民族，是世界上最早攻取水银冶炼技术的民族，是化学先驱。龙潭这个炼丹中心，翁溪桥，架起了龙潭村与外界的联系，在运出丹砂水银的同时，也带来了中原先进文化。古村落火炭垭，今天的龙潭村，在美丽的密林间发展起来。

走过龙潭。村寨三面环山，一面临潭——龙潭，千年不干的龙潭。寨内石板铺路、石巷相连、幽深古朴，景色独特。独特的山石围墙民居群，独立成院，园子里是房舍、院坝，还有房前屋后的菜园子，齐腰高的石头围墙，各家举头相望，而又互不干涉。这应该是一种从居住环境构建和谐村寨的形式。房屋门窗雕构图精美、雕刻手法细腻、修造讲究。村寨布局、建筑风格独特，拥有丰富的内涵，被专家评为"仡佬族民居建筑中历史最悠久""工艺最精湛""吸取汉文化最多"的仡佬村寨。

地里的苞谷有人高，土中的四季豆吊着长长的豆荚。有人在地里忙着。我们车行一路，美丽姑娘介绍着：古民居建筑、汉墓群、天子洞、葛洪洞、宝王庙遗址、做官府遗址、葛洪洗笔井、长寿龟、长生鹤、天子炼丹炉灶、敕赠文林朗申俊（申祐之父）之墓、申祐祠、申祐衣冠冢、清代进士礼部主事申尚毅故居、寿生故居等，她如数家珍，一一道来。

站在寿生故居朝门前，邻家园子边的李子树，越过齐腰石墙到外边，一个个壮实着呢，站在石板路上，抬头可见、伸手可得。园子边，石板路上，一黄狗眯着眼躺着。园子里一位大嫂在房前地里分苕秧。我仔细看着，发现和我们以前的苕秧长到三尺长，把它剪成五六寸算一根，栽种的形式不一样，她现在分的一根只有五六寸，就分出来种了。问其原因，她说："早就不那样种了，现在的种子，就这样育秧，产量高。"我说要去看汉墓。她告诉我："不远，下去就有。"当她听我说，我是寿生家幺儿媳妇时，她笑了，说："你是老辈子嘞，你老人家进屋来坐嘛。"我笑笑，我在这里成了老辈子了。我说："就这样说话好，不耽误你做事。"

和她别过，我油然而有诗一首：

> 五月龙潭无闲人
> 才了茶事又茗秧
> 黄犬闲卧石古道
> 乡人尽在田中忙

那就，找汉墓去。

20 世纪 70 年代末在务川就听说，大坪镇江边有汉墓群，还在县文管局看到江边老百姓交上来的蒜头壶、编钟、汉砖。常听分管文教的副县长寿生先生，对文管局的同志说道："要赶紧保护好，要告诉老百姓这汉墓的重要性，谁都不能碰。现在也不是挖掘的时候，我们还没有那个实力！"那时，我总在想，这是一个什么样的地方，为什么会有那么多的汉墓？汉砖，在当地，就是一块块石头，农民用来砌灶头、垒猪圈。一个江边的同学说："你要是喜欢我给你背两块来！"那时我就很想去这个神秘的地方看看。

现在走到这里了，感受了它的神秘。路边拾得块红色的鹅卵石，鸭蛋大，石头中含着一些红红的沙点。我觉得这就是"朱砂元宝"，是"宝王"给我的礼物！

千百年来，采砂炼丹之人，有朝廷高官，有商贾贵人，这里发达起来。年复一年，达官商贾们来到这里，从洪渡河入乌江，由乌江进入长江，从长江上京城，往返回复，这是一条畅通的商道。在农耕文明时期，这里得天独厚的丹砂矿业资源和商业来往，造就了繁荣的文化，他们在这里生老病死，这里就留下了许多汉墓。千百年来，他们在洪渡河，江边两岸，守望这里神奇的丹砂之地和美妙的山水，他们永远地留在这片神奇的丹砂热土上。

黄昏时分，走在这一两米宽的石板古道上，两边石腰墙上生长着多肉植物，那样鲜绿可人，想去摸摸它们，又怕惊了它们的美梦。顺着弯曲的石墙走，更喜院边的翠竹，竹后人家袅袅炊烟，石墙中不时透出萤火虫一般的灯火，走进这梦幻仙境。

2017 年 7 月

走在新阅读的路上

7月19日，骄阳似火，深圳会展中心，正举行全国第28次图书交易博览会，"新时代、新阅读"火热进行中。

我也走在"新阅读"的路上。一路上，木棉花映着蓝天，紫荆花也赶着读书人，到会展中心前，的士司机说："今天人多车多，平时这里停车场是不会满的，今天到处都是车位已满。我今天送了几趟到这里的客人。"

下车走到北广场，迎面是图书交易博览会的宣传牌子。最抢眼的是陕西人民出版社出版的《梁家河》，在进门大厅前面巨大的广告牌子，很远都能看到。《梁家河》纪实文学，记述了习近平总书记当年在陕西梁家河的事情。

我的一个朋友周亚鹰的一本新书《家风门风：52栋里的故事》，由江西人民出版社出版，也参加了这次书博会暨首次发行。应邀参加这次书博会，本来事情很多，不准备参加。最后还是来了，只是觉得这样的活动，应该来。在今天这个时代，读书是多么需要我们每个人的参与和支持，一个民族不能没有书、没有读书人。

到了现场，才知道参加的人很多，会展中心北门广场上，人们顶着骄阳，往馆里走，两面的步行扶梯都站满了人。到了里面，不是随便就可以进去的，了解下来，那是要有电子票、有邀请证。朋友的书在参展，因此我要来参加时一开始不确定是不是有时间来，也没想着领取一个邀请证，只想来了再说，不想来了是这个样子。从1号门走到了10号门，有人不断来问：要不要证，10块钱一个。只知道春节买火车票有黄牛，不想，在深圳进书展馆也有黄牛，这倒也是好事情。来参加的基本上都是年轻人和孩子，在这里看到这么多读书人、买书人，觉得很欣慰，也想，今天幸好来参加了，要不还真认为现在没有人读书了。

走到6号门，这里人少，准备从这里进去试一下，我向守门的人说明我的情况，她口气有些松动，正在这时，朋友周亚鹰打电话给我，说刚才在接受一个记者的采访，没听见电话，要我在原地等着，他们江西出版社的人来接我。守门的大姐示意我可以进去。我谢过，进了门，江西出版社小伙子接到我。

进入展厅，只见整个展区主体造型，宛如两面飘扬的旗帜，简洁大气、气势恢宏。展示精品图书包括习近平总书记著作及相关出版物，精神文明建设"五个一工程"奖、出版政府奖图书奖获奖图书，主题出版图书，国家规划项目，出版基金成果项目，各类出版物。

进入书展，有如到了书的海洋，书浪在翻涌，阅读在静默。整个书展分为多个片区，每个片区都有作者在与读者分享他们的作品。分享者，有的慷慨激昂，有的芊芊细语。

不远处，有一中国书房图案围栏，在这一围栏下，一个清瘦的男孩，拿着一本书默默低着头，仿佛这里热闹的场面和他没关系，只有眼前的书。我欣赏着这孩子，他仿佛就是邹韬奋、就是华罗庚，旁边一个买书的女人偷偷摄下这一景。

到了江西厅，只见朋友周亚鹰正在给一个读者签名。这个人很特别，她坐在轮椅上，一手包着拐杖，一手拿着书递给周亚鹰，他们在说话，我在一边等着，不想去打断他们的交谈，想知道他们说了些什么。周围的声音很多，听不清楚，只见亚鹰很感动，和她照相，看他们的交流告一段落，我走了过去。

见我到，周亚鹰有些感动："喻姐，您来了，好暖心的！从贵阳这么远来，你在微信上说，要来，我还认为你说着玩的，真来了！"我说："是你的书感动了我，读书活动感动了我。我也走上新阅读的路。"

是呀，现在是个多媒体时代、信息爆炸时代，各种活动都很多，读书就显得有些奢侈了，要参加书展这样的活动，就更难了。不过这次给我的感受是没有想到的，我想今后要多参加，这让我感受到了时代的脉搏，让我与时代的脚步近了一点。

在江西人民出版社的地盘上，我拿到了周亚鹰的书，请他签名纪念。"这个意义不一样的！"他笑笑签名。"家风门风"刚劲的几个字，是韩静霆老师题写的书名。韩静霆老师的歌词写得好，最熟悉的是他的"今天是你的生日我的中华"；他的书法也很优秀。他的题写让本书第一眼就有了吸引力。《家风门风：52栋里的故事》，由江西人民出版社出版，上面的故事多在报刊上发表过，新媒体上也常有，我在群里也经常拜读，很是感动。

一会儿周亚鹰登上了读书分享台，向现场读者分享他的出版创作历程，他讲到充满时代记忆和父母温情的52栋，与读者携手进行了一场感人至深、发人深省的亲情之旅，读者感动万分。

　　作家的"家风门风"所说的故事，在这个时代应该更为人们所关注。其实我有一段时间，也不知道什么是孝，认为给老人一点钱，就是孝了，为老人买点东西，就是孝了。其实仅有这点是不够的，老人需要的是理解、交流沟通、陪伴，更多的是精神上的。有好的家风，那是需要长时间的沉淀。关心陪伴，与父母沟通，听他们的唠叨，有高兴的事情与他们分享，让他们也跟着时代走，这是周亚鹰多年坚持的，这些事情一个人一次两次都能做到，要坚持一辈子，就难了，周亚鹰正在这样做，做出来成绩。其实他的这本书，不仅是写得好，更重要的是做得好。

　　有好的家风，要从自身做起。孟子曰："天下之本在国，国之本在家，家之本在身。"（《孟子·离娄上》）

　　对家风问题，习近平总书记说："家庭是社会的基本细胞，是人生的第一所学校。不论时代发生多大变化，不论生活格局发生多大变化，我们都要重视家庭建设，注重家庭、注重家教、注重家风，紧密结合培育和弘扬社会主义核心价值观，发扬光大中华民族传统家庭美德，促进家庭和睦，促进亲人相亲相爱，促进下一代健康成长，促进老年人老有所养，使千千万万个家庭成为国家发展、民族进步、社会和谐的重要基点。"关于家庭、家教与家风，习近平总书记的重要论述，在周亚鹰的行动上和他的作品中我们看到了。

　　在这次书博会上，我也走在"新阅读"的路上，我看到了更多的人在受感动，更多的人在行动。

2019 年 7 月

赏范曾笔下的"宋代官窖"

一

有幸见到当今书法界大师范曾的真迹，"宋代官窖"，一时间不能大声言语，怕惊动了这几个字，打扰了它的宁静。不善饮酒的我，也拿起"宋代官窖"酒瓶，小酌一杯。大师的字让我陶醉，杯中的酒更让我陶醉。

初秋的早晨，凉爽的山风让人清宁。"宋代官窖园"，这里是茅台镇，沿赤水河旅游公路北行进十余公里的半山，走在这里，那是走在美的集散地，恍若时光进入了那个美酒穿行的时代。

窗外早起的鸟叫醒了我，昨天的酒还在芬芳，今早又笼罩在酒的迷香中，深吸一口气，那芬芳进入身体的各个部位，顿觉每一个细胞都打开了，有充分的血液进入。酒让人豪气、激动；茶使人安宁、平和。在"大宋酒窖园"里，无论你是否喝酒，都是醉的。

走出"大宋客栈"，带着"大宋酒窖"的氤氲，伴着鸟儿的欢歌，轻轻放下脚步、悄悄走出房门，不敢惊动正在"梦回大宋"的醉人们。

在这里，道法自然，安于静；风逝云浮，心可依。

这里是一幅巨型的山水画卷，画轴慢展、人落于画、作了色彩。青山涌起云雾，远处，似仙人吐出的灵气氤氲；行至山中，高树在侧，枝条隐于白雾中，恍惚行于仙境；晓风轻抚，更有昨夜美酒，让人感慨生有涯、美无边。

带着昨天美酒的记忆，走上沿山长廊。有长者，摸太极的一招一式，透出天地灵气，在这里练拳，有特别的功效。见他们沉静的模样，不敢打扰，轻轻走过。顺长廊，沿山而上。一段段气息相接，伸向山高处。

但见远山，起伏于晨雾，影影绰绰；山林，高高低低，树木浓翠入目。林间有一亭，名曰"醉翁亭"，一角挂在绿上，一下跳入眼睑，那不是欧阳修笔下的"醉翁亭"吗?

欧阳修《醉翁亭记》中的"宴酣之乐，非丝非竹，射者中，弈者胜，觥筹交错，起座而喧哗者，众宾欢也"，他们行酒的盛况，就在眼前。"醉翁亭"，在酒、在醉，在于欢乐！欢乐中，饮的酒，那不就是"宋代官窖"？

还有那"望月亭"，在望、在月，在于宁静。这时候是多么的安静。青瓦、红柱、挑檐，典型的宋代建筑。亭挂半山，有人交杯小语。是谁在这里望月饮茶？不，是在这里望月喝酒。早起在这里饮酒，还是昨晚的席，没有散去？那是一男一女、一红一绿，他们是朋友、是情侣、是红颜知己，还是恩爱夫妻？不管是哪一种形式，这样的悠闲的日子，是值得羡慕的一对神仙眷侣。

我在长廊边，找了个最佳位置坐下，欣赏着。

哦，我仿佛看清了，看清了！那是宋代大文豪苏东坡的妹妹，才女苏小妹，是宋代大才子秦观。新婚夜苏小妹三难新郎秦观的逸事，是那样的有趣，流传千古。苏小妹的上联"酒过三巡，交杯换杯干杯，杯杯尽在不言中"，秦观的"菜过五味，形美色美鲜美，美美都在心中留"。后来二人品酒吟诗又有多少佳篇。记得秦观被贬到处州时，有一首《处州闲题》："清酒一杯甜似蜜，美人双鬓黑如鸦。"我在想，他们当时喝的什么酒，是不是就是"宋代官窖"？他们喝的一定是"宋代官窖"的酒。

远处绿荫房前，有人撩开竹帘，抚弄着门前的"绿肥红瘦"。哦，那是李清照，忠心于大宋的女中豪杰，晚宋婉约词人，她的《如梦令》——"昨夜雨疏风骤，浓睡不消残酒。试问卷帘人，却道海棠依旧。知否？知否？应是绿肥红瘦。"她的《声声慢》——"寻寻觅觅，冷冷清清，凄凄惨惨戚戚。乍暖还寒时候，最难将息。三杯两盏淡酒，怎敌他、晚来风急？雁过也，正伤心，却是旧时相识。"

李清照饮酒的诗很多，一个弱女子在那北宋将亡，自己也是家破人亡的时候，饮酒消愁。当然也有她的千古名句："生当作人杰，死亦为鬼雄。"那英雄气概，是"宋代官窖"酒，在她胸中燃烧的激情。

二

沿长廊向上，长廊尽头，迎面有一"宋代官窖"的巨瓶，仿佛从天而降，似巨人，置于这半山平顶，指向高天。那独特的设计，"宋代官窖酒"，字体来源于南宋《宋版广韵》书中的文字；颜色取自宋代官窖经典钧瓷的红色；

瓶盖取自宋代皇帝官帽；瓶形选自宋代官窖遗址中的祭祀六角缸；年轮式的超级符号，由窖池上的神秘花纹组成，底座上的花纹，专家解读，是象征福禄安康、春光不老、永结同心、福气临门等，是有吉祥寓意的窖池神秘花纹。宋代官窖，是宋代审美与现代艺术的完美融合，是宋代技艺与自然环境的优异产物，是大宋国酒，更是现代酱酒的瑰宝。

我要告知所有人，这里是大宋官窖。在这里发现了 6 个酒窖，经专家鉴定属于南宋晚期。"空心、实心菱形构图和卷枝花卉"，6 个窖池，500 多块沙石花砖上的神秘图案。石质六角缸，花纹独特，出土于石窖的东南方，经专家鉴定，是酿酒前祭祀所用法器。人们认为，酒是神圣的，可通天地、可接鬼神，酒质的好坏，出酒的多少，人是不可为的，是天决定的，酿酒的仪式，是非常重要的，必须在特殊的时间节点酿酒，祈求老天爷保佑。

走在这 6 个方形窖池边，怀着崇敬的心情，欣赏着池壁上条石的菱形图案、卷枝花卉等，是那样的清晰灵动。考古和酿酒专家介绍，这一遗址的酿酒作坊要素十分完整，"经复原后，是目前全国最大、最早的宋代窖池！"2008 年发掘，2016 年鉴定，古镇酒业宋代官窖成为宋时出现大（烧）酒的又一佐证，填补了从汉到清之间酿酒史的空白。宋代官窖，破土而出，改变的不仅是茅台镇的酿酒史，更是中国白酒酿造历史。

这是贵州迄今为止出土的最为全面的宋代酿酒作坊遗址。作为中国酱香酒的发源地、原产地和主产区，宋代官窖遗址的发掘，成为国酒之乡茅台镇更有力的注脚。因宋朝特殊的榷酒制度，即国家控制酒的生产和流通领域，禁止一切非官府允许之外的酿造、买卖等行为，所以此遗址被称为"宋代官窖"，便是以宋代酿酒古窖池为核心，传承老派酱香工艺，精心开发的高端酱香白酒。这一定音，把贵州的白酒酿造历史，推进了 800 多年。

那巨瓶霸气地说道："我的历史，酒窖说话！"巨瓶高耸此地，永远守望着山下的赤水河，有赤水河才有大宋官窖，也才有今天的"大宋官窖"酒，以它的品质引起了人们的关注和点展。

巨瓶边，一块石碑吸引了我，"天地通道"。说话能听到"回音"，声音瞬间洪亮，称为"天地通道"。

"回音"，北京天坛，皇家祭祀神位的场所，我见过，在一边小声说话，另一边，一两百米的距离，也能听得清楚，声音悠长。有如"天人感应"的神秘，人称"回音壁"。这里有一个"回音口"，也是说话在哪里能听到？

我正疑惑，一个早起做工的人走过来，我上前打听。他说："下面那个位置，有一个回音口，站在那里说话，就有回音，人说是可以通天。"

我说："这么神奇？"

他说："你试试！"

我走到回音口，上面用鹅卵石砌成一个八卦图，我站在边上，闭目深深吸口气，气沉丹田，慢慢吐出，长吁一声——哦，哦哦……停下一秒间，远处传来了同样的声音，还真是回音袅袅。

他笑了说："是吧？说这里是可以通向天堂的口！"

我在想，如果真这样，那我要借这个"天地通道"，进到天堂，去拜访在中国文人中我最崇敬的人——苏东坡，北宋大文豪苏轼。他是一个刚劲诙谐、乐观旷达之人。他一定在天堂里喝酒写诗、酿酒煮肉。他一辈子写的诗，多是有酒的诗，而且他还是一个善于酿酒之人，被贬官黄州时就自酿"蜜酒"，其《蜜酒歌》序云："西蜀道士杨世昌善作蜜酒，绝醇酽。余既得其方，作此歌遗之。"贬官惠州曾酿桂酒，其《新酿桂酒》云："烂煮葵羹斟桂醑（美酒），风流可惜在蛮村。"

这个乐天的、嗜酒的、洒脱俊逸的大文豪，乐观旷达的大文豪，这个情趣众多的美食家和酿酒家，我想问他，煮酒的酒曲，是否来自赤水河畔，是否来自"宋代官窖"，他能给我满意的答复吗？

神秘的回音、神秘的六角缸及神秘的图案，神秘的宋代官窖，出现在这里，那时的方士们寻遍千山万水方得酿酒宝地，聘请能工巧匠雕琢这神奇力量的窖池图案，酿酒师傅在酿酒前祭祀宗师祈求酿酒的成功，终得玉液琼浆，流传至今。

三

走上山顶，深吸气，顿觉初秋处暑日之清冽。风过处，举头，一只雄健的飞鸟掠过，在眼前这浓稠的水墨画里检阅这块宝地。

远处上游，是茅台镇弯曲的赤水河，万家灯火余晖还未散尽，这个让多少人醉的地方。展望下游，一桥一滩，做工的人说，那叫九指滩，那桥就应该叫九指桥。这名字让人联想，产生一种美丽的神秘。

千百年来，来往航运要从这片滩前通过，运进巴盐，运出美酒就有宋代官窖，运酒的船肯定不会少，可以想见当年这九指滩，也是一片"百舸争流"的景象吧！

太阳从东北山顶上露出半张脸，晨曦透过山顶葱绿的树木洒在这"宋代官窖园"的每一个角落，祭水台、"宋代老酒库"。最可爱的是这里的无外墙原生态酒厂的面面石壁，一排排建筑，那是美的展示，如排列整齐的艺术品，面向赤水河，直到二重山下，淹没在山下绿荫中。

这是一幅典型的宋代山水画。

中国山水画进入宋代后，呈现出空前的繁荣。山水画形式语言和技法更加丰富多样，全景式大山水的雄强，一角式山水的清秀，经过画家的艺术实践，其图式基本形成。山水画的艺术竟然在这里得到再现，蓝绿的山，重重环抱，山抱山，这里有二重山之说；绿山下，如带的水，水中小船，山涧几叠，层层人家。二重山下，早起的人忙着，有一老一小在挖红薯，地上新出土的红薯，惹人喜爱。一打扫卫生的嬢嬢，吃着早点，走在上工的路上，精神抖擞。

远山近水，亭台楼阁，小船人家——一幅完美的山水美景图。这里是"中国十大美丽酒厂"。走下长长的石阶，回到长廊，刚才晨练的人完成了他们的动作，我们相视，微微一笑，有了相互的问候。他们是上海的，跟朋友过来玩。一个大哥有些兴奋地介绍，他朋友昨天一人就喝了一瓶"宋代官窖"酒。

我问："酒，怎么样？"他说："品质好，好喝！酒体微黄透明、窖香优雅，酒品醇厚、细腻、圆润，回味悠长，空杯留香持久，酱香风格典型。"

看来我是遇到行家了，说得那样专业。他指着院子前正在抬酒的几个人说："那是我们一起的。"我说："他们抬这些酒上车，是准备买回去的了？"

"买回去？那用不着，有需要在我们那里有代理的人，这里的封坛的酒，就有好多是他的，我们不用这大老远的买，在上海买是一样的。他们这是买来，在下面旅游路上喝的。"

"哦，是路上喝的。"我笑着走了，走进了范曾笔下的"宋代官窖"，品味这千年传承的味道。

2019 年 8 月 31 日

娃娃背

"娃娃背，背娃娃，过河就是外婆家。"

外婆家在铜仁，小时候到外婆家，最喜欢外婆家的娃娃背。娃娃背，喇叭口，精致的、细密的竹篾编成，有不同的花样，间着黑色和红色，有如一朵盛开的喇叭花。为了能背上这朵漂亮的"喇叭花"，我每天都求舅舅、舅娘，我要背只有几个月大的小表妹。背着，就不想放下。舅娘见我累了，笑着说："背不动就放下来，不要累着了。"我反手托着背篓底，这样好像能减轻一点重量，就是不肯放。有时候实在是累了，就把背着小表妹的背篓放在小桌子上，这样可以歇一歇。经常是刚一放下背篓，肩膀还没有回过劲来，小表妹，这个小娃娃，立即"哇哇哇"地哭起来，她就要你背着走，停下来就不行。我只好又接着背着走。刚背起来，她立刻就不哭了，这小人精！

外婆看见，对舅娘说："你把娃娃儿抱出来，让她背着空背篓耍哈就行了，她还是一个十一二岁的小人。"我却不愿意，说："背空背篓不好玩。"虽然那时我也只是个小姑娘，但有个小娃娃在背篓里面，心里有种爱爱的感觉。这就是女人母爱的天性吧。

有了这个情结，就是那么喜欢这一方的这种娃娃背。

几年前，到铜仁石阡楼上村，一个古村落，在那里又见到当地媳妇婆婆们背着这种娃娃背。背着娃娃，不免上去多说几句话，分手时大家竟然有点依依不舍的感觉。当地文联的朋友，知道我喜欢这种娃娃背后，笑着对我说："娃娃背，背娃娃，教授，你不会用它吧？"我说："那倒是不会，只是，它是我过去年月的一种念想。"

临走时，文联的朋友送了一个娃娃背给我，说："这是参加今年贵州省能工巧匠比赛的作品，参展的人也没有再收回去，说是就放在我这里，既然教授喜欢，今天我也借花献佛，送给你做一个纪念。"文联朋友送的娃娃背，至今我还珍藏着。

2008年，我因采访抗冻救灾，到过"汞尽城衰"的万山。这次再到万山，既被万山的变化所震惊，也被万山的变化所感动。万山，"两个转型"，城市异地转型、工业原地转型，让一个全新的现代化宜居城区以"万山速度"崛起。

走进新社区的乡愁馆，大门上刻着对联：易地仰古迹，博物溯源宗。白墙上写着红字，是习近平总书记的著名讲话："看得见山，望得见水，记得住乡愁。"

馆里展出的是这方的人们祖祖辈辈的家居用品和生产工具。只一眼，我就发现了娃娃背。娃娃背，今天可能已经很少有人用它了，但娃娃背，总是乡愁记忆。

在万山，现在有许多易地扶贫搬迁来的安置户，有思南的、石阡的、印江的……他们自然也带来了各自本土的乡愁记忆。

傍晚，沿着门前木杉河的步道缓缓行走，河水静静地流着，两岸的华灯倒映在水面，我独自品味着这宁静。

按二十四节气，时令已是大雪。可贵州的天，不见雪，气温也不太低。银杏树上的金叶还在迎风摇动，不时飘落，道路已成黄金大道。又有几树红叶，衬着山影，便如那幅朱砂刻画的国画"万山红遍"。

河边朱砂酒店，红色的大字是那样耀眼辉煌。远处小山上，看得见"仁山公园"几个朱红的霓虹灯园名，极远的地方都能看见。

这一块群山环抱的乐土，快乐的游人三三两两，慢慢走到"音乐喷泉广场"。

这时音乐响起，喷泉欢跳，欢快的音乐声中，三五成群的人也载歌载舞。

广场边有一位大姐，背上背着娃娃。我一眼看到的，就是她背娃娃的那个娃娃背，正是我喜欢的那种喇叭花形的小背篓。她背着娃娃，却踩着喷泉音乐的点子在慢走，走得很自如，旁若无人、陶醉其中。

我不由自主地走过去，说："大姐，你好！"她看看我，微微一笑，略有些意外，又恢复自然。

我问大姐："是哪里人？"她笑着说："远。"

我说："远，怎么个远法？"

她说："思南的嘎，不晓得你们晓得我们那里不？"

我笑了笑，说："半个老乡，哪会不晓得。"

她眼睛一亮，说："你也是思南哩唛？"我说："外公是思南的。"

她说："哦，那样，是半个老乡。"她告诉我，"思南水库"修建搬迁，他们被安置到这里来，就住在前面的安居房里。"住房，不花钱，政府还给每一户安排一个人工作，做做保安、保洁、服务工作。我家老头子做保安；儿子媳妇正在参加政府免费培训，学点技术，好谋职业；我在家，带带娃娃做做家务。"嘿嘿，她笑了笑，说："就成城里人啦，想起都好玩。"

我也笑了，问她："那你们来这里习惯不？"

"开始还是不习惯，祖祖辈辈在山里住，种地喂猪，习惯了，到这里没得这些事情了，心里没有着落。不过，现在好了，他们都有事情做。新房子住起，他们上班，我带孙孙，吃了饭就出来这河边走路，广场上听他们讲养生，跳舞。你看那边跳舞的人都是易地搬迁来的，思南、石阡的。"

我看着她的娃娃背说："你们现在还用这种娃娃背篼？"

她笑着说："现在条件好了，他们年轻人不用这个了。我们祖辈都用这种背篼背娃娃，习惯了，这个还好背些。"

我想起在这里的乡愁博物馆看到的一首农民诗歌，"山"字歌——《乡愁·山——建异地扶贫搬迁乡愁馆有感（2017 年 4 月 12 日考正）》：

> 老农常年住在山，
> 薄田三亩在高山；
> 因病因学穷在山，
> 一年劳作思出山；
> 咬紧牙关熬在山，
> 抚然党恩吹进山；
> 携妻呼儿搬出山，
> 高高兴兴奔万山。

此情此景，我倒领悟了这首农民诗歌的情怀。

什么是乡愁？乡愁不单单是一种离怀愁绪。乡愁往往是人们偶然遇到某种机缘，触景而生发的思乡之情，是一种家国情怀。就如我刻在童年记忆里的娃娃背，何尝不可说，我的乡愁——故乡的娃娃背。

我掏出手机，和万山的思南大姐，留下一张娃娃背的照片。

我与大姐挥手告别，走向下榻酒店——万山红。